競芳菲

中

文創風
066

薔薇檸檬 著

目錄

第四十七章　洛君

芳菲趕著回了甘泉寺，拿了那兩件開光的玉器就匆匆走回正殿。當面對春雨和春草的時候，她已經調整好了表情，沒有再露出一點異樣。

「唸了許久的經，口都乾了，春雨妳去給我取杯茶來，我們喝了再走。」

春雨應了一聲，去找沙彌要香茶了。芳菲站在正殿一旁看著來來往往的香客，覺得口乾舌燥，不知是不是心情激蕩的緣故？

她神不守舍地站著，沒發現一個青年男子正在殿堂的另一個角落裡上上下下打量著她。

「那是誰家的小娘，這般標緻？」

那男子搖了搖手中的摺扇——儘管如今天氣寒冷，但是注意風度一直是他洛家十二公子洛君的生活原則。

他的小僮知道他那貪花好色的脾氣，好心勸道：「公子，您就消停幾天吧，才被老爺禁足了兩個月……」

「哼！」洛君氣惱地拿著扇子敲了小僮的腦袋一記。「晦氣，哪壺不開提哪壺，少跟我再說這個事。」

小僮還是忍不住叨叨。

「老爺說了，您要是再惹事，就直接把您送到鄉下莊子裡關起來，再把我們這些服侍的人都賣了做苦力……」

洛君完全不顧小僮的勸告，徑直朝芳菲那邊走去。

春雨端著一盞濃茶，慢慢地從正殿後堂走出來。她正全神貫注捧著茶碗，沒注意眼前突然走過一個男子，輕輕碰了一下她的胳膊。

「哎呀！」春雨一下子失去了平衡，手中的茶碗哐噹一聲掉在地上，散成了碎片。

芳菲聽到響聲朝這邊看來，只見春雨把茶灑了一地，一個穿著錦緞袍子的年輕男子正站在她的身邊。

「怎麼這麼不小心？」芳菲以為春雨無意碰撞了別人，連帶著打了茶碗，便不輕不重地說了她一句。

春雨臉全脹紅了，一個勁兒地向芳菲認錯。早有知趣的小沙彌拿著掃帚和畚箕跑過來，幫春雨把地上的狼藉收拾乾淨。

那男子卻向芳菲走來，作了個揖賠罪說：「都是小生不好，衝撞了貴僕，請小姐不要再怪罪她了。」這自然是洛十二公子了。

芳菲隨意看了他一眼。粗略看來，倒是一名英俊小生，穿戴頗為不俗。連他身邊那個小僮，也長得很是秀氣。這樣的人本來是很容易惹人好感的，只是芳菲不知為何卻對他生不出什麼親近之心。

「沒什麼，小事而已。」大庭廣眾之下，她不想和陌生男子交談太多。

洛君卻很誠摯地再次向芳菲謝罪。

春雨垂頭走過來，對芳菲說：「姑娘，都是奴婢不好，奴婢再去捧一碗茶來。」

芳菲不耐煩再耽擱下去，搖頭說：「算了，我們走吧。」

洛君卻說：「這怎麼行呢？都是因為小生的緣故，害得姑娘的茶灑了。小生知道後面佛堂裡有待客的雅室供香客們喝茶歇腳，如果姑娘不嫌小生冒昧，請到雅室裡用一盞齋茶再走如何？」

芳菲聽他說了一堆，心中漸漸了然。嗯……這就是傳說中的搭訕嗎？

正如她所知的許多戲文上演的一般，佛寺果然是個搭訕豔遇的好地方，比如〈西廂記〉，還比如星爺的〈唐伯虎點秋香〉……

芳菲覺得好笑。看這人長了一副好皮囊，卻是個自命風流的花花公子呢。她正想婉言拒絕，忽然看見他拿著扇子搖啊搖的，立刻變了臉色。

她什麼話都沒說，冷哼了一聲扭頭就走。春雨和春草不明所以，趕緊亦步亦趨地跟了過去。

洛君愣了一愣，剛剛這小佳人對他還是和顏悅色的，咋突然間就變了臉？

不過洛君馬上也舉步出了正殿。對於追求淑女，他自認極有心得。據說要當風流公子，「潘驢鄧小閒」這五樣，是樣樣都不能缺。洛君認為，自己哪一樣都是頂兒尖兒的——潘安貌、鄧通財、陪小心、有閒情，還有那……嘿嘿嘿……

芳菲上了秦家馬車，吩咐下人馬上啟程。春雨春草陪她坐在車裡，看她一臉怒色，兩人半句聲都不敢出。

車子走了半晌，芳菲自己生了一會兒氣，忽然聽得窗外響起馬蹄聲。本以為是過路行人，可是怎麼這馬蹄聲一直在自己車窗外頭響著？難道這馬是在和自己的車子並駕齊驅？

芳菲心中一動，撩起車簾一看，果然——

洛君正騎在一匹要多騷包就有多騷包的白馬上，見芳菲如他所願的撩開了簾子，忙遞上一個自認為極度瀟灑的笑容。

還騎白馬……芳菲想起自己「上輩子」常常念叨的一句話。「長翅膀的不一定是天使，也有可能是鳥人；騎白馬的不一定是王子，也許是唐僧……」

芳菲飛快地放下車簾，用手扶著腦袋，心裡湧起一股許久沒有過的搧人巴掌的衝動……搧他巴掌還是輕的呢，就他幹過的那些事……哼！

芳菲把心一橫。是你自己送上門來，不要怪我辣手無情了。

「我記得再過去不遠有個茶寮，」芳菲對春雨說。「到前面去交代一聲，讓他在茶寮那兒停車，我要喝口水再走。」

春雨忙打開車廂裡和前面車伕位子相連的小窗口，交代車伕在前頭茶寮停車。

這趟陪著芳菲出來的有一個車伕、兩個家丁，還有就是春雨、春草兩個丫鬟。車子在茶寮停下後，芳菲扶著春雨的肩下了車，走到茶寮裡為招待過路的富貴人家歇腳隔出的內室中坐下。秦家的家丁、車伕就在外間棚子下坐著休息，喝粗劣的大碗茶。

芳菲才剛剛坐定下來，接過店家送來的茶水喝了一口，就看見那洛君搖著扇子也走進了這間內室，在另一張桌位坐了下來。

春雨跟春草二人看見洛君帶著小僮進了內室，立刻緊張起來。她們都是機靈人，知道這男子進來歇腳絕對不是巧合，肯定是在打姑娘的主意。春雨忙說：「姑娘，喝了這杯茶我們就走吧！」

芳菲不為所動。「慌什麼？太陽都沒下山呢。」春雨還要再勸，芳菲斥道：「我的事情我自有主張，妳多什麼嘴？」

春雨這才閉嘴，可還是不斷地拿眼看著洛君那邊，心驚肉跳得不行。千萬別出什麼事啊……

洛君見自己進來坐下後，芳菲沒有立刻離開，不由得心下狂喜。

剛才在大殿之中人多口雜，這小娘估計是要自重身分矜持一番。眼下這茶寮內室裡就他們兩家帶著僕人在此，她就不會再像剛剛那樣冷淡他了吧？

洛君心中得意，就開始不住賣弄起來，不停地朝芳菲這邊微笑。

芳菲垂著頭喝茶，偶爾羞答答地抬起眼來掃了他一眼，便又忙不迭地轉開了目光。

洛君見芳菲這副模樣，身子已是酥了半邊，想著要找個什麼藉口和芳菲搭上話才好。他見芳菲坐在那兒只低著頭把玩著她的荷包，沒有一點兒要走的意思，便終於忍不住站了起來。

「這桌子怎麼搞的，那麼髒……」洛君厭棄地看他剛才坐過的桌位，走到芳菲的桌子前。「這位姑娘，小生可否借坐一會兒？」

屋裡明明有好幾張空桌子，洛君非要坐到這兒來，他的用意已是司馬昭之心路人皆知了。

春雨顧不得僭越，急道：「姑娘，我們還要趕路呢。」

芳菲只做沒聽見，放下了一直捏在手裡把玩的荷包，又把一個空茶杯拿在手裡轉來轉去，斜著眼兒看著洛君淡淡微笑。

春草也急了，姑娘這是怎麼了？服侍她幾年，從沒見過她這等輕佻的樣兒，這……難道真是看上了這位公子爺？

「姑娘喝的什麼茶？」洛君笑吟吟地和芳菲搭話。

「龍井……」芳菲沒有正眼看洛君，但說出來的話兒卻帶著些綿軟的笑意。「公子想嚐嚐嗎？」

「想，怎麼不想？」洛君不勝歡喜，心道事情漸漸入港了。

芳菲把手中的茶杯放到桌上，就著那茶杯倒了一杯茶出來，竟是親手端到洛君面前。

洛君受寵若驚，馬上伸手去接，不承想芳菲卻把茶杯放到了桌子上，咻地把手縮了回去，讓洛君的一雙祿山之爪撲了個空。

沒摸到美人兒青蔥似的柔荑，真可惜……洛君略帶遺憾地拿起那杯熱茶，也不顧那茶燙嘴，一口就喝了下去。喝完還意猶未盡地抿了抿嘴唇，再次露出一個無比燦爛的笑容。「姑娘倒的茶，真好喝。」這茶寮用的什麼龍井茶葉，味道怎麼有點怪？

「是嗎？那你再喝一杯呀。」芳菲又把那茶杯拿過來滿上，再遞了過去。

洛君其實不太喜歡這種茶的味道，但美人親手斟的茶，他當然要喝了

春雨和春草已經完全被嚇傻了，連跟在洛君身邊的小僮都驚奇不已。「這位姑娘咋一看還挺端莊的，想不到和我們公子爺倒是一個調調……」

芳菲連斟了三杯茶，洛君就連喝了三杯。見洛君把她斟的茶全都喝了個精光，芳菲的心情好得不能再好，唇角眉梢的笑意止也止不住。

洛君卻開始有些不妥了，今兒出門沒吃什麼怪東西啊，怎麼這會兒肚子嘰哩咕嚕的鬧著，真

是……他把肚子裡的鬧騰強忍了下去，依然極力維持著他風度的形象。

「敢問姑娘貴姓芳名？」

洛君決定今天先把芳菲的來歷打聽出來，以後再慢慢勾搭。但這時芳菲卻收了笑臉，隨即站了起來。

「姑娘這是要走？」洛君大感錯愕，這……剛才不是還聊得好好的嗎？「天色還早，姑娘妳再坐一會兒嘛。」洛君一急，也站起身來想挽留芳菲，誰知道一站起來，肚子裡難受的感覺更加強烈。

芳菲走到內室門前，回頭冷笑了一聲。「洛十二洛公子，你還有閒情留我？看你那樣兒……還是快些去找間茅房吧。」

洛君臉色大變，她這麼說是什麼意思？「我還沒報上名頭，姑娘怎麼會知道……」

芳菲欣賞著洛君因為強忍腹痛而扭曲起來的面部表情，不屑回答他的問題，只拿眼看了看他手中的扇子。那扇子面上畫了一幅寫意山水，旁邊的落款正是他常常用的「洛十二」。

「妳……妳到底是誰？」洛君就快憋不住了，好像有無數馬匹在他的腹中橫衝直撞，而這種感覺一直往下、往下……他知道自己絕對是被這個女子暗算了，她到底是誰？

芳菲理都不理他，邁著輕盈的步子走出了內室，吩咐馬伕立刻啟程回府。

洛十二自身難保，無法走過去攔住芳菲。他衝出了內室，拉著茶寮裡的小二問茅房的所在，等小二將他領到茅房前時，快要憋瘋了的洛十二旋風般往裡衝去，一不小心絆在了茅房的門檻上……

外面的小二和小僮只聽得茅房裡哐啷一聲巨響，他們衝過去的時候，看見洛十二整個人被門檻絆倒後先是撞上了裝滿「黃金」的馬桶再摔倒在地上，而同時他的褲襠裡……同樣是「黃金萬兩」。

第四十八章 訓奴

春雨和春草坐在馬車車廂裡，看著對面面無表情的芳菲，大氣都不敢喘一口。

春雨忽然覺得自家姑娘有些陌生，儘管這種感覺並不是第一次有。不知道從什麼時候開始，那個逢事只會躲在被子裡埋頭哭泣的姑娘，變成了一個沈穩內斂的少女。而今天芳菲的作為，更讓她又驚又疑。

趕在太陽下山前，芳菲一行人回到了秦府。她一言不發帶著兩個丫鬟回到院子，將在屋中灑掃的小丫頭們趕了出去，讓春雨關上房門。

芳菲在小桌前坐下。二人惴惴不安地站在芳菲跟前，不知芳菲要跟她們說什麼。

「今兒的事情，我不希望有一星半點傳出去。要是讓我知道外頭有半句閒言，妳們明白自己會有什麼結果吧？」

芳菲雖然並沒有怎麼疾言厲色，但春雨和春草從她語氣裡聽出了她的鄭重。

二人自然拚命點頭。今天那馬伕和兩個家丁坐在外頭大棚下，是看不到裡頭情形的。芳菲所要提防的，就是她們這兩個貼身丫鬟。

芳菲又再淡淡掃了她們一眼，忽然說：「春雨，去取我的晚飯過來。」

春雨趕緊領命而去。春草沒得芳菲吩咐，站在那兒一動都不敢動。姑娘為什麼要單獨把她留下來？

「春草，妳在我房裡幾年，也算是盡心盡力呀。」芳菲似笑非笑地看著春草。

春草忙說：「這都是奴婢應做的。」

「是嗎？可惜啊……」芳菲忽的臉色一沈，低聲喝道：「可惜妳盡心盡力服侍的主子，卻不是我呢！」

撲通！春草雙腿一軟，支持不住一下子跪倒在地上，不停地給芳菲磕頭。「奴婢不敢，奴婢不敢！」

「妳不敢？」芳菲冷笑一聲。「妳敢得很。這幾年來，妳的所作所為我都看在眼裡。人在我屋裡，嘴巴卻長在三夫人那頭，她養了妳這麼個耳報神，真是要把妳當成寶貝了。」

春草嚇得渾身冒冷汗，只懂得一直說：「奴婢沒有……」

「行了，別跟我廢話，我沒那閒工夫。」芳菲站了起來，俯視著跪在地上的春草，說道：「妳得認清，誰才是妳的主子，別給我整這身在曹營心在漢的把戲，老把我的事跟三夫人說個不休。妳不過是個奴才，真以為三夫人會拿妳當回事？惹惱了我，信不信我把妳的賣身契從三夫人那兒要過來。」

春草一聽「賣身契」三字，更是磕頭如搗蒜。

芳菲又說：「妳覺得如今的日子苦吧？當人奴僕，自然不是什麼舒服日子。要不要我送妳去窯子裡過上幾年，給妳換個活法？聽說那些小窯子裡的姑娘，一天就要接幾十個客人……」

春草沒聽芳菲說完，就已經癱成一團軟泥，眼淚鼻涕糊了一臉。她也顧不上擦臉，撲過來一把抱著芳菲的腿大哭。「姑娘饒了奴婢吧，奴婢再也不敢了，再也不敢了……」

芳菲喝道：「放開妳的手！」

春草只得收了手，趴在地上哭泣不止。

芳菲再也不說什麼，只對外頭喊了一聲。「飯早拿回來了，站在外頭幹什麼？」

一直站在門外不敢進來的春雨，這才推開房門進了屋，眼角都不敢看地上的春草半眼。

芳菲看她把晚飯擺好了，才說：「把她帶下去，別在我跟前嚎喪。讓春月和春雲過來服侍我用飯，妳們晚上再過來吧。」

春雨怯怯地應了聲「是」，忙把地上的春草拖走了。春草還要再求芳菲，春雨邊拉她邊說：「走吧走吧，別再惹姑娘不高興了。妳要是盡心服侍姑娘，姑娘不會虧待了妳的……」

芳菲看春雨把春草架了下去，換了春月和春雲兩個過來伺候，才將僵著的臉放鬆了些。

她早就想找機會敲打敲打這個春草了。雖說春草也是因為做人奴僕，身不由己，才會做出這種事情。可是再這麼下去，也不是個事。她當然不會真的把春草賣到窯子裡去，不過經過這一嚇，春草往後應該就會老實多了。

她慢條斯理地把飯吃完，春月忙端過一盞茶來給她漱口。芳菲喝了一小口茶含在嘴裡一會兒，再吐到春雲捧著的痰盂裡。這兩個小丫頭年紀還小，看到剛剛春草被芳菲關起門來訓了一頓，出來的時候哭得走路都不穩了，心裡都被嚇得慌。

「都下去吧，我要休息一會兒。」芳菲有些倦了，走到床榻上靠著軟枕坐著，靜靜地想心事。

陸寒那邊，暫時不會有什麼問題。看來他是個極有主見的，什麼事情都已經考慮好了。她只要交代方和掌櫃半個月去看他一趟，送點生活上常用的東西就好。

陸寒被逼到這個分上，他那個叔叔陸月思，還有那個讓芳菲一想起來就生厭的嬸嬸方氏，這兩人真是「功不可沒」。以後若有機會，芳菲是不會讓這兩個人好過的……

她從來是個有恩報恩，有仇報仇的脾氣。

今天整治洛君，便是因為她早就知道這個人是害得她上回被迫服藥假死的幫凶。那天在張家見面的時候，惠如嘴快，把湛煊被湛家家長打了十個板子關起來讀書的事情說了，還說洛家的洛十二也被禁了足。

她當時就追問關這洛十二什麼事，才從惠如口中得知洛十二是湛煊的「狗頭軍師」，找湛家那親戚金氏上秦家來的主意就是他出的。

芳菲早想著找這洛十二算帳，誰知道天理昭然，讓他撞在了她的手裡。

從許久前開始，她只要出門，就會在荷包裡放上許多包藥粉，以備不時之需——「上輩子」出差養成的習慣。給洛君喝茶的茶杯裡，她悄悄放的是一種通腸胃的藥粉——但這治病的藥粉，要是用茶水沖泡，效果就會是平時的十數倍，成為一種強力瀉藥……

呵，這位風流倜儻的洛公子，不知現在還站不站得穩？

要是她知道她走之後洛君的遭遇，心情估計會比現在更好……

芳菲把洛君的事情撂在一邊，走到梳妝檯前卸妝梳頭，準備好好睡一覺。今兒實在是顛簸太過，人都有點乏了……

春雲忙過來替她放下頭髮，把頭上的簪花和釵子卸下來。芳菲看著那放在梳妝檯上的簪花，正是朱毓升送她的那些宮造簪花中的一朵，她今天才剛剛插上頭的。

朱毓升……她沒有想到，他們已經分別了這麼久，那住在深宮裡的小王爺，還在想著她這麼個小丫頭。

她從來沒有想過進入他的世界，他身為皇親貴冑，還可能成為將來的東宮太子，怎是她一個小小庶民少女能攀附得上的？就算他從太子之位的競爭中落選回到藩地，也還是個小王爺。

雖然本朝藩王、王子娶妻，都不求女家出身高貴，起碼也得是個書香門第，比如朱毓升的母親安王妃便是五品學政之女。她一個孤兒，要嫁給朱毓升，只可能做一房妾室——她是絕對不可能走這條路的。

不嫁朱毓升，難道，真的要嫁陸寒……

「我要用我的一生來保護妳。」

陸寒的誓言彷彿又在她耳邊響起。

她相信他是個一諾千金的人，這句話一說出口，即便是天坼地裂，他也不會改變心意。

可她的心……

芳菲想到此處，只覺得一陣一陣的揪心難過。唉，不管了，今朝有酒今朝醉，明日有愁明日當日後再說吧……

現在她要忙的事兒多著呢。郊外花園那邊，固然是要照料，但有些籌備已久的事情，也該提上日程了……

北風吹，雪花飄，臘月到。

冬日的佳味齋，又推出了幾款新鮮菜式。歸地燒羊肉、珠玉二寶粥、玉竹蒸嫩鴨……每一道新菜的推出都給佳味齋帶來了不少生意，每天搶著來訂位子的人是絡繹不絕。到佳味齋來吃一頓冬季藥膳，已經成了這個冬天陽城人們最渴盼的事情之一。但佳味齋的新花樣，可不只這些。

「咦？小哥兒，我們可沒叫多上一壺茶啊。」

佳味齋大堂裡，幾位快要用膳完畢的客人看著店小二又捧過一壺新茶來，不禁有些疑惑。上茶上錯桌子了吧？

「您老別急，這是我們新做的『養生茶』，這幾天每一桌來吃飯的客人我們都會送一壺的。您幾位慢用！」店小二將茶放到桌上便退下了。

那幾人正好吃完了菜，既然店家如此體貼多送一壺新茶來，她們就嚐嚐鮮好了。

「哎，這個茶的味道真不錯……不過，喝著有點藥味？」

「人家說了是養生茶嘛。唔，不錯不錯，這種茶的味道沒嚐過。要不，問問小二是泡的那種茶葉？」

「小二知道什麼呀，得問掌櫃的……」

二樓雅間裡，佳味齋的大掌櫃吳大震和二掌櫃方和，正在向芳菲彙報這些天來客人們喝了新茶以後的反應。

「好多客人喝完了還點名再要一壺呢，」吳大震說。「也有人來問茶方的，我說這可是本店的秘方，不外傳的，他們還不肯罷休，非要我給不可。」

方和也說：「秦小姐，您這白送的主意可真絕，一下子客人們都好上這口了。」

「這個濃薑紅糖茶，只是我們要推出的第一種……」芳菲拿起眼前那杯茶喝了一口，微微笑道：「兩位掌櫃，要準備下一種茶了。」

第四十九章　茶樓

半個月後，佳味齋新製的「濃薑紅糖茶」，已經傳入了陽城許多大戶人家的內宅。大家都知道，這茶就是用薑汁和紅糖加茶葉來沖泡，但自己在家沖的茶，就是沒有佳味齋的好喝。

而且，現在佳味齋也不送茶了，要喝就得掏腰包了。可是在這大冬天裡，能喝上這麼一壺滾燙的薑茶，整個人渾身都舒泰了不少。所以現在到佳味齋來用飯的人，往往都要叫上一壺薑茶。

「秦小姐，按您的方子弄的薑茶，果然和尋常的薑茶不一樣。」

大掌櫃吳大震對芳菲早已佩服得五體投地，正是有了這位秦小姐四年來層出不窮的好主意，佳味齋的生意才能一年比一年更好。這些天來，光是賣薑茶的利潤就是一筆不小的收益，吳大震心情當然好得不得了。

芳菲笑道：「此時天寒地凍，萬物蟄伏，寒邪襲人，所以適宜禦寒取暖。冬日飲茶，以紅茶為上品。我這薑糖茶的方子，並不特別，只是多用了些心思罷了。倒是掌櫃你要交代交代手下人，別把方子傳了出去。」

「那自然，那自然。」吳大震恭敬地應下。表少爺早說過了，他們如今都不在陽城，事實上芳菲就成了佳味齋的當家人，他們都得聽芳菲的。不過芳菲不愛胡亂插手，除了對菜色茶方提供意見以外，其他的事務都是任由吳大震與方和去作主，這讓他們感到更加自在。

芳菲的薑糖茶方，是要用精選過的紅茶，加上薄薄的薑片，一同放入砂鍋內煎煮成濃汁。濃汁將成，再加入適量紅糖——紅糖的量也有講究，多了膩味，少了寡淡，要把握得恰到好處才能引出薑和茶的香味。

外頭那些人自己弄薑糖茶，不懂得用砂鍋煎煮，直接用滾水沖泡，哪能做出佳味齋這樣的味道？

芳菲最大的仰仗，便是自己腦中的這些資料。之前的幾年，她年紀實在太小，只好蟄伏下來先慢慢存下些本錢，同時在心中不斷地完善她的計劃。

如今她即將及笄，在秦家又擁有了一定的自由，該是將多年謀劃付諸實施的時候了。

「方掌櫃，這些日子麻煩你了。」芳菲誠心向方和道謝。她讓方和送了兩次吃的、用的過去給陸寒，一開始陸寒還不太樂意收下，後來方和說那些臘肉和豬腿什麼都是芳菲親自動手做的，陸寒才將這些都收了下來。

芳菲自那回以後，都沒有再見過陸寒。一來是她真的沒什麼機會出門，到大街上的佳味齋還說得過去，可是跑到鄉下去就太難了。加上……見了陸寒，她會覺得尷尬……他對她的深情，她不知該如何回應。

「哪裡哪裡，秦小姐，這都是我該做的。」方和忙不迭回應，又說：「對了，表少爺臘月裡又要再回來一趟。」

「蕭大哥要回來了？」芳菲心下一喜，她正準備和蕭卓商量一些事情。不過不是聽說他在準備明年上京考武進士嗎，怎麼抽得出時間回陽城？要是送年禮的話，派老成的家人送來也是一樣。

「是這樣，張老太爺怕是……」方和住了嘴，芳菲頓時明白過來。原來是張學政病危，那蕭卓作為外孫回來看看他也是常理。

臘月裡，家家戶戶都比往常更加忙碌了幾倍。像秦家這種中等人家，家中人丁不少，要忙的事情也挺多。孫氏整日忙著籌備年節的事情，又把芳英帶在身邊教她管家。其他的芳苓、芳芷、芳芝幾個表示不滿，孫氏再偏心自己的親生女兒，也不能把大房和二房的人拋開了不管啊！

於是林氏又鬧到了秦老夫人那頭，把秦老夫人煩得不行。芳苓這些年來雖說不如之前受寵，可在秦老夫人面前還是有體面的。秦老夫人又心疼她沒了母親，更是對她偏愛了幾分。

秦老夫人把孫氏找來說話，讓她要一碗水端平，連芳苓幾個都帶著一起學管家。秦老夫人還把芳菲添了進去。「總不能只落下她一個，她也是訂了親的人，過了春天就十五了，連她也帶上吧。」

芳菲才不想摻和到秦家這一鍋粥似的家務裡去。她是隔房的孫女兒，管人家的家務？吃飽了撐著。

芳菲再三推脫，又說自己身體入冬以來就不好，每日裡只歪在床上不想動彈，管家什麼的就有賴眾位姊妹了。

孫氏巴不得芳菲別在她眼前出現，每次一看到芳菲，孫氏就想起她鬧的那齣讓自己大丟臉面的事情，尷尬得不知怎麼面對芳菲好。

於是秦家的這些女人便鬧哄哄地去爭著管家務了，之間有多少的勾心鬥角、嘔氣撒潑，這都不是芳菲所要關心的事情。

她所關心的，是蕭卓的再次到來。

過了臘八，快到小年的時候，蕭卓終於來到了陽城。他這回只能停留兩天，馬上又得啟程回安宜，陪他的姨母安王妃過年。

「蕭大哥，恭喜你高中舉人。」芳菲在佳味齋見到了風塵僕僕的蕭卓。蕭卓中了舉人，正是準備大展宏圖的時刻，整個人精神煥發，意氣飛揚。

「只是舉人罷了，要是中不了進士，也只能進軍中候選，等待缺員時補上軍職。等我中了進士，你再賀我不遲。」

芳菲笑道：「以蕭大哥的人品武功，拿個武進士，還不是易如反掌。」

「行了行了，」蕭卓呵呵笑道：「方和說妳有要事找我商量，是遇上什麼麻煩了嗎？」

芳菲沈吟一會兒，理了理思路，先把陸寒的事跟蕭卓說了一遍。她對蕭卓很有信心，考個武進士問題應該不大。再說還有安王妃在後頭給他打點，他父親據說又升了知府……將來肯定派在京裡辦差，不會發配到邊軍去當那勞什子副將的。

陸寒既然選了科舉之路，若是三年後能通過縣試、府試，必然要上京趕考。她先跟蕭卓說了這事，便是為陸寒的將來做打算的意思。有了蕭卓接應，陸寒在京城定然會好過得多，能夠專心備考吧？

不過這是三年之後的事情了，所以芳菲也只是先簡單提了提。她要跟蕭卓商量的大事，是她自己的生意。

「妳是說，想自己開一家茶樓？」

「對。」芳菲點頭說。

蕭卓早知道芳菲不是尋常女子，但也沒想到她竟有這麼大的魄力。自己弄一盤生意，可不是說笑的。其間要付出多少心力，這……她身在深閨，顧得過來嗎？

蕭卓說了自己的顧慮，芳菲說道：「小妹雖然身為女子，並沒有什麼運籌於帷幄之中，決勝於千里之外的能耐，可是要照料這門生意應該還是做得下來的……」

她向蕭卓說明了自己的構想。這家茶樓，她是打算以佳味齋的分店形式來開的。當然，所用到的資金、貨源，她會自己想辦法去解決，只是想請蕭卓幫她找一批得力的人手來做這件事。而且，她打算開了茶樓之後，便不再收佳味齋那一分的紅利了。

「這怎麼行？毓升當初就是這麼交代的。就憑妳這些年替佳味齋賺的錢，這紅利也是妳應得的。」蕭卓立刻反對。

芳菲搖頭說：「我拿了四年的紅利，已經夠了。現在我開茶樓，又要麻煩佳味齋的人幫手，哪還能再來要紅利？」

蕭卓再勸了一會兒，芳菲卻一直堅持自己的意見。

她欠朱毓升、張端妍、蕭卓的實在太多太多。這些年裡，他們給了她多少幫助？直到如今，她還得厚著臉皮請蕭卓幫忙——她何嘗不想自立，一個人都不靠，不要欠下人情。可是這萬惡的世道，哪能容得下她一個弱女子站出來做事？

她只能無奈地從他們身上借勢，每一次向蕭卓和張端妍開口，她都感覺到一陣陣的難受……什麼時候，自己才能真正的自立呢？

又或許，在這世上，一個女人想要自立只是癡人說夢……

縱使如此，她還是想在有限的空間裡搏上一搏。

蕭卓還有另一個擔心，芳菲做生意的事情要是被秦家發現，那定會掀起軒然大波。儘管她是打著佳味齋分店的招牌來做這樁生意，但世上哪有不透風的牆？這可不是買個花園那麼簡單。

一旦被人知道芳菲背著家人在外弄私產，她將面臨的是整個社會的譴責。這哪是一個未出嫁的女兒家做的事？

「關於這個……蕭大哥，你就不用替我操心了。」芳菲微微笑著，她已經想到了解決的方法。

蕭卓聽了芳菲的解釋，也覺得此法可行。他是個乾脆人，當天從佳味齋出來後，立刻找人去替芳菲物色合適的房屋，又讓方和全權掌管此事。

方和聽說自己不再是佳味齋的二掌櫃，而是要當一家新茶樓的大掌櫃，真是又驚又喜。誰不想能當個掌舵的呢？何況又是替表少爺和秦小姐辦事，方和自然更是盡心盡力。

蕭卓離開陽城後，方和繼續籌備新茶樓的開張事宜。他向芳菲稟告，等過了大年，茶樓就可以開張了。

芳菲深感欣慰。再過三天，就是除夕了……

她猶豫了許久，決定還是在除夕前，再去見一次陸寒。

第五十章　除夕

朔風吹，雪花飄。

除夕前日，白雪皚皚的陽城全都籠罩在喜慶的氣氛之中。無論是高門朱戶，還是貧苦寒家，人人都忙著籌備過年了。

貼門神、寫春聯，那還是明日的事情，但今天大家要忙的事兒也不少。大街小巷，處處可見行色匆匆卻滿臉喜色的人們，都是在為籌辦年貨做準備。有些性急的孩子，已經穿上了年節才穿的新衣，拿著大人給買的小風車、小燈籠，在街上嬉笑追逐，好不熱鬧。

城外的村莊裡，也是到處洋溢著歡騰的笑聲。村人們把養了一年的肥豬拖到村口集體屠宰，忙了一年了，過節還不吃口好的嗎？大家圍在一塊熱火朝天地聊起這一年來的辛酸和收成，在這樣高興的日子裡，過去流的汗、吃的苦彷佛也都有了回報。大家說一陣，嘆一陣，在窮苦夥伴的訴說中尋找共鳴，也算是苦中作樂。

陸寒裹緊了身上的棉袍，從一群又一群鄉民身邊走過。有些人認出了他，跟他打招呼讓他過來分豬肉，他也笑著婉拒了。「年貨都辦下了，謝謝大叔的好意。」

有人不知道他的來歷，便向身邊的人詢問這秀氣的小哥兒是哪裡人。

「這是住在村東頭的陸家小哥兒，可憐著呢，聽說家裡本來也是當官的，誰知父母都歿了，不知怎地也沒個長輩看顧。他就自個兒住在張老三原來那間小院裡，天天讀書，從不出來淘氣的。」

淳樸的鄉人對於讀書人總有著莫名的尊敬，尤其在他們聽說這小哥兒是村學裡的蘇老先生最看重的弟子，對陸寒就更有好感了。

村中的里正看著陸寒在雪地裡遠去的背影，心想看這哥兒的模樣，說不得是個有大出息的，待會兒還是讓人送一份豬肉到他院子裡去吧。

陸寒走近自己住的那間農舍，遠遠的就看見了那輛熟悉的馬車。

「方掌櫃又來了……應該是芳菲妹妹讓他給我送年貨來了吧？」陸寒推開柴扉，屋裡的人聽到動靜便走了出來，果然是方和方掌櫃。

「陸少爺，您回來了？」方和對陸寒的態度和那些鄉人是截然不同的。陸少爺再貧苦，那也是官家子弟，還是秦小姐的未來夫婿。秦小姐如今是他正兒八經的東家，他怎麼會尊卑不分？

陸寒朝方和點點頭，笑道：「是呀，方掌櫃來一會兒了吧？」

「沒有，我們才來不久……」兩人邊說邊往屋裡走。

陸寒正為方和說的「我們」愣了一下神，緊接著就看見了坐在屋裡的芳菲。

「陸哥哥，有些日子沒見了。」芳菲站了起來，笑著朝陸寒走來。

她穿了一身棉衣，身上也披著大紅裘皮披風，但陸寒仍是皺起了眉頭。「妹妹，妳就這麼在屋裡坐著，也不生個火盆，凍壞了怎麼辦？」

說罷，陸寒立刻把懷裡的書往桌上一放，話也顧不上多說兩句，馬上就去生火。方和剛走過去說要幫忙，陸寒卻已經把火盆生起來了，動作之俐落迅速，連方和看了都暗暗讚嘆。

陸寒真是個能屈能伸的人……芳菲站在一旁看他生火，心中不禁有些佩服。

古人說，富貴不能淫，貧賤不能移，可真正做到的有幾人呢？身處逆境之中而能堅守本真的人，又有多少個？

而陸寒，從她認識他的第一天開始，他悠遊淡定的姿態就從未改變。

「陸哥哥這會兒還出門？」芳菲來的時候，以為陸寒一定在家的。幸虧等了小半個時辰，他就回來了。

「嗯，去給老師家裡送些東西，把前些日子妹妹託方掌櫃帶來的臘肉給老師送去了。」陸寒口中的老師，便是曾任翰林學士的村學先生蘇老先生。

芳菲將她給陸寒帶來的年貨一包一包拿給他看。陸寒重孝在身，本來就要避諱年節中的親戚走動，倒是省下了不少工夫和財物——更是有了冠冕堂皇的理由不去拜會他那個叔叔。

芳菲給他準備的都是些最基本的東西，比如供奉祖宗和亡父亡母的香燭、香爐、紙錢，屋裡釘的桃符，門上貼的門神，還有年糕、生果、瓜子、花生等等吃食。

「這一屜餃子，是我早晨起來包的，待會兒你一下鍋就能吃。」芳菲又取出一個食盒。「這十五個，是豬肉白菜餡料；這十五個，是雞蛋韭菜餡；這三十個，是羊肉大蔥餡。我記得以前咱們一起吃餃子的時候，你最愛吃羊肉餃子，就多做了些。如今天冷，餃子在屋裡放著也不怕壞，這裡應該夠你吃幾日的了。」

說到這裡，芳菲輕嘆一聲，看了陸寒一眼。「明兒除夕，我被家裡拘著也不能來陪陸哥哥過年守歲。只能替你做些吃食了，陸哥哥不要怪我。」

「我怎麼會怪妳？」陸寒接過那食盒，看著裡頭一個個雪白飽滿的大餃子，心裡滿是感動。他沒問芳菲怎麼在這種日子還能抽得出空兒來見他，想必也費了許多周折才找到藉口出來的吧？她身邊連一個丫頭都沒帶，也不知要多辛苦才能把這些跟著她的人甩開呢。

「妹妹就不必掛心了，我一個人能照顧得過來。」陸寒說。「妹妹要是家裡不方便，也不要常常出門來看我了，免得……又有人要說三道四，連累妹妹不好過。」

芳菲笑了笑，又轉身去拿出一個包裹。「陸哥哥放心，我辦事，是不會落人口實的。你看看這袍子合不合身？」

她把包袱解開，拿出一身夾棉袍子。陸寒接過一看，從面料到做工都是上上之選。「這麼好的衣裳，我在這村中穿了也是浪費，無異於衣錦夜行。」

「衣裳做了就是給人穿的，說什麼浪費不浪費。」芳菲嗔怪道。「陸哥哥難道是嫌棄我手藝不好？」

「這是妹妹做的？」陸寒驚喜不已，當下就脫下外衣試穿起來。無論是肩寬袖長，腰圍身量，都是恰恰合適。

芳菲來了這兒多年，每日在閨中無事，早就學會了針黹功夫。「唔，看起來滿合身。我早想著大過年的，你自己估計也不會去買新衣服，還是我給你做吧。放心，我都問過人了，這用的布料和針線的顏色全是孝中合用的，斷斷不會犯了色。」

不知是屋裡生了火盆還是身上穿了棉袍的緣故，陸寒只覺得從骨子裡冒出一陣又一陣的暖意，像是一團團暖軟的棉絮，將他整個人緊緊地裹在裡頭。

他早料想著這會是他有生以來最難捱的除夕，也許他會躺在冷冰冰的床板上，聽著周圍無數人家的歡聲笑語難以入眠吧？但芳菲的意外到來，是真真正正的雪中送炭，讓陸寒怎能不情懷激蕩呢……

「妹妹，我……」陸寒喉頭一緊，一時說不出話來。

芳菲偏過頭去，不敢正視陸寒眼中的海樣深情，嘴裡說著：「對了，陸哥哥，我想跟你商量個事情。」

這些天來，關於自己該如何對待陸寒，芳菲想了很多，也想了很久。

儘管她的心中始終認為，只有相愛的情人才應該成親，但她也不能全然無視這世界的宗法禮教。在世人眼中，她和陸寒既然已經訂親，沒有一個說得過去的重大理由，是不應該解除婚約的——秦家想把陸寒的婚事給退了，本來在道義上就說不過去。所以秦家在芳菲堅持不退親後也不敢說些什麼，還得來跟她道歉。

芳菲當日使出險招，化解了秦家想要將她許配給湛煊的危機，卻同時將自己和陸寒更加密切地捆綁在了一起——這是她「自殺」前就已經想到的，可是當時她並沒有第二條路可走。

如今，她是不可能主動退掉陸寒的婚事的，否則就是自打耳光。若是陸寒另覓淑女要退她的親，芳菲倒是可以接受。但那天陸寒既然開口說了那句驚人的誓言，便證明他的心中已經將她視為終生的伴侶了。

她不能退親，陸寒不會退親。芳菲終於肯直接面對自己逃避了許多年的這個問題——她和陸寒，也許注定是要成親的了。

如果自主選擇生活方式，芳菲希望自己能夠過獨立的單身生活，靜靜地等待和自己所愛的人邂逅……

可是，她沒有自主的權利。目前的她，甚至連脫離秦家獨自過活的權利都沒有。

作為這世間的女子，必須要依附家族或者丈夫生存，她便只能在命運給予她有限的選項中作出選擇。

想通了此處，芳菲對陸寒的態度，便與從前迥然不同了。

如無意外，他將會是自己未來的丈夫，是陪伴自己度過下半生的「夥伴」。

那麼，從今以後，她會全力以赴地幫助他達成他所期望的所有目標，將他這株稚嫩的小苗，栽培成可以終生蔭庇她的參天大樹……

為了使自己能夠過上相對自由的生活，芳菲作出了如此決定。

至於愛情……沒有愛情，也許也可以過得很好吧？畢竟在這世上的夫妻，又有幾人是能夠彼此相愛的呢……

陸寒問道：「芳菲妹妹，妳要和我商量什麼？」

芳菲收拾心情，說道：「是關於一家茶樓……」

第五十一章 開張

芳菲將自己如今忙活的生意，對陸寒和盤托出。自然，她只能說佳味齋給她的酬勞是因為自己給他們寫食譜的緣故——這也是芳菲拒絕再接受佳味齋年底分紅的重要原因。

既然她要讓陸寒逐漸參與到自己的生活中，那麼，再接受朱毓升的饋贈就太奇怪了。等到佳茗居生意上了正軌，她會儘快將佳味齋的借款還清。

陸寒聽著聽著，簡直懷疑自己耳朵出了問題——芳菲居然開起了一家大茶樓？

「陸哥哥，你是不是覺得我做這些，太不像話？」芳菲雖然對陸寒的人品極有信心，卻還是擔心他難以接受她去做生意賺錢。

陸寒搖頭。「妳能幹自然是好事。我只是……怕妳受累，又不知會不會被人欺負。」

芳菲不怕累，卻怕自己主持茶樓的事暴露後會遭遇千夫所指。所以，她必須讓陸寒知道她做的事情，然後……將這生意，算在陸寒的頭上。

在佳茗居做事的人，除了掌櫃方和曉得芳菲是大老闆外，其他人都只知道東家是個姓陸的青年。這樣一來，往後就算被人知道她是佳茗居實際上的主持者，她也有了退路。

替閉門守孝讀書的未婚夫婿做些事情，就算逾矩，也會被人稱讚說賢慧——再加上她以前為了不願退親而自盡的「壯舉」，誰都不會對她說三道四。

芳菲深感無奈——在這世上，想做些什麼事，總得依傍著一個男子……

「那，人家不會質疑我哪來的本錢嗎？」陸寒提出了極關鍵的問題。他陸家的根基，知情人多了去了，哪來這麼多本錢？尤其在濟世堂被叔叔占了之後。

「就說是經由我的關係，託了端妍姊姊的人情跟佳味齋借的好了。」芳菲連這一層也想到了。

陸寒反覆詢問了芳菲茶樓開張的事情，芳菲耐心地逐一解答。她臨走的時候，陸寒也沒多說什麼，只是囑咐了一句。「妹妹，只要妳想做，儘管放手去做吧。」

芳菲沒想到陸寒會對她說這樣的話。她還以為要費很大的力氣才能說服陸寒，畢竟他是正經讀書人家出身，不是應該很討厭商人，更反對女兒家出頭做事的嗎？但陸寒卻是這樣的反應。

芳菲卻不知，陸寒說這句話時，想到的卻是他以前沈迷醫道，人人都說他不對。只有芳菲沒有像別人那樣勸他，只說：「只要陸哥哥你自己喜歡便好了。」

自那時起，他就暗自起誓，要一直對這個女孩子好……

燈火輝煌的上元夜，陽城每一條街道上都擠滿了遊人。

無論是人家或是店鋪，都在門首懸上了五色花燈。而街頭巷口，更是壘了無數燈山，到處都是金碧相映，錦繡交輝。官家與富紳都會採買大口焰火通宵燃放，火樹銀花，徹夜不休。

每逢燈節，全城狂歡，而此時也正是商家招徠顧客的大好時機。

東街上，一家新開的茶樓「佳茗居」引起了眾人的注意。

「這店鋪這麼大的門臉，竟然是家茶坊？」

一個與友人在街上把臂同遊的書生路秀才，看著這店鋪門首兩邊挑出的「茶」字旗驚嘆道。

他的同伴們也覺得奇怪，這老闆是不是不會做生意啊？好好的三層店鋪，裝點得也極是華美，怎麼不做酒樓食肆，而是做茶坊？

並不是說沒有專門做茶坊的商家，只是沒有像這家「佳茗居」一般做得這麼大的。常見的茶坊，都是小街上開個門臉，擺上幾套桌椅招呼客人。

那些茶坊裡的茶葉也大多不是什麼好茶，因為到那兒買茶的客人，往往都是些路過的販夫走卒之流，喝茶只為解渴，哪會計較茶湯好壞？

要品好茶，自然要到大酒樓裡去，比如佳味齋……

「咦，你們看，在他家門口招呼客人的，似乎是佳味齋的二掌櫃方掌櫃？」那路秀才到佳味齋吃過幾次飯，認出了站在佳茗居門口的方和。

幾人頓生好奇之心，反正今夜就是出來四處玩耍的，到這茶坊見識見識也無妨。

幾人進了茶樓大堂，只見這裡點著許多花樣宮燈，將整個大堂照得亮如白晝。堂中擺下了數十個小桌，已經有一半的位子坐上了客人，正在品茗敘話。

店小二詢問幾人是否要到樓上雅間就座，幾人點頭稱善，一齊舉步往樓上走去。初上二樓，便見樓楣上寫著「和靜怡真」四字，兩邊又有一幅對聯——「自汲香泉帶落花，漫燒石鼎試新茶」。

「此間主人倒是一位雅人。」路秀才等人讚了一聲，正欲再往三樓上走去，那小二卻微笑著請眾人止步。

「幾位公子，本店三樓只招待女賓，連上面跑堂的，都是清一色的小姑娘。」

「還有專門招待女賓的地方？」幾人嘖嘖稱奇，看著三樓上頭那「瑤草琪花」的樓楣，也只能望而卻步。

正因為有這樣的規定，三樓上並沒有什麼賓客——確切的說，只有一間雅間裡有客人。

「芳菲，妳約我們幾個今晚出來看燈，原來還有這等好事啊？」

盛晴晴坐在雅間圓桌旁，一邊欣賞著牆上的一幅寫意蘭花，一邊問坐在她身邊的芳菲。

在座的五、六個妙齡少女，都是她們閨學裡的同窗。有丁同知的女兒丁碧，阮推官的女兒阮翠華，這幾個都是平日裡和芳菲交往多，性情也相投的密友。當然，要論和芳菲交情深厚，座中還是無人能越得過盛晴晴。各人的丫鬟也都立在一旁伺候著。

「是呀，剛剛我們也看了好一會兒舞獅子、耍龍燈了，來這兒歇個腳喝喝茶不好嗎？」芳菲親自拿起女店員剛剛端過來的一壺香茶，為在座同窗滿上。「嚐嚐這活血潤喉的桂花茶，看合不合妳們的口味？」

眾人謝了她斟茶，一起拿起那薄如蟬翼的白瓷茶杯品起香茗來。

芳菲呷了一口杯中紅茶，瞇起眼睛觀察座中諸位千金的反應。

今兒上元之夜，仕女們可以光明正大地出來玩耍。芳菲以看花燈的名義將閨學中要好同窗請來飲茶，這本來就是她計劃中十分重要的一環。

因為她這間「佳茗居」，正打算大做特做這些千金貴女的生意呢！

佳茗居從籌備到開張，只花了不到一個月的時間，她不禁對方和辦事的效率大感佩服。方和也是當了多年二掌櫃，早就想能夠獨當一面幹出點樣子來了。如今有了個讓他撒開來幹的機會，那還能不竭盡全力？

最讓芳菲頭疼的，是開張所需要的資金遠遠超過了她的預算——她把四年來收到的佳味齋分紅銀子可是全都投進去了，但即使如此，也還是不夠。

到後來，芳菲實在沒辦法，又厚著臉皮跟佳味齋的帳面上籌借了一部分資金，才真真正正把這佳茗居給折騰起來了。

資金特別緊缺那幾天，方和請示芳菲，有些地方是不是先別整那麼齊全，把茶樓開起來再說？

「不行。」芳菲當時便斷然否定了方和的這一想法。

「湊合」、「將就」、「勉強」，這樣的字眼和她做事的原則是完全相悖的。「上輩子」她為何能在工作上取得極大的成功？她並不比別人更聰明，所仰仗的不過就是「力求完美」四字而已。

這間佳茗居的布局擺設，乃至樓楣對聯，屋裡的字畫，無不浸透著芳菲的心血。方和當初問她打算如何佈置佳茗居，芳菲想了許久，鄭重的說了一個字——

雅。

要想將佳茗居的生意做大做好，固然要靠她調配的各色茶湯和茶點，但整間店堂的格調也很重要，不然怎麼吸引貴客，將茶飲賣出高價呢？

芳菲對佳茗居的定位，是希望能夠將它做成檔次較高的聚會場所，讓陽城上層社會的人要招呼客人或與朋友小聚的時候，第一時間就想到佳茗居。

秦家人對於芳菲經常到佳茗居去幫忙出謀劃策，倒是沒什麼疑心。幾年來，芳菲一直替佳味齋寫食譜拿酬勞，秦家的人是知道的——當然他們以為芳菲是受張端妍所託才會如此，更不清楚她拿的可是酒樓的一分紅利，而不是簡簡單單的一點食譜報酬……

佳茗居對外都說是佳味齋的分店，秦家人自然不會起疑心。誰能想到，這竟是一個未滿十五歲的少女置辦下的家業呢？

幾位千金將杯中茶飲盡，都覺得這桂花茶特別香甜。

「這桂花茶味道有點像是甘泉寺那些，但又甘甜了許多……」丁碧常陪母親去禮佛，所以喝過多次甘泉寺的茶。

佳茗居的桂花茶，是芳菲將甘泉寺的糖桂花和她精選的茶葉一起沖泡的，裡頭還加了一點點檸檬鮮汁，調和桂花茶的口感。

「從來沒喝過這種味道的茶呢，」盛晴晴倒了第二杯，又伸手去取了一塊桌上精緻的茶點來咬了一小口。「配這個豆酥餅吃，真是恰到好處。」

阮翠華也吃了個豆酥餅。「秦姊姊，妳找的這家茶樓真是不錯，茶好點心也好，還有一層樓專門留著招待我們女兒家的……往後我們就常來這兒聚聚好了。」

「好呀。」芳菲看著大家都喜歡上在這兒用茶，不由得感到一陣滿足。

不知道樓下的燈謎會弄得如何了？

第五十二章 及笄

佳茗居大堂裡，此時正在舉行一場別開生面的燈謎會。

大堂裡懸掛的每一盞五色宮燈，都寫著幾個短小的燈謎。只要客人猜出了任意一條燈謎，掌櫃就會送一小壺新茶和一碟子點心到這一桌上。

今夜進來飲茶的，幾乎都是些斯文人，對於這樣風雅的事情自然欣然參加——這其實就等於白送茶點了，卻又不用擔那「白吃白喝」的名頭，客人們心裡舒坦得很。

「客官請用，這是您猜中了燈謎的彩頭。」店小二哈著腰將茶點送到客人桌上，又介紹說：「這壺茶是參麥茶，清熱生津、止渴止汗、滋陰養腎、暖胃安神，好處大著呢！」

整桌客人都被店小二竹筒倒豆子般脆啦啦的介紹逗笑了。

「小二，你把這茶說得這麼好，都快抵上靈藥了。」一個客人打趣說。

店小二卻正經地說：「那可不是嘛，我們佳茗居的茶和別家不同，也就在這『養生』二字上。每天來我們佳茗居喝茶啊，包您身強體健，快活似神仙。」

「哈哈哈哈……」眾客人一起大笑，大過年的誰不愛聽吉利話？「好好，承你吉言，承你吉言。」

這些店小二，都是由芳菲親自指點過的，務求要在上茶的時候就要讓客人感覺到佳茗居的茶與眾不同——這也是一種潤物細無聲的廣告效應。

佳茗居開張十來天以後，便已在陽城裡名聲大振。且不說它環境清幽，器皿雅致，店倌伶俐，就衝著那品目繁多的「養生茶」、「花草茶」，也值得一往。

時人飲茶與前朝不同。前朝品茶，講究過甚，飲茶時花樣百出，什麼繡茶、點茶、鬥茶，光是那泡茶的過程就足夠人眼花撩亂——由碎茶而至碾茶、由羅茶再到烘盞、成杯……更別說茶葉的炒製烘烤何等麻煩了。

本朝太祖性好節儉，認為如此飲茶「重勞民力」、「玩物喪志」、「失其真味」，於是提倡飲茶應以簡單便捷為上。這樣一來，新的飲茶風尚由宮廷推向民間，人人都只喝以沸水沖泡茶葉而成的茶湯了。

百十年來，人人都如此飲茶。但世間之事便是如此，繁極而簡，過於簡單的時候，人們又都想弄點花樣出來，芳菲的佳茗居，就在這樣的時機恰到好處地出現了。

「秦小姐，這才十天，每日的流水就是這個數字，」方和把帳本指給芳菲看。「我在佳味齋做了這麼多年，沒想到光是賣茶賣點心就能賣出這麼高的價錢。」

芳菲說：「方掌櫃，也不可高興得太早了。世人都是喜新厭舊的，這會兒咱的佳茗居正新鮮，生意當然好些。但要將這樣的局面一直維持下去，除了保持原有的水準之外，茶點茶湯推陳出新，也是極其必要的。」

她頓了頓，再說：「等過了三月，咱花園裡的花苞兒一開，花草茶的生意應該會上來的，你可得讓人把花園那頭料理好了。」

方和恭謹地應下了。這位秦小姐果真不是常人，一般人見到賺這麼多銀子，只有欣喜若狂的分兒，連他這麼老成持重的人都有些雀躍不已。偏偏秦小姐還能如此淡定，更能居安思危，哪裡像個十五歲的少女呢？

是的，芳菲馬上就要十五歲了。

二月初三，是她十五歲的生辰。按照古禮，這一日將由家中長輩為她行及笄禮，宣告她就此成人。

和她同輩的芳苓、芳芷、芳芝都已經行過及笄禮了。既然她住在本家，本家也不能虧待了她，自然也要給她辦一場及笄禮的。

像秦家這種的中等人家，家境寬裕，給家裡女兒辦及笄禮也不能太簡單了，起碼得比照周圍人家的規格來辦。要是芳菲是個一般的孤女，也許秦家也就草草在廳堂裡辦一場小禮便算了。可芳菲是個在外頭有體面的小姐，她們哪能輕易怠慢她？

「七丫頭啊，再過幾日就是妳的生辰，妳三伯母的意思是給妳好好操辦一下。妳看如何？」

在秦老夫人的房裡，芳菲與孫氏各坐一邊，陪秦老夫人說話。

「三伯母太鄭重了，侄女兒深感惶恐。還是一切從簡吧。」芳菲臉上可沒什麼惶恐的意思，只是淡淡地看不出喜怒。

孫氏心裡對這個越發深沈的侄女兒實在是不待見。除了上次鬧出的尷尬外，孫氏覺得芳菲太過有主見，根本不是自己能拿捏得了的，對她也就有些意興闌珊。

可想到女兒的親事或許還要托賴芳菲的面子，她又不得不裝出一張和藹的笑臉對芳菲說：

「這也沒什麼，家裡的幾個姑娘人人都這麼辦，七丫頭妳也不必推辭了。」

「既是如此，那便聽老祖宗和三伯母的安排吧。」芳菲不置可否。

秦老夫人說：「本來女兒家的笄禮應該由雙親主持，妳的笄禮，就讓我來當這主人吧。」

芳菲站起身來，重重地朝秦老夫人拜了下去。「芳菲多謝老祖宗抬愛。」

「只是，還得請一位賓客為妳梳頭加笄，妳心中可有人選？」

一般的笄禮，除了身為主人的雙親之外，還要正賓、有司、贊者各一人。正賓需是才德出眾的女性長輩，若是芳菲父母健在，秦老夫人倒是合適的正賓人選。但現在她來做了主人，秦家的其他兒媳婦就沒資格做正賓了，哪有媳婦和婆婆平起平坐的道理？

芳菲輕描淡寫地說：「前兩日，知府夫人叫我到家裡陪她說話，倒是提過此事。」

「哦？」秦老夫人和孫氏同時悚然動容。

知府夫人要來為芳菲行笄禮？這可真是件大大的好事！

她們這樣的庶民人家，家裡產業再多，也不能和官宦人家比。偏偏秦家本家這一脈，竟出不來一個讀書種子。秦家和芳菲同輩的這些子弟，如大老爺的兩個兒子、二老爺的長子去年秋闈都下場考試去了，毫無意外地在第一場就被刷了下來。

正經論起出身的話，祖父、父親都是秀才的芳菲，比秦家這些女兒都要尊貴幾分呢！

聽得知府夫人要來，秦老夫人頓時來了精神，立刻吩咐孫氏下去給知府夫人盧氏寫正式的請柬，請她作為正賓來參禮。

芳菲回到自己房裡，春雨喜孜孜地恭喜她。「姑娘真是好大的面子，竟能讓知府夫人來為您行禮，奴婢都替您感到開心。」

芳菲卻沒有什麼歡喜的模樣，只微微笑了笑，轉了話題讓她去給自己取晚膳。

呵，面子？芳菲可不知道是不是自己的面子。

這幾年裡她雖然和惠如、潔雅友好往來，但也不常見到知府夫人。前兩個月惠如和端妍一起乘船上京，端妍臘月裡就成了親，而惠如就住在京中龔家老宅裡等著出嫁。潔雅也回了她父母身邊待嫁，照說自己就更沒有去拜訪知府夫人的理由了。當然，過年的時候她還是照往年的規矩送了份不輕不重的禮物過去，不費什麼財物，只是一番心意，略盡禮數而已。

想不到前幾日，盧氏居然召自己過府說話，比往常還要親切。其間還問起她的生辰是否就要到了，又說自己想來給她梳頭。

芳菲心裡正疑惑著呢。她回來後琢磨著盧氏的每一句話，想知道她這突然間的親熱態度後面包裹了什麼樣的心思。

盧氏好像反覆提到了端妍的出嫁如何風光，連皇親貴胄都來參加了婚禮。又問端妍這幾年來和自己是不是特別要好，端妍的家裡人對自己如何如何……

芳菲想來想去，終於明白盧氏是想知道，張端妍是不是受朱毓升所託在照顧她。而盧氏說的，參加了張端妍婚禮的皇室子弟，不是端妍的表哥朱毓升還能是誰呢？

由此可知，朱毓升近來在宮中的地位一定有所攀升，才會讓盧氏拐彎抹角的想著去巴結他……

芳菲偶爾也從蕭卓的口中，聽過朱毓升的一些情形，據說太后對這親孫兒還是比別的孫兒要更親近些——朱毓升之父安王爺，和皇上同為詹太后親生。朱毓升當然是太后親孫。不過，皇上對他們幾個，態度卻很冷漠，也不知存了什麼心思……這些皇家秘辛，蕭卓也不好多和芳菲討論，許多還是芳菲從蕭卓的字裡話間揣摩出來的。

如今，朱毓升總算要出頭了嗎？

到了二月初三那日，知府夫人盧氏果然應邀前來。秦家這回為了迎接這位官家夫人，特地把芳菲的及笄禮辦得極其隆重，竟將行禮之處設在了家祠——這可是芳菲那些個姊姊從來沒享受過的待遇。

芳菲早早便沐浴焚香，換好了彩衣紅鞋，坐在耳房裡等候行禮。

有秦老夫人當主持，盧氏做正賓，秦二夫人林氏為她托盤，芳菲這場及笄禮進行得一絲不苟，有條不紊。幾個已經行過禮的堂姊在一旁看著，真是又羨又妒，而還沒行禮的芳英則在心中幻想自己行禮時是否也有這樣的體面。

經過一連串無比繁複的流程之後，芳菲的笄禮終於到了尾聲。

她跪在秦老夫人跟前，聽秦老夫人對她進行成人前最後的教誨。「七丫頭，從今往後，妳就不再是個小姑娘了。應該時時處處，以婦德自律，切記切記。」

「孫女兒雖然駑鈍，卻不敢有違閨訓。老祖宗的教導，孫女兒記下了。」

秦老夫人點點頭。「好了，妳起來吧。」

芳菲站了起來，向在座眾人再次行禮，至此才算真正禮成。

她的心情也是難得的激動——從今往後，在世人眼中，她便是成年女子了。

她所渴望的些許自由，是否離自己越來越近了呢……

第五十三章 踏青

歲歲春草生，踏青二三月。

清明前夕到城郊踏青，是陽城時俗。當此時，芳草初生，楊柳微綠，鶯飛燕舞，正是一年中最舒爽宜人的季節。

這些日子裡，每天都有許多富貴人家舉家出遊，到城外散心遊玩。也有一些名門仕女結伴而行，賞春看花，更為這無邊美景更添幾分春色。

這日天氣晴和，碧空如洗，又正逢著閨學休息。芳菲便邀請了幾個女伴一起到城郊去玩耍，大家早就想出城來逛逛了，自然無有不應。

「芳菲妹妹，怎麼今年妳想到來這邊茶山上來看人採茶？」盛晴晴撐著一把遮陽的鳳仙水紅油紙傘，和芳菲一起徜徉在這城郊東山上的大茶園裡，好奇地四處張望。

芳菲笑道：「唉喲，年年都是去綿山看桃花，妳也不膩得慌，往年我們都是去看些花兒草兒的，今年換個地方玩玩豈不正好？」

丁碧也撐著一把小傘，不過她的傘兒是粉嫩的蔥綠色，顯得活潑可愛，正如她本人一般討喜。「秦姊姊，說起來，我還是頭一回看人採茶呢，怪有趣的。」

阮翠華也說：「是呀，要不是秦姊姊提議，我們還想不到可以來這兒玩呢。看這一山一山都是綠油油的茶葉，倒也賞心悅目。」

在她們周圍，也有些稀稀拉拉的遊人在逛著。但更多的，卻是各家茶園的採茶女在忙著採摘茶葉。這些貧家少女都穿著土布藍衫，圍著自己繡的小圍裙，雖然並沒有什麼出眾的姿色，但也都正當韶齡。她們湊在一起唱著歌兒採著嫩茶，自有一番情趣。

「秦姊姊，怎麼今兒這麼多姑娘在採茶？」丁碧問芳菲。

芳菲解釋說：「這會兒正是趕著採摘明前茶的時候，她們肯定比往日更忙碌呀。」

明前茶即為清明前採製的茶葉，此時的茶葉少受蟲害，因而特別細嫩翠綠，炒製之後泡出的茶湯也格外香幽清亮，是茶中不可多得的佳品。

芳菲今日邀請眾人來茶園遊春，自是帶了點私心。佳茗居專做茶的生意，如今的茶葉都是從城中各個茶莊採購來，再經由她的配方調配泡製出各類養生、花草茶之後賣給顧客。如此一來，在茶葉的採購這一塊，就要耗費不少的銀兩……

做生意，成本控制很重要，因為成本越少，利潤越高。

芳菲的目標是在積累了足夠的本錢之後，買下一處茶園自己經營——她可不會僅僅滿足於開一家茶樓。買下茶園，製作自己的特色茶葉，才是更加暴利的大生意。

因為自從她來到這個她前所未聞的時空，她發現歷史在拐了個彎之後，許多細節也和她所知道的「大明」全然不同。在她資料庫的記錄中，明代時已廢宋元的團茶為散茶，大量生產炒青、烘青、曬青的綠茶，使得花茶窨製得到了長足的發展，以桂花、茉莉、玫瑰、梔子等鮮花來炒製茶葉的做法已經出現了。

但芳菲來此後驚奇地發現，這裡的人們還只是會飲用清茶，或者像前朝一般加入些芝麻、桂花、松仁之類的甜香配料烹煮而已……從炒茶入手製作花茶的工藝，竟然還是一片空白。

她當時發現這巨大的商機之時，真是欣喜若狂。憑著她的資料庫中詳盡的窨製花茶的技術記錄，要做出在這時代前所未有的特色花茶並不困難。

只恨她那時僅有十歲，能立身保命已是不易，哪還能分出精神來創業發家？再說，也沒有本錢啊。

現在的她，一來有了些老本，二來行動也自由了許多，才敢一步一步地實施自己策劃了多年的龐大計劃……

但一口吃不成個胖子。正如平地起高樓，若想這樓能經得起風霜雨雪，就必須挖下深深的地基……芳菲如今，還只處在挖地基的階段裡。

所以購買茶園自己製茶，還是為時尚早。她今日到茶山上來看這些大茶園，只是想看看可不可以直接跟這些茶商做生意，從他們手中取貨，便可節省了茶莊這一層的盤剝。不過她今兒也是來初步考察一番而已，真正談起生意來，還得讓方和出場。

幾人逛了兩座茶園，正有些累了，盛晴晴忽然一指不遠處的一處小亭子。「那兒似乎是給路人歇腳的？我們一起去坐坐吧！」

一直跟在她們後頭的丫鬟們趕緊走快幾步到了亭子裡，先把石桌石椅都擦了一遍，又在石椅上都鋪了乾淨的絹子，這才請小姐們落坐。

芳菲早有準備，讓春草打開食盒取出幾碟子小點心，又拿了一壺適合冷飲的果茶出來，請各位姊妹食用。

「芳菲妹妹向來是最心細不過的，這些年來每次跟妳出來遊玩，我真是不用操半點心。」盛晴晴嘖嘖讚道：「妳未來的夫婿真是個有福氣的。」

「哎呀，這麼多好吃的也堵不住妳的嘴。」芳菲笑著瞪了盛晴晴一眼，又招呼那兩位妹妹一起用茶。

幾人正在喝茶吃點心，忽然亭子裡又走進一個身著團錦長衫的老人家，身後還跟著一個小廝。

這老人家鬚髮皆白，看起來已經年過花甲，只是精神還算矍鑠。幾位千金都是知禮的，見了長者都一起站了起來向那老人行禮。

雖說男女授受不親，但既然年齡差距如此之大，也無須太避嫌疑。

那老者呵呵笑著請她們坐下，他也在亭子裡的另一個石桌旁坐了下來。芳菲主動開口問道：「老人家，您也是來遊茶園的？」

「哈哈，是呀，想不到會在此遇到幾位小姑娘。幾位也是愛茶之人？」老者捻鬚笑道。

丁碧回應說：「我們幾個，只是附庸風雅罷了。倒是我們這位秦姊姊，卻真是位行家呢！」

「哦？」老者來了精神，微笑著看了芳菲幾眼，讚道：「小姑娘年紀不大，卻有這等愛好，也是雅得很了。」

芳菲忙謙虛道：「略懂皮毛而已，哪能稱得上行家？這都是自己姊妹說笑罷了，老人家不要當真。」

那老者卻真是個愛茶的。他讓小廝從隨身的幾層大食盒裡取出小茶爐小水壺，在亭中空地處擺開，立刻加炭煮起水來。

「呵呵，老夫嗜茶如命，出來遊玩必定要帶著茶具泡茶。幾位小姑娘若是不嫌棄，請和老夫一同飲一杯如何？」

老者盛情相邀，幾人自然不會拒絕。不到半晌，小水壺中冒出熱氣，那小廝便將水壺的水緩緩注入老者面前已放好茶葉的茶壺中，又將茶壺蓋子蓋上。

「來，嚐嚐這新炒出的嫩茶。」

老者讓小廝兒執壺為幾人倒茶。幾人謝過長者所賜之後，一齊舉杯慢飲。正如老者所說，這正是新出的明前茶，鮮香可口，回味悠長。阮翠華飲了一杯，嘖嘖嘆道：「老人家，能喝到您這杯茶，也不枉我們今日來這茶山一趟了。」

老者見自己的茶葉得到幾位姑娘的稱讚，心裡也很高興。

芳菲將杯中清茶飲盡，抿了抿嘴兒，對老者說：「真是好茶葉不過，這樣嫩的茶葉，用沸水沖泡也太可惜了……」

「嗯？小姑娘，妳的姊妹們沒白誇妳，妳果然是個懂行的。」老者驚喜地看著芳菲，說：「既然如此，妳覺得該如何沖泡才好？」

芳菲自己愛飲茶，遇上這位同好，也忍不住想和他交流交流。她走到老者的桌邊，對那小廝說：「小哥兒，可否再替我煮一壺水？」

小廝忙從食盒裡再取出一個裝滿了水的水囊，往小水壺裡添水重煮。

芳菲又請老者將他那茶包打開，見那茶葉形如蓮心，新嫩無比，果真是上好的明前茶……只是如此上品，珍貴無比，尋常人想採買一、二兩都很困難，這老者居然有整整一個茶包……芳菲心中一動，腦中隱約有些思緒，但一時又把握不住。

她先把這事放到一邊，接過小廝燒開的沸水，直接倒入空空如也的瓷杯之中。

「先倒水？」幾個姊妹圍在一起觀看，都覺得奇怪，這和她們平時泡茶的方法不太一樣。

芳菲把玩著那薄瓷茶杯，用手感覺它的溫度。等到覺得溫度差不多了，再從老者的茶包裡拿了一小撮茶葉，輕輕投入杯中。她稍稍搖動茶杯，使茶葉吸足水分充分舒展開來。隨著茶葉緩緩綻開，茶湯的顏色也慢慢變濃，最後終於變成了清澈的碧綠色。

芳菲展顏一笑，雙手將茶杯遞到老者眼前。「老人家，請飲了我這一杯茶吧。」

老者接過茶杯，先觀茶色，再聞茶香，臉上已是微露訝色。等茶湯入口，他品呷一口，頓時滿面泛光。「小姑娘……我今日才嚐到了這茶葉的真味啊！」

這種沖泡方法並不新鮮，作為嗜茶之人的老者也是其中高手，他當然知道茶葉越嫩，所需水溫越低的道理——可這低，又不能太低，若是水溫稍涼，茶葉不開，茶的味道也會大打折扣。水溫的掌握，全在沖茶人的手感把握上——這小姑娘年紀不大，卻深得其中三味，太讓他驚嘆了。

芳菲「上輩子」因為愛茶，還真是去跟人家專業茶藝師拜過師學過藝的。來此地多年，深閨寂寞，也以品茗為樂，一手沖泡功夫很是不凡。

「小姑娘，妳是哪家的孩子？」老者以為芳菲是茶莊千金，一時好奇，便出口詢問。

第五十四章 急救

「小女是這城中秦家的女兒。」芳菲如實答道。

秦家？老者皺了皺眉頭，沒聽說哪家大茶莊的老闆姓秦啊……他索性開口直接詢問：「貴家可是做茶莊生意的？」

芳菲搖頭笑道：「不，我家中只有田地，並無店鋪。這只是小女私下一點小小嗜好罷了。」

老者得遇知音，高興極了，便請芳菲幾人坐下再聊一陣。他愛飲茶，話題自然一直圍繞在茶上。

芳菲見他一邊說話，一邊不停喝茶，不由得多看了幾眼。

老者察覺到芳菲的眼神，便自我解嘲說：「老夫年紀大啦，不知怎的，老是覺得口乾，所以總是要頻頻飲水。」說罷，他扶了扶頭，又嘆道：「本來今兒想出來看看茶園，才走了不多會兒，便睏乏得很，到這兒歇著了。唉，人老了就是不中用啊。」

丁碧忙說：「老人家您老當益壯，怎麼會不中用？」

老者開懷一笑，說：「老了就得認老，這也沒什麼。我年輕的時候也是個壯實的，如今雖然吃得也不少，卻一天比一天瘦了，吃得再多也沒用啦。唉，不說這些，喝茶、喝茶。」

幾人陪老者喝了兩杯茶，便覺得歇得差不多了，起身向老者告辭。

老者也不好留她們，只是從懷裡掏出方才那個茶包遞給芳菲。「小姑娘，這點子茶葉送妳吧！」

「這使不得，」芳菲忙拒絕。「您這包茶葉，怕是要抵過一兩黃金呢。如此重禮，我受之有愧。」

盛晴晴等人皆是大驚，這些茶竟是如此珍貴？

老者豪爽地一笑。「千金難買知音人。小姑娘，我看妳也不是那等小家子氣的，給妳妳就收了吧。」

芳菲推脫再三，見老者態度堅決，只好接過茶包，致謝說：「長者所賜，不敢再辭。祝您老人家身強體壯，康壽延年。」

幾人別了那老人家出了亭子，又到茶山上逛去了。說笑間才走了沒多遠，便聽得剛才那小廝的驚叫聲隨風傳來。「老爺，老爺您怎麼了？」

「不是那位老人家出了什麼事吧？」

盛晴晴脫口而出說了一句，幾人面面相覷。

芳菲急道：「我們快回去！」

方才那位老者給她們的印象極好，大家都不希望他真的出了什麼事情。她們也顧不上講究什麼儀態了，三步併作兩步就往回跑。

那十來歲的小廝急得眼淚都快下來了，看到芳菲等人跑了回來，就像抓住了一根救命稻草似的對她們說：「幾位小姐，幫我看看我們老爺到底怎麼了？」

那老者面色蒼白，雙手顫抖，額頭上還不停冒著冷汗。小廝把他緊緊扶著，所以他還不至於跌下椅子。但面對眾人的詢問，他是一句話都回答不出來，芳菲看出他已經神智不清了。

千金們都沒見過這樣的事情，一個個只懂得在原地轉圈著急得不行。

芳菲也白了臉色，拚命在腦中的資料庫裡尋找對症情形，想要知道老者這突發急症到底是個什麼毛病。

她本身又不是大夫，原來只是個略懂養生的普通人，哪能一下子看到病人就懂得給人家斷症？這麼多年來，她也沒幹過什麼替人看病的事情，但現在形勢危急，她說不得也只好勉強試試看了。

對了，老人家剛才說什麼來著？老是口渴……容易睏乏……吃得多，卻一天比一天消瘦……還有他現在的症狀……

「春雨，趕緊從食盒裡拿那包白砂糖出來！」

芳菲回頭吩咐了春雨一句，春雨趕緊把食盒打開，取出一小包白砂糖。這是她們剛才用來沾糖糕吃的，不知姑娘要它用來做什麼？

芳菲一把拿過那砂糖，全倒進石桌上擺著的瓷杯裡，又提起地上的水壺，用剩餘的沸水沖了進去，沖成一杯濃糖水。

「小哥兒，把你家老爺的嘴巴撬開。」

芳菲讓春雨、春草去幫小廝扶著老者。小廝已經嚇傻了，懵懵懂懂地執行著芳菲的命令，把老者緊閉的嘴巴用力捏開。

芳菲將一整杯濃糖水給老者灌了進去，又親自動手掐著老者的人中。

亭子裡人人都屏住了呼吸不敢出聲，全都注視著看她芳菲動手救人。眾人都在默默祈禱，老人家您可要醒過來呀！

「哎……」還在閉著眼睛的老人嘴巴動了動，忽然發出一聲輕輕的呻吟。

「老爺，老爺您醒醒啊！」小廝欣喜若狂。

老者的眼皮微微動了一下，終於緩緩地睜開了一條縫。

「我這是怎麼了……」老者總算說出了一句完整的話。

小廝扶著老者的身子，將嘴貼在他耳邊說道：「老爺，方才您暈過去了，是這位秦小姐將您救醒的。」

芳菲卻還是一臉的凝重，對那小廝說：「你把你家老爺先交給我們照顧，現在你馬上到下頭茶園莊子那兒去叫人來把老人家抬下去，要快！」

小廝對救活了自家老爺的芳菲敬若神明，聞言立刻將老者交給了春雨和春草扶著，自個兒飛也似地往山下衝去。

山腳下便是這幾家茶園各自的莊子，裡頭住著茶園裡的管事和一些工人。芳菲她們帶來的家丁和車子，都停在山下一家大茶園，唐家茶園莊子的場院裡——難道還有誰真是從城裡走到這兒來的不成，這老者衣著貴氣，他的家人肯定也在左近。

芳菲對於這種急症的救助，沒什麼太大的信心。從老者說的話，和他如今的症狀看來，極有可能是突發性腦血栓或者是糖尿病之類的急症——這種病在醫療條件極其發達的情況下都有可能救不回來，她剛才也只是盡人事聽天命而已。

喝糖水，是因為老者明顯的出現了低血糖的情況，她只能針對這一項來救助——說句難聽的，喝糖水即使好不了，也喝不壞人……還好老者吉人天相，總算發病不是太重，自己醒了過來。

芳菲的背上已經冒出了密密麻麻的一身冷汗。這時大隊人馬吵吵嚷嚷地從山下趕了上來，芳菲認出那領頭的是她們剛剛在下車時見過的唐家茶園的大管事王管事。

「在這兒、在這兒！」剛才的小廝領著大夥兒衝了過來。

「老爺！」王管事急出了一腦門子汗，一個箭步衝到老者身邊。

老者才醒過來不久，身子還很虛弱。但他仍算鎮靜，皺起眉頭輕聲說：「別慌，我死不了。」

「還愣著幹什麼，趕緊把老爺送下山去啊！」

王管事指揮幾個莊丁將老者抬上軟布和條凳做成的擔架，往山下運去。

這時王管事才抽得出空來向芳菲幾個行了禮，道歉說：「各位小姐，請恕小人方才無禮了。」

盛晴晴將他虛扶起來，說：「王管事不必在意，救人要緊。這位老人家是？」

「這位正是我家大老爺，多得各位小姐相助。」

眾人略感驚訝，原來這就是陽城最大的茶商唐仲逸。看他那舉止風度，真不像是一介商賈，倒像是位博學鴻儒呢。

「原來是唐大老爺，」芳菲想了一想，便說：「王管事，老人家如今正虛弱著，你們最好是從城裡請一位大夫來給他看病，這幾天裡就別移動他了。他這狀況，經不起馬車顛簸呢。」

「是的、是的。」王管事沒口子一個勁兒地道謝，又說：「小廝說是一位秦小姐出手救助，不知是哪一位？」

「這位便是秦小姐。」盛晴晴向王管事介紹芳菲。

芳菲謙虛道：「我也沒做什麼，王管事你忙去吧，不用招呼我們了。」

王管事確實要忙著去照料他家大老爺，聞言也不多做停留，再次向眾人行禮後才匆匆離去。

丁碧崇拜地看著芳菲，說：「秦姊姊，妳真是妙手回春。」

「妙手回春是這麼簡單的事兒嘛？」芳菲忙說：「我也只是略懂一點急救的常識，希望老人家這回能夠度過難關。」

遇到這樣的事情，眾人也都沒了遊興，便都一齊下山回家去了。

芳菲心想反正今兒看了好幾家茶園，該瞭解的情況也瞭解得差不多，接下來也沒什麼看頭，回去也無妨。明兒得找個時間去跟方和商量商量，和哪家茶園談生意比較好……

第五十五章　算計

這些日子以來，佳茗居的生意一如既往的好。芳菲每日除了到閨學中上學，餘下的時間都在閨中埋頭苦思新的茶飲配方，還有要給佳味齋寫春天的新食譜——雖然她已經拒絕領佳味齋的一分紅利，可她依然主動給佳味齋弄食譜。

才過了晚膳，孫氏的大丫頭如雲就到了芳菲的屋裡，請芳菲到孫氏院裡說話。

「七姑娘，三夫人請您過去商量事情。」

芳菲微感詫異，孫氏已經好久沒有單獨找過她了，能有什麼大事要專門叫自己過去說話？

「好，我就來。」

芳菲擱下手中的筆，在春草的伺候下淨了手，整了整身上的衣裳，便只帶了春雨一個到孫氏屋裡去。

距離芳菲上一回到孫氏屋裡，可是有些日子了。正是那次孫氏激怒了芳菲，導致她「服毒自盡」。芳菲被如雲引著來到屋裡，孫氏正坐在榻上休息，如香拿著一個美人拳在給她捶腿。

「哎呀，七丫頭來啦？」孫氏站了起來，笑吟吟地走過來招呼芳菲。

「三伯母找芳菲來，不知有什麼事情？」芳菲對於孫氏的熱情並未作出什麼特別的回應，只是淡淡地問了一句。

孫氏熱屁股貼上冷板凳，笑臉頓時僵了一僵。但她也不敢就這樣把臉板起來跟芳菲置氣，前些天知府夫人盧氏對芳菲的客氣，孫氏可是看在眼裡，記在心上。

以前老聽說，七丫頭頗得知府夫人疼愛。但那日秦家上下所見到的，卻是那位身為四品誥命的盧氏對芳菲不僅僅是親熱，言語間對芳菲還頗為看重。

而芳菲在盧氏面前全無秦家眾人的惶恐，更讓秦家人看到了芳菲與外人相處時的氣度，頓時把秦家的孫女兒們都比了下去。

秦老夫人私下對孫氏說，對這七丫頭，還是客氣點好。她在外頭見的官家太太、千金小姐多得是，誰知道她還跟什麼官家女眷有交情？能不得罪她還是別得罪，說不得往後秦家要靠這七丫頭的時候還多著呢！

再說她那個夫家，聽說陸家那小子把家產變賣了到鄉下去閉門守孝讀書，準備孝滿科考。萬一真要考中個秀才、舉人什麼的，這七丫頭身分可就不同了。

秦老夫人的一番話，讓孫氏對芳菲更多了幾分畏懼，不敢輕易給她臉色看。

「哦，是這樣，」孫氏讓芳菲坐下，然後說：「每年這個時候，我們內宅總要放出些丫頭去配人。現在各房裡有好幾個大丫頭都滿十八了，七丫頭妳屋裡的春草也是十八歲，該放出去了。」

芳菲點點頭。如果是夫人們房裡的大丫頭，就是年紀大點也不打緊，也許還要給老爺們留著收了當通房。

可是姑娘們屋裡的大丫頭，一般都是要跟著姑娘陪嫁出去的。芳菲要等陸寒孝滿才能成親，那時候春草都二十一了，哪有這麼大年紀的陪嫁丫頭？說起來都不像話。所以春草滿了十八就要放出去，這是芳菲早就知道的。

她感到奇怪的是，孫氏為什麼巴巴地叫了她過來商量這些家務瑣事。叫個人跟她說一聲，然後把春草領出去，也就行了，為什麼搞得這麼鄭重？不過是一個丫鬟而已。

「我是在想著，如今妳房裡用的人太少。春草離了妳，妳那兒就一個春雨是能頂事的。我既然替老祖宗操持著家務，就得幫妳打算打算。」孫氏一臉假惺惺地關心。

芳菲恍然大悟，孫氏這是故技重施，又想往她房裡放眼線。

春草去年被她教訓了一次以後，老實得不得了，什麼話都不敢往孫氏那兒傳。所以孫氏發現她實在沒用後，這回立刻毫不遲疑地要把她放了出去。

還有完沒完了？芳菲心裡略略有些煩躁。

她本來就對身邊沒人可用苦惱得不得了了。春雨是個忠心的，但天資上太過欠缺，沒法子真的幫自己做大事。春草和她不是一條心，何況馬上就要打發出去了。春雲、春月兩個，也是笨笨的，只能做點粗活。

要是春喜還在，她哪有像如今這麼難受？

孫氏見芳菲不吭聲，便讓如雲出去領了幾個小丫頭進來。

「七丫頭，這三個都是我屋裡的二等丫頭，妳看看想挑哪個去補春草的缺？」

芳菲興趣缺缺地看了看那三個十二、三歲的丫頭。長相平平倒沒什麼，她又不是男子，沒有愛色的毛病。她問了三人幾句話，她們回答得倒也挺伶俐的，不愧是從孫氏手裡教出的人，看著都滿精明。

唯其如此，她才氣悶精明，精明有個鬼用？一個個還不是孫氏的幫手。

偏偏這回，她是無計可施的。屋裡去了一個丫鬟，定然會補上一個，難不成她自己出去買一房回來使嗎？始終攔不住的，算了

「但憑三伯母安排，我看這三個都不錯。」有本事妳就把三個都給了我，我才服了妳呢！芳菲暗暗咬牙。

孫氏當然不可能把三個丫頭都給她，他們秦家又不是官家巨富的，一個未嫁小姐屋裡放兩個大丫頭、兩個小丫頭，盡夠使喚的了。孫氏對於芳菲的回答頗為滿意，最後指了一個叫菊兒的十三歲丫鬟到芳菲屋裡。

既然指定了人手，也不忙交接。孫氏先揮手讓這幾個小丫鬟下去了，又繼續拉著芳菲說話，讓芳菲好不納悶。

這女人又想出什麼么蛾子？

芳菲聽孫氏一個勁兒的誇她能幹，說她和各位官家小姐們交情這麼好，在知府夫人面前又這麼有體面，還說到了她幫佳味齋這幾年寫菜譜的事情……

聽到孫氏拐彎抹角地問佳味齋給了她多少酬勞的時候，芳菲心中已經起了警惕，只打哈哈說她純粹是被張端妍拉去玩兒的。

「這佳味齋真是會做生意，他們東家和人合夥新開的那家佳茗居，聽說生意好得不得了呢，七丫頭妳好像也常常去那兒幫忙？」

孫氏此言一出，芳菲身上的汗毛蹭地就豎了起來，整個人進入了警戒狀態。

「我不過就是偶爾寫個茶點的食譜讓他們大師傅做去，哪談得上什麼常常？」芳菲當然抵死不認這是自己的產業。只是，她去佳茗居幫忙的事情是過了明路的，打的是佳味齋的掌櫃求自己幫忙多寫幾個食譜的幌子，孫氏這會兒特意提起是想幹什麼？

孫氏還是一臉笑容，小心翼翼地打聽說：「是嗎？我聽人說起，他們家那個大掌櫃，老是請妳去拿主意……」

芳菲的臉上本來就沒什麼笑容，聞言更是黑如鍋底。她冷冷地打斷孫氏說：「聽說？三伯母管著家務，本是最忙的，卻偏偏有這麼多空兒聽人胡謅，三伯母整日聽說這個聽說那個的，倒是說說是哪位有頭有臉的人物放出來的話啊，不會……」她皮笑肉不笑地接了一句。「不會又是那什麼湛家的侄孫媳婦吧？」

孫氏的臉唰地就紅了。

孫氏今兒明裡說是叫芳菲來商量把春草放出去的事，事實上卻是想探聽芳菲跟那佳味齋、佳茗居的關係。

孫氏說起來也不是笨人。這幾年來，她暗地裡觀察芳菲行事，見她對待下人出手十分大方，只要替她辦了事，她過後總有點謝禮。她屋裡的月例銀子並沒有多添幾文，可是用的胭脂、水粉、頭油、小物事，樣樣都是好的。府裡的姑娘們，誰也沒有她過得滋潤。

她稟明過秦老夫人，說是給佳味齋寫食譜得的酬勞。秦老夫人沒有深究，可是孫氏卻多長了個心眼，哪有這麼便宜的事情？寫食譜當然會有酬勞，但是那又能有多少，竟讓她幾年來手頭越來越寬裕……

現在這個佳茗居，又請她過去教做點心。原來張家大小姐在的時候還好說，如今張小姐嫁了京官，怎麼這新開的鋪子還請七丫頭過去？真的離不了她了？

孫氏便偷偷讓人去打聽。那幾人回來報告說，七丫頭在佳茗居絕對不只是教廚子做點心那麼簡單。佳茗居的大掌櫃可聽七丫頭的話了，連店小二的跑堂都請七丫頭去指點一番……難道，她在佳茗居裡頭是個能管事的？

要是她有發財的路數，自己可不能白白放過了，好歹得磨著她哄著她，讓她分點好處給自己才是……再不濟，給自己指指財路也好啊，她可是想多攢點私房呢……孫氏打著這樣的主意，便一心想要問出芳菲的秘密。

可如今被芳菲生生頂了回來，孫氏那個鬱悶啊！

不對……這表明七丫頭怕她追問下去，這裡頭一定有貓膩！

「七丫頭妳說什麼呢，我身為妳長輩，問問妳在外頭的情形難道還有錯了？難不成妳以為自己及了笄，便能把家裡的長輩都拋開了擅自作主了嗎？」孫氏很快調整好了臉色，收起了方才的羞意，一心追問到底。

芳菲一陣心煩。她早知道開門做生意的事，那是瞞不了有心人的，尤其是秦家這群追蠅逐臭、利慾熏心的男女……幸虧自己已經留好了後手，不怕人知道自己插手佳茗居的生意。反正秦家也不敢真的跟她翻臉，她才不會因為顧忌著禮數不周而被孫氏拿捏住呢。

這孫氏以為拿住了自己的把柄？真可笑。

「三伯母也不必說這些冠冕堂皇的話兒了，說多了也怪沒意思的。」芳菲也不坐了，自行起身便要離去。「橫豎我行動都守著規矩，沒辱沒了妳秦家的好門風就是了。」說罷，看也懶得看孫氏一眼，自顧自走了。

但芳菲其實並沒有表面上看起來那麼瀟灑……唉，佳茗居的事情，看來是真瞞不住了。好在幾乎沒有人知道這茶樓是自己的——也不會有人相信吧？不知道秦家人，還會在這個問題上糾纏多久呢……她有一種不祥的預感。

芳菲沒想到的是，秦家其他人還來不及繼續追問她這件事，一個不速之客卻上了門。

幾日後，當她看見坐在秦家客廳中的陸家二嬸方氏，心中那種不安的感覺更加強烈了。

這女人上門找她做什麼？

第五十六章 惡婦

芳菲自從去年陸月名的喪事之後，便沒再見過這個方氏。說起來，在陸家處理陸月名喪事那段日子裡，她和這個方氏極不對盤，方氏還當著眾人的面給過她不少難堪呢！

只是芳菲那時以大事為重，不想跟這種無知婦人吵鬧，才強忍下了這口惡氣。

這方氏和秦家非親非故的，跑到秦家來作客幹什麼？

秦家的當家主母孫氏坐在主位上招呼客人，芳菲從廳門進來，遠遠看著這兩個她極為討厭的婦人談笑風生，心裡真是一抽一抽的難受……這就是傳說中的物以類聚，人以群分嗎？瞧她們聊得那個開心的樣兒！

「七丫頭，陸家嬸娘帶了許多好東西來看妳呢。」孫氏見芳菲來了，忙招呼她過來見客。

能有什麼好東西？芳菲暗暗撇了撇嘴，眼角已經瞧見了堆在孫氏手邊桌子上的那堆禮盒。她是經常在外頭走動的，眼睛毒著呢，一眼就看出那是小西街「黑糯香」的甜食盒子——這黃瘦女人倒捨得下本錢，專門到好鋪子裡給自己買點心。

不過芳菲眼皮子沒那麼淺，幾盒糕點就能將她的心收過去。恰恰相反，過去和她關係緊張的方氏特地帶著禮物找上門來，這事兒怎麼想都透著詭異。

她想起一句俗話──「黃鼠狼給雞拜年」。

「半年不見，七小姐越發好看了。」方氏很虛偽地誇了她一句。

芳菲扯了扯嘴角，算是給了點反應。

方氏心裡那個膩歪啊，一般人聽了這種話，總該謙虛兩句的吧？那樣她的話匣子便能順利打開了。但這可惡的秦家丫頭，果然和過去一樣討人厭，居然一句話都不說。

廳堂裡頓時有些冷場。孫氏乾笑了兩聲，又說：「七丫頭，妳陸家嬸娘有些話想問妳，妳們倆便好好說說話吧，我先去料理些家務。」說罷，孫氏便起身跟方氏告了罪，帶著兩個丫頭出去了。

芳菲心想，孫氏估計是怕她在場，方氏不好開口說話，才刻意躲開的吧？不過以芳菲對這間客廳的瞭解，猜想孫氏極有可能會在繞了個彎子以後跑到旁邊的耳房去偷聽……事實上，孫氏還真的就是這麼做的。

方氏磕磕巴巴跟芳菲拉扯了兩句家常，見芳菲總不搭腔，只是坐在那兒面無表情地聽著，心裡也不免有了怒氣。她正想發火，旋又想起自己今日前來的目的，好不容易才把胸中的怒火強行壓了下去。是了，正事還沒辦呢，先別惹惱了這丫頭。

「七小姐呀，妳可知道我家侄兒如今在哪裡住著？」方氏堆起笑臉，問了芳菲一句。

芳菲淡淡地回應：「不知道。」

呃……方氏差點沒被芳菲這句話噎死。她說話怎麼這麼硬邦邦的？一點禮貌都沒有。

芳菲只管垂頭看著地板，一聲都不想吭。她在外頭是極懂禮貌的，但在這個女人面前，半點都不想裝。

要不是因為她和她那個丈夫欺人太甚，陸寒怎麼會被迫賣了祖傳的田產，躲到村裡去吃苦頭？

一想起陸寒從奴僕簇擁的小少爺淪落到要獨居小村的地步，芳菲就恨不得去捅這兩夫妻幾刀。

「怎麼會不知道？」方氏是個沒腦子的，當下便嚷嚷開了。

芳菲冷笑一聲，說：「這話真好笑，陸家娘子您自個兒家的親人，倒要到我跟前來問他的下落，我憑什麼會知道？我一個閨中女兒，哪裡清楚外頭的事。」

「妳別想兩、三句話含糊過去。」

方氏見自己做小伏低，芳菲並不領情，便也冷下了臉對芳菲說：「我可是聽說了，我們家寒哥兒在城裡置辦了產業，還是妳替他管著呢！」

芳菲心裡「咯噔」一聲，心道倒楣。這兩夫妻什麼時候消息這麼靈通了？佳茗居才開了多久呀！

「陸家娘子在說什麼，我可聽不懂了。」芳菲決定裝傻裝到底。

方氏看了看芳菲身後的春雨，猶豫了一下，還是說了出來。「七小姐，妳也別藏著掖著了。那佳茗居，是不是我們家寒哥兒入了份子的？」

孫氏在耳房偷聽了半日，聽到方氏冒出這麼一句話來，也不禁呆住了。

佳茗居？陸家的小子竟在那裡有股份？

方氏見自己說了這話以後，芳菲臉上露出一種微妙的表情，不由得得意起來。她就知道這事是真的。

「陸家娘子說的話越發離譜了，您要是想知道什麼事情，自個兒去問陸哥哥，何必來纏我？」

芳菲不想再跟這個方氏說下去，站起身來便想回房。

方氏著了急，居然一個箭步衝到芳菲身邊扯著她的衣袖說：「不准走，妳給我把話說清楚了，我們寒哥兒是不是在外頭做生意？他是不是把錢全都交給妳來管著了？」

「放手。」芳菲沒想到方氏這惡婦竟敢在秦家廳堂裡就撒潑。

春雨是個忠心護主的，當下就去推開方氏，攔在二人之間，狠狠地瞪著這個想傷害自己姑娘的凶婆娘。

孫氏聽到方氏在自個兒家裡動了手，心裡也不自在起來。雖然自家並非規矩很嚴的官宦人家，好歹也是殷實鄉紳，在外面有頭有臉的，哪能讓這個潑婦亂來。

一想到這裡，孫氏也不偷聽了，便又從耳房小門拐了出去，裝作從外頭回來的樣子衝進廳堂，正好看見方氏想再去撕扯芳菲。

「陸家娘子！」

孫氏大喝一聲，趕到方氏身邊，一臉不滿地看著她。「妳好歹也是我們七丫頭的長輩，有什麼話不能好好說？」

方氏才不管呢，反正都撕破臉了，今兒她得不了準信兒是不願意走的。

「我是要問問七小姐，是不是替我侄兒管著產業。秦三夫人，妳是個知禮的，好好勸勸妳七小姐先別忙著操這份心了。她如今還不是我陸家的人呢，竟插手管起我侄兒的錢來了，我家寒哥兒的事，自有我夫妻二人作主！」

孫氏看著方氏一臉的理所當然，真是又好氣又好笑。她見方氏來拜訪芳菲，既然對方是陸家長輩，她自然不好怠慢的。可這方氏……做起事來，也太荒唐了。居然就想憑著吵鬧，讓侄兒把產業交到她手上——還不知道那是不是侄兒的產業呢——這種可笑的想法是從哪兒來的？

他陸家大房、二房早已分家，陸寒的家財陸月思夫妻根本沒資格染指。他們把人家的濟世堂占了去已經極其離譜了，又把陸寒逼得賣了祖傳田地、賃了房子躲了出去，這還不夠，就憑著一些捕風捉影的傳聞，便到侄兒未來的妻子家裡討產業。孫氏見過愛財的，她自己也不是什麼好鳥，可她至少不會愚蠢到這個分上啊！

「陸家娘子，這是我秦家的地方，妳陸家的事我們管不著有話，妳找妳侄子說去！」孫氏拉下了臉，就要把方氏攆出去。

方氏也是有苦自己知。要是能找到陸寒，她不早就找了嘛，何必巴巴地來找這個丫頭？

芳菲實在不知道，陸月思夫妻是怎麼打聽到佳茗居是她在管事，又如何得知陸寒是佳茗居的東家之一……這個「之一」當然是她放出去的煙幕彈，實際上佳茗居只有她一個老闆。

經過這個見鬼的方氏這麼一鬧，過後孫氏肯定要對自己和佳茗居的事刨根問底，真麻煩！

「如雲，送客。」孫氏發了話，讓如雲把方氏送出府去。

方氏還不甘心，追問芳菲：「妳好歹告訴我，我們寒哥兒住在哪裡？」

芳菲嗤笑不已，說道：「陸家娘子，妳家侄兒沒跟妳說他住哪兒？他怎麼這麼怕妳啊，莫不是怕你們——吃了他？還是說，你們對他做過什麼……」

「胡說！」方氏被芳菲說中心事，急忙辯白道：「我們是他正經的叔叔、嬸嬸，哪裡有害他的道理，只不過聽說他又置了產業做起生意來，想幫他出出主意罷了。」

對於這種蠢婦，說得再多也是白費。孫氏不耐煩地指揮著如雲。「叫妳送客，妳磨磨唧唧幹什麼！」

如雲得了主人的命令，大著膽子伸手推了方氏一把。「陸家娘子，快請回吧！」

方氏還要再纏，忽然看見一個小廝跑進了客廳，向孫氏回話說：「有位唐老爺的管家帶了好多禮物來，說是要送給七小姐做謝禮。」

孫氏又是一驚，怎麼會有人突然給芳菲送禮？

她問那小廝：「是哪家的唐老爺？」

小廝說：「回稟夫人，就是城裡開大茶莊的那位唐老爺。」

芳菲明白過來——啊，感情是那天她無意中救下的，陽城大茶商唐仲逸的家人啊。怎麼都趕在一塊兒了？

孫氏得了理由，就更加要把方氏趕出去了。「陸家娘子，妳看我這兒又有客人呢，恕不奉陪。」

方氏不情不願地被如雲推著出了廳堂，正好和剛剛進了院子的唐家家丁們打了個照面。她看見那整整三抬的大禮，驚訝得瞪大了眼睛——這麼多的禮物！

偏偏身邊這丫頭又刺了她一句。

「人家這才叫送禮呢！」

方氏自然知道她是在諷刺自己買的點心，心中大恨，可是也沒法子再在秦家賴下去，只得怒氣沖沖地走了。

芳菲看著這份重禮，也為唐家的財力感到吃驚。同時她想到的卻是——做茶葉生意，果然利潤很高……

第五十七章　圓謊

茶商唐家，雖說只是商賈，可在陽城裡也是有頭有臉的人家。

唐家的主人唐仲逸，是一位讓人津津樂道的傳奇人物。據說他是個貧家孤兒，在茶莊裡當學徒出身。後來不知怎地竟在幾十年的時間裡一步步爬到了今日的地位，成為了陽城乃至整個江南都薄有名氣的大茶商。

唐家的子弟雖然並沒有人有功名在身，可是他們和各級官員的交情都非常好，無論是官面上還是商場裡都吃得開，隱有本地茶商之首的威勢。

來送禮的，是唐家的大管事之一——魏管事。

魏管事一看就是在唐家有大體面的管事，穿著打扮十分得體，雖然並不能像富家翁似的穿綢戴玉，可身上衣裳的料子、做工都是一流的。從這些細節就能看出，他絕對是很受唐家主人看重的人物。

但這樣一位得勢的大管事，如今卻恭恭敬敬地站在芳菲的面前，雙手呈上禮單請芳菲過目。

「秦小姐，這是我家老爺專門為您置下的謝禮。這一擔，是些剛從蘇杭採買來的胭脂和香露，還有一套梳妝匣子，色色都是齊全的。這一擔，是一些家裡用得上的補品藥材，還有三斤燕窩，是我們夫人特地添上的。這一擔，是我家茶園新得的茶葉，雖然不是特別名貴的東西，但也是我們老爺、夫人的一點心意，請秦小姐收下吧。」

芳菲沈默了一會兒，眼角掃見孫氏臉上難以掩飾的驚訝，輕輕笑了笑便推辭說：「魏大管家，這些禮太重，我一個小女孩兒家，哪受得起這樣的重禮？你還是帶回去吧。」

魏管事絲毫不減恭敬，依然保持著方才的姿勢說道：「秦小姐這是什麼話？您要是受不起這禮，誰還受得起？老太爺說了，秦小姐這是救命之恩，絕對是要報的，怎能帶回去呢？」

孫氏再也忍不住心中的好奇，索性開口問道：「七丫頭，這是怎麼回事？」

這事又沒什麼好瞞人的，芳菲便坦然說：「前些日子我和盛家小姐——就是盛通判家的千金，她們幾個去城外踏青，剛好遇上唐老太爺身子不適，我便偶然間幫了個小忙而已。」

孫氏這才稍稍明白過來。不過看唐家人的陣仗，她也明白七丫頭幫的忙絕對不會像她自己說的那樣微不足道。

魏管事說：「秦小姐過謙了。當時的情形，我家老太爺都跟老爺、夫人說了，是極凶險不過的。後來請來的大夫，也說幸虧有了秦小姐及時出手相救，老太爺才沒出什麼大事。不然……想起這個來，我們滿府上下都對秦小姐感激不盡。」

芳菲又推脫了幾次，魏管事卻一口咬定這是主人送給芳菲的禮物，絕無收回的道理。芳菲無奈，只得勉強收下了。

魏管事見芳菲肯收禮，終於露出了歡喜的模樣，又說老太爺交代了，改日要讓唐夫人專門置一桌酒席來謝芳菲。

芳菲心中有一個念頭，想了一想便對魏管事說：「酒席什麼的，就免了吧。難得唐老太爺如此抬愛，改明兒等他好利索了，我還要上貴府去看他呢！」

送走了魏管事，孫氏便讓人把那三抬禮物都扛進了芳菲的院子。芳菲見孫氏看著這三抬禮物時的表情，心裡已經有了自己的打算。

她回屋開了箱子，把禮物一樣一樣過了目，便讓春雨將禮物分成一小份一小份地送給秦家眾人。那些新奇胭脂、香露、頭油，她是一點不留，全分給了幾個姊妹，連素來和她不和的芳苓都一視同仁地預留了一份，只給自己留了那套梳妝匣子。那些藥材，她挑名貴些的留下自用，其餘的全讓人送到了秦老夫人的屋子裡，包括那幾斤燕窩。

但是那擔茶葉，芳菲卻不打算送人，而是全部留了下來。

那擔子裡，茶葉的種類竟多達十數種。芳菲記得那日在唐家茶園看到的茶葉種類，遠遠沒有這麼多，看來唐家不僅僅是自己種茶，還是販茶的……這也正常，不同的茶葉，需要在不同的地方種植，哪能一個山頭種出十幾種茶的？

這次無意中救了唐家的這位老太爺，真是想睡覺就有人送枕頭……

芳菲一邊品鑑著各種茶葉，一邊想著如何跟唐家的人打交道，心裡很是愜意。

只是她的愜意維持不到半天，就被秦老夫人的召見徹底打破了。

芳菲哪還不知道秦老夫人找自己去問話的用意？都怪那個上門鬧事的方氏。

只是此時也不是怨恨方氏的時候。想到要應付秦老夫人的詢問，芳菲的頭又痛了起來……

「七丫頭，我聽說最近城裡生意極好的那間大茶樓佳茗居，陸家哥兒在裡頭是有股份的？」

秦老夫人這幾年來，本來就對芳菲態度甚是親熱，今兒更是比往常親切了十分。

芳菲雖然十分、非常、極度不願意讓秦家人知道自己在做什麼，但她人住在這兒，使用的也都是秦家的奴僕，想將佳茗居的事情一瞞到底，那真是異想天開。她也沒指望能一直瞞下去，只想著能瞞多久。

但若不是方氏突然來鬧，估計這事起碼還能拖個小半年。如今……唉，算了，伸頭是一刀縮頭也是一刀，讓暴風雨來得更早些吧……

「嗯，是的。」芳菲謹慎地不多吐一個字。

「那佳味齋，不是張家的產業嗎？既然說佳茗居是佳味齋的分店，怎麼陸家哥兒也摻和進去了？」

芳菲原本準備好的答案，是說她和張端妍親厚，所以佳味齋開分店的時候她就推薦了陸寒去入夥。但隨後一想，這種說法卻是大大的不妥。

因為她此時還是秦家人，有這種發財的好事不給自己本家引薦，卻胳膊肘往外拐先便宜了夫家，那她在秦家就別想有現在的好日子過了。

所以她必須另想一套完美的說辭，來把秦家人忽悠過去。

「是這樣的，陸家伯父和張家也有些交情。他在世時，佳味齋就籌劃開分店了，陸家伯父就把積年的錢財都投了進去算是入股。但那佳茗居還沒開起來，陸家伯父就先沒了，可那股份還是在的，便到了陸哥哥手上。」

芳菲想的這一招「死無對證」不可謂不高明，一下子就從根子上把自己摘出來了。把入股的人說成是陸月名而不是陸寒，只會讓人覺得更加合理，畢竟人們很難相信一個十五歲的少年沒頭沒腦的就去做生意。如果說是繼承了父輩的產業，那就不會有人說三道四了。

秦老夫人恍然大悟，又說：「聽說他還把茶樓的事情託給妳照管了？只是……那陸家哥兒，怎麼不自個兒出來管事？」其實秦老夫人更想問，不是據說陸寒的家產都被叔叔、嬸嬸給占得差不多了嗎，哪來的本錢？可這種話直接問出來就太失禮了，即使她是秦家的老祖宗，有些話也是不能說的。

「陸哥哥並沒有託我做什麼，」芳菲小心地選擇字句來回答秦老夫人的問題。「陸哥哥如今在孝中，按照規矩是不能出來做事的，我又和佳茗居的掌櫃熟悉——他原來是佳味齋的二掌櫃，便叫我多去那兒看看。其實我除了會寫兩道食譜之外，還會做什麼？生意上的事情，我哪兒懂啊，銀錢上的事情，那都是人家張家的人在抓著的。陸家的嬸娘卻還以為是我在管著佳茗居的事，真是好笑。」

芳菲這一番連消帶打，讓秦老夫人在解除了疑惑的同時，也感到了一絲失望。

還以為……就像方氏說的，這七丫頭抓著大錢，還把持著佳茗居的生計，那他們秦家說不定還能從中分一杯羹。誰知竟是這麼一回事？想來也有道理，七丫頭又沒過門，連文書都沒接過，人家怎麼會把這麼大宗的錢財交給她。

但在陸月思夫妻那邊，卻不是這麼認為的——

「那秦丫頭可惡極了，你沒看她跟我說話那個輕狂樣兒，我真想撕了她的嘴！」方氏在堂屋裡不停地轉圈，念叨了半晚也是這幾句話。

陸月思臉色陰沈地坐在一邊，不時用手拍打著桌面。

「你別呆著不出聲啊，好歹拿個章程出來想想該怎麼辦？」

也只有方氏這種天性自私的人，才會在謀奪別人家產的時候如此理直氣壯。沒有將陸月名留下來的宅子和田地弄到手，已經讓方氏痛心了好幾個月。如今聽說陸寒莫名其妙又在大茶樓裡有股份，她怎麼能忍得住不去伸手？

「我能怎麼辦？妳知道不知道，那個秦家丫頭，和知府家那位出嫁了的小姐是閨中密友，連知府夫人都抬舉她幾分。妳要是逼急了她，可不是鬧著玩的！」陸月思還沒他老婆那麼蠢，可不代表他不想占了陸寒的家產。

他需要等待一個合適的時機……那個可恨的秦家丫頭，真是一塊絆路石！

而幾乎與此同時，在遙遠的京城裡，也有人說起了芳菲的事情——

「好啦，她的事兒我都跟你報告得差不多了，你滿意了吧，殿下？」

蕭卓看著眼前凝神靜思的朱毓升，微帶笑意地打趣道。

第五十八章　毓升

朱毓升已經滿十九歲了。

如果芳菲見到此時的朱毓升，也許會為他從外形到氣質上巨大的改變感嘆不已。這還是那個有些單純有些任性的傲慢小王爺嗎？

在宮廷中生活了多年的朱毓升，早已習慣了喜怒不形於色。昔日清俊的面龐逐漸變得稜角分明，聲音也早就脫離了變聲期時的尖銳，顯得有些低沈。他身著常服，背負雙手，站在靳家內書房的窗邊。蕭卓看著他傲然挺立的背影，發現這個從小一起長大的表弟不知從何時起，竟有了淵渟岳峙的氣勢。

這是張端妍的夫家，禮部侍郎靳錄三子靳迅院子裡的內書房。朱毓升今兒是打著來看表妹的幌子來見蕭卓的，張端妍和他說了幾句話以後，便知趣退出了書房，把空間留給了這兩位表兄商量事情。

「秦丫頭……她真能折騰。」朱毓升輕笑了一聲。他想不起這種發自內心的笑意多久沒有過了，儘管他在太后面前總是掛著一張笑臉，但那有幾分真心，大家都心知肚明。也就是在蕭卓面前，他能卸下一絲面具，可他很快連蕭卓都不好見了。

「如今你考中了武進士在京候選，不管你進哪個衙門聽差，我都不能再出來見你了。就是靳家這兒，這次之後，我也不好再來。以後她的事……便全託給你了。」

蕭卓默默點頭，明白朱毓升目前的處境。

朱毓升面朝窗口站著，窗外是大片大片的花樹，桃李芬芳，春意盎然。他的心情卻與窗外的生機勃勃形成鮮明的對比，心頭沈甸甸的被許多事情壓著，竟有些喘不過氣來。

這些年裡，詹太后對他還不錯，但對另外兩個王子也不見得不好。和他同時進宮的福王三子朱令熹、頤王次子朱嘉盛，能夠在眾多宗室子弟中脫穎而出被皇上和太后選中，當然也有他們的過人之處。

而皇上對他們的態度，一直都極為冷淡，完全沒有表現出偏愛哪一個。朱毓升也明白，皇上一直都還沒放棄讓宮中妃嬪生下正統皇嗣的想法，每年都選一批出身良好的少女進宮寵幸，指望著她們中的哪一個能產下一個皇子。

但幾年來，宮中妃嬪依然無人懷孕，更遑論產子了。皇上越是著急，身體便越差，連太醫都不得不婉轉地提醒皇上，再這樣迫切地「求子」，傷害的是皇上自個兒的龍體。也就是這半年來，皇上終於漸漸死了心，開始將目光轉向後宮中養了幾年的這三個皇嗣候選人。

三人都已滿了十八歲，在御書房裡讀書好幾年了。半年前，皇上有心歷練他們，便將他們都派到六部去協理管事。朱令熹進了禮部，朱嘉盛進了吏部，而朱毓升進的則是戶部。

這個多疑的老狐狸……朱毓升內心深處對皇帝並無敬意，只有畏懼。皇上又要讓他們去協理政事，又要考究他們是否做出了點成績，但卻又防著他們和外臣交往過多，有了不臣之心。

去年年末時張端妍成親，他送了一份賀禮，過後便被皇上敲打了一次。今日他到侍郎府來拜訪，其實也不太應該……但他又渴望和蕭卓見面，聽蕭卓親口說說芳菲的近況……唉。

而他們三個人之間更是互相忌憚，表面上和睦相處，背地裡卻是互拉後腿，爭著想把別個踩下去。皇上對於這種情況，居然是樂見其成的，甚至有煽風點火的苗頭。

朱毓升想到此處，眼中冷意更甚。這個老狐狸，以為他自己是在養蠱嗎？

「對了，我在京中，彷彿聽說太后要給你們幾個選妻，有沒有這回事？」蕭卓想起自己這些天聽到的傳聞，便隨口問朱毓升。

朱毓升轉過身來，在蕭卓身邊坐下。「有是有的，也不過是詹太后心血來潮，在那些命婦們過年進宮參拜的時候，不知道跟誰說了一句。早著呢，如今東宮未定，這種事定不了那麼快的。」

不明就裡的人，一定會以為他們這三個皇嗣候選人會被許多名門看中，要將女兒送進宮來做郡王妃。哪那麼簡單？大臣與宗室聯姻，那可是政治上站了隊的表現。誰知道自己結的親家，最後是成了皇嗣，還是被送回藩屬轄地去繼續當一個富貴閒人？

實在是如今局勢太不明朗了，皇上竟沒透露出屬意哪個王子多一點的意思。把女兒嫁給他們三人中的某一個，若是剛好能成為未來的九五之尊，當然是最好不過——可萬一不是呢？說不定會是滿門被逐的情況，新皇能容得下當初對自己有二心的臣子嗎？

是以太后雖然提過要給他們選妻，京中的名門貴家，卻無一人敢跟太后推薦自家的千金。太后也不是個愚昧的，對臣子們的反應也看得清清楚楚。

詹太后為此，還特地找皇帝隱晦地提過，應該是立太子的時候了。

再這麼拖下去，朝中人人自危，都怕自己要嘛怠慢了未來的新皇、要嘛站錯了隊伍，誰都不敢放手做事，這如何得了？

至於皇帝有沒有聽進太后的話，那是另一回事。

蕭卓說：「那你心中，就沒有什麼特別的人選？這些年來你在京中見了這麼多名媛淑女，總該有點底兒才是。」

朱毓升搖了搖頭。「我哪有心想這個。再說了，門第越高，反而越不是良配。你又不是不知道本朝的風氣，那些高官之女我是不會要的。」本朝舊例，為防止外戚專權，王妃皇妃的母家都無須過於顯赫。連如今掌管六宮的詹太后，她娘家本來只是一個小小的知州罷了。當今皇后之位空懸，不過那幾個得寵的妃子，也都是低級官員的女兒。

說到底，還是那位當了三十年皇帝的至尊，不甘心被別人轄制分權的緣故……

蕭卓又笑著說：「那你沒想過要娶個什麼樣的妻子？」或是……皇后？「溫柔的？賢慧的？能幹的？」

朱毓升沒有回答，蕭卓也沒有再問下去。難道，表弟真的對那個小姑娘……還是念念不忘？

那時她才多大啊，十歲還是十一歲？

朱毓升確實沒想過自己要娶個什麼樣的妻子。他見過的名門閨秀、美貌宮女不知凡幾，但還真是沒一個能給他留下什麼深刻的印象。這麼長時間以來，在他心中能夠留下印子的，也只有那個，他親手送過她一枝桂花的小姑娘……

在宮裡的日子有多難熬，簡直不是常人能夠想像的。每當朱毓升遇到事情讓他感到失望、沮喪和痛苦的時候，他都會把當年芳菲送他的那幅書畫拿出來看一眼。

「咬定青山不放鬆，立根原在破岩中。千磨萬擊還堅勁，任爾東西南北風。」

這四句詩，就像是暗夜中一直默默燃燒的長明燈，為他照亮了這座冷酷的深宮。

蕭卓說，她的未婚夫婿是個溫文爾雅的少年人……那就好。若是那些粗蠢的男子，怎麼能配得上她這般蕙質蘭心的奇女子？希望他能懂得她的好，好好珍惜她……

至於自己，也許就要在她的人生中慢慢淡出了。

芳菲並不知道陸月思夫妻還在心心念念想謀奪「陸寒的產業」，也不知道遙遠的京城裡朱毓升還在思念她。她發現，自己「受陸寒所託照料佳茗居」的事情在秦家曝光之後，給她帶來了意外的好處，就是她能夠更加光明正大地出門去佳茗居理事了。

為了安撫秦家的人——儘管她是萬分的不樂意，她甚至帶著一向不太親厚的芳芝、芳英兩姊妹出去應酬了幾次，讓她們在一些富貴人家面前露了露臉。這次讓步的效果是明顯的，因為不久就有人家來向這兩姊妹提親了。

雖然那幾戶提親的人家家世太普通，秦老夫人都沒同意，但對於芳菲做出的讓步，秦家人還是很滿意的……

芳菲一面應付著秦家，一面管著佳茗居的事情，忙忙碌碌不知時日過得是快是慢。

等到四月過半，她總算抽出時間，打算去唐家拜訪拜訪這位唐老太爺。

「姑娘，您看看今兒穿這身新做的紅裙可好？」春雨拿出芳菲新做的夏裝，那料子還是朱毓升送的呢！

「唔……不好。我今天是去見長輩，他還帶著病，還是穿得素淨些吧。去年那身淺紫的衫裙不是剛拿出來薰了香？我就穿那個。」

芳菲正坐在梳妝檯前讓丫鬟春芽給她梳頭。春草上個月便放出去配人了，被孫氏隨便指了個小管事。春草走的時候，芳菲念在她服侍了自己幾年，雖然對自己並不忠心，日常照料的時候也還算體貼，便送了她一副不薄的嫁妝。春草意外得了芳菲送的這副嫁妝，竟當場就落了淚，哭著說自己對不住姑娘。

芳菲心中感嘆，其實春草也不過是個受人指使的可憐人罷了。芳菲好意安慰了春草兩句才放她走，回來見到春雨居然有些悵然若失。

她替新來的菊兒改名叫春芽。這個丫頭動作雖然利索，說話也甜，可心顯然也在孫氏那兒，芳菲冷眼看著，想等有時間了也要好好敲打敲打她才是。

芳菲收拾停當了，便去上房和秦老夫人請了安，帶著春雨、春芽出了門，上唐家去拜訪。

想起又要見到那位嗜茶如命的老人家，芳菲便在腦子裡琢磨著待會兒見了他該怎麼說話……

第五十九章　借勢

唐家的豪富，芳菲往日也略有耳聞。但當她真正站在唐家大宅的門前時，還是真正被那撲面而來的富貴氣象鎮住了。

本朝並不抑商，雖說商人的社會地位還是比士、官、農要低上許多，可是已經比前朝高得多了。儘管按照律法，商人不得著綢，只能穿布，但是這麼多年來誰也沒把這條律法當真。豪門巨富生活的奢侈排場，光是聽著都讓人咋舌不已，像唐家這樣修建大宅的商家只要不太出格，官家對此也是睜一隻眼閉一隻眼的——都指望著這些大商人明裡交稅、暗裡送賄呢！

芳菲讓春雨到門房去報上自己的名字，門房一聽是秦家的七小姐，趕緊彎著腰一溜煙走到芳菲的馬車前。「秦七小姐，快請進。」

這樣就行了？連通報主人一聲都不用？芳菲看著那門房僕人穿著一身做工良好的布衣，不敢相信這樣的宅門裡規矩會是這麼鬆散。

那門房看出了芳菲的疑惑，忙說：「老爺已經交代下來了，說秦家七小姐是我們唐家的貴客，只要是秦七小姐來了，無須通報，速速有請。」

芳菲這才恍然。她扶著春芽的肩膀下了車，在那門房的引領下進了唐家大門。唐家的內宅庭院之富麗，比起那豪氣的大門更勝一籌。看著那些描金雕花的門窗、朱漆紅木的屋樑，芳菲輕輕地皺了皺眉，旋即又舒展開來。

人家有錢，愛怎麼撒錢是自己的事。不過這宅子裡確實充斥著一股子暴發戶的味道……是因為唐老太爺年輕時吃了太多苦頭，便要蓋起這麼一所華廈來補償自己嗎？

無論如何，從唐家人送自己的那份賀禮，和這所極盡奢華的大宅看來，唐老太爺的這門生意，還真是給他賺大錢了……

芳菲被領進了主宅正廳，這可是招待貴客最高級的待遇了。立刻有僕婦來請芳菲落坐，又立刻給她奉了茶，擺上了兩碟子精緻小巧的點心。自有僕人飛也似地去向唐老太爺稟報，那稟報的僕人還在想著，自己這回說不定會得些賞賜呢，聽說老太爺念叨著這位秦七小姐可不是一、兩回了。

芳菲輕輕品嚐著唐家的香茶，暗讚不愧是賣茶人家，這待客用的茶水也比別家的名貴。她在知府夫人那兒不知作客多少回了，但知府家的茶葉還遠遠比不上唐家的。

「秦姑娘，妳來了。」唐老太爺拄著枴杖，被一個小廝攙扶來到廳上。

芳菲遠遠見到他走過來忙起身恭立，問道：「老先生，您的病情如何了？怎麼還要拄枴？」

唐老太爺見到芳菲十分高興，連聲說：「沒什麼大礙，只是兒孫們總不放心我，一定要我拄著這枴。唉，拗不過他們，我也只好先如此行事了。妳坐，妳坐。」

儘管唐老太爺這麼說，但芳菲還是等唐老太爺落坐之後才側身坐下。她又讓春芽送上價格不菲的四色禮盒。

唐老太爺連連說：「何必如此客氣。」

唐老太爺那日本來就對芳菲有著極好的印象，後來得知是這小姑娘救了自己之後，更是對芳菲感激不已。

此時見芳菲舉止合度，氣質出塵，更是暗暗在心中讚嘆。秦家的家主秦易紳，還有他那幾個兄弟，唐老太爺都曾見過，資質只是平平。想不到這樣的人家，竟也養出了這麼一個出色的女兒。

要不是聽說她早許了人家，唐老太爺都想替自己那幾個孫子提親了。娶個這樣的孫媳婦，那才是家裡的福氣呢！他又聽兒媳說，這秦家七小姐因為家人逼她棄了貧寒的未婚夫婿另許他人，她竟以死相逼，可見人品是極好的。

正因為對芳菲存著好感，唐老太爺和芳菲說話的時候便更是和藹。

芳菲先是問了唐老太爺近日的病情，得知唐老太爺確實是得了消渴症之後，芳菲又取出一張方子。

「那日我見您老人家那樣的症狀，就猜著可能是消渴症，」消渴症便是後世人們熟知的糖尿病。「我回去後找人問了個方子，也不知道有沒有用。老先生您先留著，改明兒請大夫看一看這方子，若是可用的話，試試也不錯。」

芳菲取出一張藥方，雙手遞給唐老太爺。這是她在資料庫中搜出的治療糖尿病的驗方，應該有一定的作用。她又隨口跟唐老太爺談起患了這消渴症後，日常的飲食該如何注意，作息又該如何調整，說得唐老太爺不住點頭。

「哎呀，想不到妳小小年紀，懂得的東西真不少。」唐老太爺越發欣賞芳菲了。

芳菲謙虛了幾句，閒閒地把話題從治病扯到了養生，又從養生繞回了茶道。

「老先生既是本地茶葉龍頭，可有聽過近日城中有一間茶樓專賣那『養生茶』的？」說了半天，芳菲終於說到了她今天來訪的主要目的上。

唐老太爺一時沒想太多，便點頭應道：「聽說是一間叫『佳茗居』的茶樓。我早想去看看他們家賣些什麼好茶葉，價錢竟那般金貴，可惜犯了這場病，就沒去成。」

「哦，他們家賣的茶葉倒沒什麼特別，只是往茶裡添了許多藥材、花果做配料。」芳菲將佳茗居的幾樣養生茶的名目、配料和唐老太爺說了，暗暗觀察他的反應。

唐老太爺的表情有些不以為然。

「飲茶一道，當以清飲為佳，如此才能品其本真。唐時好煎茶，茶具繁複；宋時好鬥茶，花樣百出；再到前朝，更是弄了些什麼油炒茶、麵酥油，要以沸湯點之，油油膩膩，哪有一絲一毫的雅味？幸而本朝太祖英明，不喜這些千奇百怪的添料茶飲，力倡清源，終於讓世人嚐到了茗茶的真味。」

聽唐老太爺的說法，他是不喜歡在茶中添其他東西的。芳菲順著他的話說：「是呢。聽說那徽宗皇帝在時，竟讓人用極嫩的『銀絲水芽』製成『龍團勝雪』餅茶，每片茶餅的計工竟值四萬錢，這到底是讓人吃還是看呀！」

「可不是嘛！」唐老太爺還以為遇上了知音。「好茶本來就該是讓人品嚐的，這般做作，太過浪費了。」他這是窮人家出身的潛意識。「我想著前朝這些人將飲茶弄得這般面目全非，便有些氣憤。那佳茗居竟又走了前朝的老路，我看它生意再好也是做不長的。」

呃……芳菲聽到這句話的時候，嘴角不知不覺抽了一下。

「不過，」芳菲緩緩說道：「其實養生茶飲，雖說失了些茶味，卻是有實實在在的好處的。比如佳茗居『理氣五味茶』，飲後可以使人消腫散結，止咳止嘔；又如他家的『清香和胃茶』，長期飲用，可以緩解食慾不振和積食難消等等症狀……」她微微一笑，又添了一句。「所謂做生意，不就是要做出特色嗎？他們店裡的特色，便在於此。」

唐老太爺眼中精光一閃，終於品出點味來了。

芳菲看見他的表情，知道唐老太爺已經察覺她話中的意思，也不藏著掖著了。「老先生，其實說起來，那佳茗居還和我有些淵源呢。」

「哦……」唐老太爺拈了拈鬍鬚。「原來如此，怪不得妳對那兒的茶飲倒是挺熟悉。」

芳菲笑道：「是呀，那日我和姊妹們到茶山上去，也是受了那掌櫃的委託。他知道我是個愛茶的，便請我去看看哪家茶園的茶更好。掌櫃的說，老是從茶莊裡買茶，利潤還是太薄了，想從你們這些大茶商手裡取貨，不知……」

「原來是這樣。」唐老太爺倒也爽快。「我給妳寫個條子，妳讓那掌櫃的到我唐家茶莊裡去取茶，定然會給他一個滿意的價格。」

芳菲站起身來，給唐老太爺重重行了一禮。「那我就先替那掌櫃謝過唐老太爺了。」

唐老太爺呵呵笑道：「秦姑娘，妳是我的救命恩人，這點小忙我怎能不幫？」

芳菲重又坐下。今兒她來唐家的目的，才堪堪達成了一半。拿到比市價更便宜更好的茶葉，固然是她想要得到的結果，但她還有另一件大事需要唐老太爺的幫忙。

雖說，這樣想起來也算是利用了唐老太爺一把，不過有得借勢不去借，豈是商人所為？事事講求清高，是賺不到大錢的呀。

「老先生，我這裡有些東西，想請您過過目。」芳菲看了身後的春雨一眼，春雨忙遞上一個攢心漆盒。

芳菲將漆盒的蓋子打開，雙手捧著遞給唐老太爺。「請看。」

唐老太爺接過盒子，看見裡頭一共分為八個小格，分別裝著八種已經烘乾的花苞，散發著淡雅的香氣。

「這是？」唐老太爺有些不解，這秦姑娘讓自己看這些乾花苞做什麼？

「老先生，這是玫瑰、月季、茉莉、百合、白菊、忍冬、玉蘭、桃花等八種乾花，都是在花兒將開未開、最是鮮嫩之際採摘下來，用特別的方法烘製而成的。」芳菲的眼睛亮晶晶的，嘴角掛著一絲自信的微笑。「我想請老先生嚐一嚐，我自創的飲茶新法。」

第六十章　花茶

唐家的小廝木茗一邊往小茶爐裡添炭火給水壺燒水，一邊偷眼看著他身邊的這位秦七小姐。老太爺不知多久沒帶人進這間茶室了呢，看來這位秦七小姐真是很投老太爺的緣啊。

這是唐家大宅裡的一間小小雅室。只不過一牆之隔，和芳菲剛剛待過的那堂皇的正廳卻像是兩個世界一般，佈置得截然不同。

芳菲一進來就喜歡上了這間雅室。這窗外竹影婆娑，窗口前兩株碧綠芭蕉，綠油油的使人一看便覺得清爽。屋裡四白落地，除了一套酸枝桌椅外幾乎沒有什麼多餘的裝飾，只在靠牆的多寶格上放置了幾件茶具，在牆上掛了一幅斗方，寫著一個「靜」字。

「這是老夫日常飲茶的屋子，少有人來。我家這些孩子都是愛熱鬧的，根本坐不住，好久沒人來陪我老頭子喝茶啦。」唐老太爺感嘆道。

芳菲輕笑。「若是老先生不嫌我聒噪，我倒是很想常常來向老先生討教、討教茶經的。」

「妳也不必太自謙了。」唐老先生呵呵一笑，說道：「如今的孩子若能有妳這麼沈靜，也算是很難得了。妳在茶飲上的造詣，未必比我差勁多少。妳說要給我泡製新茶，是怎麼一回事？」

芳菲捧過那裝滿了乾花苞的攢心盒子，笑道：「我想請老先生喝一盅我泡的花茶。」

唐老太爺的眉頭輕輕一皺，但並沒有多說什麼。芳菲將唐老太爺的表情看在眼裡，也不作聲，只等著木茗將水燒開。

水很快便燒開了，據說這是唐老先生特地讓人去青石山挑來的山泉水，清洌可口，專門用來泡好茶用的。

芳菲取過水壺，將唐老太爺剛剛讓木茗擺出來的一套素白薄瓷茶盞用沸水輕輕沖了一遍。接著用竹匙從攢心盒子中取了一點兒玫瑰花苞，再撒入一小撮微綠的嫩茶，高高提起水壺將水沖入兩個杯中，至八分滿後停手，立即加上杯蓋。

她的這串動作一氣呵成，如行雲流水一般賞心悅目，唐老太爺看得暗暗點頭。不管她泡的是什麼茶，就衝著這丫頭的品貌與茶藝，都已經讓人對這盞茶充滿了期待。

稍待片刻之後，芳菲便笑盈盈地雙手捧起一盞茶盅送到唐老太爺面前，請他賞臉品嚐。

唐老太爺接過茶盅，揭開杯蓋一側，頓覺芬芳撲鼻而來，精神為之一振——這種特殊的甜香，是他所飲過的茶中從未有過的。他知道這香味是從玫瑰花苞而來，暗道果然有些特別。只是聞起來好了，不知道湯色、茶味又如何呢？

他將杯蓋放到一邊，細細看起這湯色來。只見白瓷杯中，兩朵嬌嫩的玫瑰花兒伴著茶葉在水中上下漂舞沈浮，湯色黃中透綠，正是上品。他舉著茶盞送到唇邊，略呷了呷，將茶湯在口中稍事停留，只覺得淡爽中帶著清甜。輕輕嚥下一口茶湯，又感到潤喉而且清腑，滋味與往常所飲的茗茶都略有不同。

芳菲有些緊張地看著唐老太爺，雖然見他表情怡然，似乎帶著欣賞之色，可也不敢托大。

在結識唐老太爺之前，芳菲對於如何拓展佳茗居的花茶生意，還真有些頭疼。她有信心讓千金小姐們喜歡上這種雅致的茶飲，但是光做女孩兒們的生意，還是有些狹隘了……如果花茶能得到身為本地茶業龍頭的唐老太爺的賞識，由他向茶業同行們推廣的話，情況就會更加理想。

起碼到目前為止，如何烘製乾花花苞這門技術，還掌握在芳菲自己的手裡……如果不僅僅在佳茗居賣出茶飲，而能向各大茶莊供貨賣出花茶的乾花，那麼她的生意收益將會更大。

「還不錯。」唐老太爺放下茶盞，對芳菲笑了笑。「在茶裡加香料，我也不是沒喝過，但總覺得那些香味蓋過了茶味，所以一直不喜。不過這樣烘製花苞沖茶，卻清雅得很，花引茶香，另有一番滋味。是妳想出來的嗎？」

「是的。」芳菲詢問道：「老先生覺得如何？」

唐老太爺緩緩點頭，稍待片刻之後才說：「實話說，這樣的茶飲並不是我喜好的口味。」

芳菲的心一緊，卻聽得他又說：「不過……像妳這樣的年輕姑娘家，估計會很喜歡吧？」

他緊接著又說：「我早聽說，佳茗居專門辟出一層雅間，是用來招待女賓的？妳的這些花茶……就是想專門賣給這些小姐們的吧？」

芳菲略略吃了一驚，看來唐老太爺雖然又老又病，人卻半點都不糊塗……怪不得能從一個窮小子變成今日的巨富，果然是個極其精明的人物。

唐老太爺將芳菲的反應盡數收入眼中，他依然靜靜地拈鬚微笑，等著芳菲的回答。

「您老人家明鑑，確是如此。」芳菲坦然應道。

「不但如此……」唐老太爺繼續說：「這間佳茗居，若是我沒有猜錯的話……是妳在主事吧？」

芳菲聽唐老太爺說出這句話，遲疑了一下，不知該不該據實以告。在這以男子為天，女子只應待在深閨中相夫教子的社會裡，一個未嫁少女拋頭露面做生意，這無論如何都不是件光彩的事。看唐老太爺飲茶的喜好，他似乎是一個有些保守的老人家，她能夠向他坦白嗎？

「妳不用回答，我明白了。」

芳菲的遲疑，已經給了唐老太爺他想知道的答案。

「小丫頭……老夫倚老賣老叫妳一聲小丫頭，妳不介意吧？」

「哪能呢。」芳菲從唐老太爺對她的稱呼中察覺出了一絲他對她做生意的態度，心中微微一喜。

唐老太爺嘆息一聲，看向窗外的翠竹，眼神略微有了些感傷。

「別看我今時今日有了些許身家，我像妳這個年紀的時候，可是個跟在掌櫃屁股後頭從早到晚不停做活的小小學徒……」他回憶起了五十年多前的往事，傷懷之餘卻又帶著一股子自豪與驕傲。

「和妳這小丫頭說了半日的話，我不知怎的就想起了我自己年輕的時候，也有這麼一股精神。別人認為我一個小學徒竟然想要學做生意，還想開自己的茶莊，簡直是癡人說夢。可到最後，我竟真的辦成了……」

他頓了頓，意味深長地看向芳菲，說：「小丫頭，我知道妳有許多事情還想跟我說，今兒就一併說出來吧，能幫妳的，我絕不會袖手不管的。」

芳菲大喜，從椅上站起身來走到唐老太爺面前，插蔥似的拜了下去。

半月後，芳菲手上的兩個花園裡首批大量製作好的花苞送到了佳茗居，佳茗居正式開始向顧客推薦各種花茶茶飲。

香氣濃郁的玫瑰、清涼滋潤的忍冬、嬌美豔麗的桃花、清香幽雅的茉莉……佳茗居的花茶先是在芳菲所帶去的閨學同窗之中得到了認可，漸漸便從千金小姐們的深閨，流傳到小家碧玉們之間。

另一方面，這種新出現的花茶也引起了茶業同行的注意。

有人對此不以為然，認為佳茗居專門搞些「歪門邪道」，好好的茶葉給弄出這麼多花樣來，偏偏還賣得死貴，而且……竟然還有不少人買帳，真是奇哉怪也。

有人卻開始琢磨起佳茗居的配方，想學著也做出這樣的花茶來賣。

正在同行們對佳茗居的生意議論紛紛的時候，卻傳出佳茗居用的茶葉都是從唐家茶園中用最優惠的價格採購來的消息。

原來這家茶樓背後的老闆之一，居然是唐老太爺？這就難怪了……

許多想設法打壓佳茗居的同行們得知這個消息後，也不得不暫時打消了這個念頭。唐家在陽城的茶葉行當中，是數一數二的巨頭，能夠不得罪還是不得罪的好。

接著又有人說，這花茶其實是唐老太爺獨創的新茶……各種消息傳來傳去，更有人到唐老太爺面前來求證，唐老太爺卻都笑而不答，更是耐人尋味。

到了六月，天氣漸漸熱了起來，茶樓的生意越發好了。

「這是這個月的帳本，七小姐您要不要帶回去看？」方和捧了厚厚的一疊子帳本過來，芳菲有些頭疼地看著這堆磚頭似的東西，點頭讓春雨幫自己拿著。

這些日子裡，她也不再避著春雨，一直將春雨帶在身邊做事。春雨對芳菲極為忠心，雖然人並不太精幹，可芳菲交代下來的事情她都能做得好好的。芳菲打算不把春雨放出去，就將她帶著出閣——春雨的年紀比芳菲要大一、兩歲，不過這倒不是太大的問題。她在春雨面前露過口風，春雨也是極願意跟著她走的，還說：「姑娘，這輩子我就願意服侍您一個，您可千萬別丟下我。」

「對了，陸少爺那邊，送了夏天的衣物過去沒有？」芳菲在百忙之中也沒忘記照顧陸寒的生活起居，不過這些她是沒法子親自去打點了，只能都委託給方和。

方和點點頭，又說：「七小姐，我正想跟您稟報呢。前天我給陸少爺送東西的時候，在他那兒遇上客人了……那些客人……似乎來者不善啊。」

「哦？」芳菲把手中的帳本丟開，趕緊追問：「你怎麼不早說是什麼客人？」

方和說：「據說是陸少爺的叔叔……」

第六十一章 斥叔

六月正午的陽光毒辣辣的，芳菲從馬車上下來的時候忍不住拿衣袖遮了一下頭頂的太陽。又是夏天了，再過兩個月，便是陸月名的周年冥壽。芳菲一邊往陸寒住的屋子裡走，一邊思量著跟陸寒商量，好好的在寺裡給他父親做一場冥慶。

「芳菲妹妹，妳怎麼過來了？」

陸寒正在屋裡讀書，見芳菲頂著個大太陽出城到鄉下來找他，不禁有些動容。

「熱壞了吧？快坐下。」陸寒將椅子搬到芳菲面前，又要去給她倒水。

跟著芳菲進屋的春雨忙說：「陸少爺，讓奴婢來吧。」

陸寒擺擺手，還是堅持自己給芳菲泡了茶。芳菲笑著點頭接過陸寒給她泡的茶水，飲了一口，輕輕皺起了眉頭。

「陸哥哥，我讓方和給你捎的那些茶呢？」怎麼陸寒喝的是這種陳年舊茶，味道又寡又淡。

芳菲還以為方和辦事不力，轉頭略帶嗔怪的看了方和一眼。

陸寒忙說：「不怪方掌櫃。那些茶珍貴得很，我一個人家常喝不了那麼好的茶，便都送給先生了，他老人家愛這個。我自己喝這些是從家裡帶出來的陳茶，反正剩下不喝也怪可惜的。」

芳菲依然埋怨道：「要送先生固然是應該，你跟我說一聲，有多少送不得？自己家就是賣茶的，還怕沒得好茶送嗎？下回我再給你多送點來，打包兩份，一份給先生一份給你，你可別再這麼省著了。」

「好，下回帶來了我就喝。」陸寒也不多說，他已經習慣了芳菲有意無意間流露出的「霸道」。在陸寒看來，這比起先前芳菲對他客客氣氣更讓他感到欣喜，證明芳菲越來越把他當成家人看待了。

以前母親在的時候，也常常這樣念叨父親……陸寒想到此處有些黯然，但他盡力將這種傷感情緒排出腦中，打起精神來問芳菲。「妹妹今兒過來是為了什麼緣故？」

「聽說……你叔叔已經找到這兒來了是不是？」

陸寒聞言臉上的笑容頓時僵了一僵，看著方和不說話。方和忙說：「陸少爺，雖然您說叫我別告訴七小姐，可是若讓七小姐知道我把您遇到麻煩的事情壓下不說，這……一家人何必如此見外？」他嘿嘿笑道，心想現在七小姐是我的大東家，兩者相權我可是沒法子聽您的了。

「陸哥哥，你好糊塗。」芳菲站了起來走到陸寒身前，說道：「有什麼事兒不能跟我說？還跟方掌櫃說怕我煩惱……你這意思，是讓我以後都別管你的事嗎？」說著，她的眼裡還真帶了三分怨氣。

陸寒也太見外了，賣田地租宅子全是他自個兒料理也就算了，她送東西給他用，他總是推三阻四她也不好說什麼，可遇上事情他沒想著跟她商量，卻真是讓芳菲有點兒傷心。「難不成在陸哥哥心裡，還當芳菲是外人嗎？」

「沒這樣的事！」陸寒急了，伸出手來想抓著芳菲的手表白心意，但一想到春雨和方和就在眼前，只好又把手訕訕地縮了回去。「我是見妳忙茶樓的事情都已經很辛苦了，不想讓妳再為這種事情奔波。」

「以後可不能再這樣了，」芳菲不在這方面過多糾纏，直接進了主題。「方掌櫃說他上回來的時候，正遇上你叔叔從這兒衝出來罵罵咧咧的，到底怎麼回事？他說他問你你也不出聲，見了我總該說了吧？」

還能是怎麼回事？陸寒嘆了一口氣。

他也不知道叔叔是怎麼找到這兒來的。那日他剛從學堂出來，就看見叔叔守在這農舍前，見了他好一頓訓斥。說他不經長輩同意就賣掉了祖田，又把老宅子租給了不知根底的外鄉人，連置辦了產業也不跟他通個氣……

陸寒早就對他這個利慾薰心的叔叔死了心，只是礙於他是親長不得不虛應一番禮數，心裡早就不耐煩了。

他沒回答陸月思一連串的問題，反倒質問陸月思。「叔叔見了侄兒，沒問我在這兒住得慣不慣，吃些什麼東西，平日裡誰來照顧我的生活，更沒問侄兒讀書讀得如何了，我竟不知有這樣做叔叔的呢！」對於性子溫和的陸寒來說，這已經是極為嚴厲的說辭了。

陸月思臉皮厚得很，在聽到陸寒的話後稍稍尷尬了一小會兒，很快就恢復了正常。「我這不是關心你的大事嘛，那些話，等我跟你商量完大事自然會問的。」

陸寒冷哼一聲，接著說：「好，那我們來商量一下濟世堂的事情好了。叔叔說在我成人前代我管理這醫館，如今進益如何？叔叔可得好好經營才是，當初不是說好了，等我孝滿之後便讓我接手的嗎？」

這又戳中了陸月思的痛處。陸寒的父親陸月名只是醫術不太高明，醫德卻是很好的。當年陸月名主持濟世堂的時候，逢年過節或者是時疫、天災的時候，都會給窮苦人家發放些免費的便宜草藥，所以醫聲極好。他也有自知之明，自己治不了的病，便會讓病人另請高明，不會故意耽誤病人的治療，因此濟世堂當時的生意真是很不錯。

陸月思接手之後才不到一年，濟世堂就快被他整垮了——當然方氏也對此功不可沒。他醫術又差，偏又不肯承認自己水平有限，常常治壞了病人，被人砸了好幾次醫館。方氏又教唆他用一些廉價的陳年爛藥來充數，以為這樣就可以多賺點錢，結果把濟世堂的名聲硬生生給弄壞了。

現在陸月思被陸寒這麼一擠兌，饒是他臉皮再厚，也忍不住害臊起來。可是……想到那間客似雲來的佳茗居，陸月思立刻又把剛剛升起的一點兒臊意丟到天邊去了。

「咳，這個且不說，濟世堂有我在你就放心吧，」陸月思乾咳了兩聲，單刀直入地問陸寒。「你是不是在佳茗居裡入了份子？我聽人家都這麼說。還說是你父親在世時便入股了的……哥哥也真是的，怎麼都沒跟我說一聲，他要早跟我說了，我肯定會替你好好照料的。這些生意上的事情複雜著呢，你小孩子家哪懂如何做呀！」

所謂陸月名在世時便在佳茗居入了股，卻是他從秦家輾轉打聽到的消息。聽到這事的時候，陸月思「恍然大悟」。「怪不得呢，我說這侄子哪來的錢入股？大哥什麼時候攢下這麼多銀子了……」

陸寒的態度並不因為陸月思的好言相勸而有所軟化，只說：「叔叔只管照料好濟世堂，把祖父置辦下來的家業守住了便是。佳茗居不是我一個人說了算的，有人管著呢，叔叔就不必為此操心了。」

陸月思聽得陸寒承認在佳茗居有股份，立刻雙眼放光，態度更加積極起來。「就算不是你一個人的，你也能分紅是不是？也有權插手管這樓裡的事情吧？我跟你說……」

陸寒不耐煩跟陸月思糾纏下去，毫不客氣地打斷了陸月思的長篇大論，說他要溫習功課，請叔叔回城去吧。陸月思還要再說什麼，陸寒竟然背過身去大聲誦讀書本，把這叔叔當成了空氣一般，將陸月思氣得夠嗆。

陸月思拿陸寒沒辦法，只好怒氣沖沖地回了家，正好在陸寒的小院外跟方和打了個照面。方和以為有人來欺負陸寒，細問之下才知道這是陸少爺的親叔叔……

聽完陸寒的轉述，芳菲伸手揉了揉太陽穴，也感到有點頭痛。

見過無恥的，真沒見過無恥到這種程度的。吞了陸寒的濟世堂還不滿足，又想把手伸到她的佳茗居來。芳菲想起那天方氏在秦家的可笑表現，就禁不住一陣心煩。這對夫妻真是天生一對，地造一雙。

「他之後還有沒有再來找你？」芳菲問陸寒。

「沒有了，這兩日我都清靜得很，」陸寒說：「也許上回他被我給氣著了，不敢再來了吧。」

「我看他心裡頭就沒有『不敢』這個詞……」芳菲的話才剛剛說到一半，便聽見屋外有人在說話——

「就是這兒？」

「對，就是這兒……看樣子他應該在家呢……」

這真是說曹操，曹操就到。芳菲一下子認出了方氏尖銳的嗓門，立刻後退幾步，拉遠了她和陸寒之間的距離。春雨也知機地走到芳菲身邊挨著她站著，神色戒備地往門口望去。

「侄兒……」陸月思沒有敲門就直接推開農舍的木門走了進來，突然看到屋裡有好幾個人在，不由得愣住了。「呀，你這丫頭怎麼會在這兒？」

方氏緊跟著陸月思走進了農舍，看到芳菲亭亭玉立站在屋中，一下子變了臉色，上回在秦家被這丫頭冷遇的事兒她還記著呢！

方氏眼珠子滴溜溜一轉，立刻換上了一副譏諷的嘴臉。「想不到端莊大方人人稱讚的秦家七小姐，居然不顧廉恥地出來私會男子。」

芳菲臉色立刻一沈，這賤婦果然狗嘴吐不出象牙。老虎不發威，她當自個兒是病貓嗎？這種人不吃點教訓，那是絕對改不了的。

芳菲冷冷笑了一聲，輕聲說了一句。「陸家娘子，妳是最守婦道的，不知道妳家相公身上的傷妳可都照顧好了？」

陸月思夫婦聽到芳菲這句話，登時大驚失色。

第六十二章 大鬧

這……這樁事情，她是怎麼知道的？

陸月思面上驚疑不定，方氏更是一下子出了一腦門的冷汗，都呆呆看著芳菲，聲都沒敢出。

「陸家大叔，我還沒恭喜您呢，」芳菲展顏一笑，只是眼中卻並無笑意。「您家中又要添丁了，真是天大的喜事。」

剛才陸月思還心存幻想，以為芳菲只是隨口一懵而已。現在聽芳菲說出「添丁」二字，僅存的僥倖心理也早就化成飛灰了。

陸寒站在一邊，沒頭沒腦不知道芳菲說的是什麼事情，竟能一下子就將叔叔、嬸嬸給制住了？

說起這樁事情，那真是方氏的心頭大恨。想她好歹也是這死鬼的正經娘子，三媒六聘娶進門的，又生了兩個孩子，怎麼說也對得起他了。誰知道陸月名在哥哥死後不久接過了濟世堂，囊中銀錢比往日多了許多，竟也學別人置起外室來。

他買了個唱小戲的粉頭，居然還略有幾分姿色。被那粉頭的迷湯一灌，他竟正正經經給她買了間小院子在外頭住著，一個月倒有大半時間住在外宅裡。

方氏起了疑心，陸月思只說他都在濟世堂裡住著，晚上總有病人拍門。他把濟世堂上下的人的嘴兒都用錢堵住了，方氏察覺不出什麼異樣來，也就丟開了手不管，一心只想著算計侄兒的錢財。

就這麼過了大半年，方氏覺得實在不對勁了，悄悄跟蹤了陸月思一回，才發現了他背著她娶了個外室，而且那女子已經懷了五、六個月的身子。

這下方氏可就炸了起來，在家中吵鬧了一番，哭喊著要回娘家，又要陸月思把那粉頭賣了。陸月思正是迷戀著美色的時候，況且那女子懷著的可是他的骨血，怎麼可能把人賣掉？他還對方氏說別把事情給鬧大了，不然讓人知道他在兄長去世之後立刻娶了外室，說出去可就難聽了。

方氏氣得在家裡砸東西，還把陸月思抓出了幾道血痕，讓陸月思好幾天不敢出門見人。但她好歹也知道這事鬧出來太不好聽，所以只能死忍著不敢鬧出去，還正在琢磨如何趁陸月思不在外宅的時候，悄悄把那粉頭肚裡的孩子給弄沒了呢。

他們以為這家務事沒什麼人知道，怎麼芳菲卻如此清楚？

芳菲冷著臉，緊盯著陸月思說：「陸家大叔，您兄長才剛去世，屍骨未寒，您卻立刻娶了外室，如今孩子都快生下來了。我倒不知道有這樣做兄弟的，很想請陸家族中的長輩來評評理，看看他們是怎麼說的。」

「妳……妳胡說什麼？妳根本不是我們陸家的人，還說什麼請族中的長輩！」方氏尖叫一聲，伸手指著芳菲說：「妳這丫頭不過仗著我哥哥、嫂子養過妳幾天，妳就真把自己當回事了，人還沒嫁進我們家呢，卻老是來插手我陸家的家務，真不要臉！」

「嬸嬸請自重！」陸寒聽明白是怎麼回事以後，心中憤怒到了極點。

父親可是叔叔的親大哥，他怎麼就如此的薄情？記得父親在日，對這叔叔可沒少幫忙，時不時送錢送物去救濟他家，叔叔、嬸嬸上門提什麼要求，父親也儘量滿足。可父親這才去世不到一年，叔叔的外室就要生孩子了？那就是說，父親還沒出七七，叔父便不顧孝期忌諱行房了。

「叔叔……」陸寒的聲音有些顫抖。「侄兒一直敬您是長輩，可您竟然做出這樣的事來。」他深吸一口氣，說道：「侄兒要稟明族長，讓族中長輩們向叔叔討個說法！」

陸月思又驚又怒，侄兒什麼時候居然學會威脅他了？都是這個死丫頭教的吧！「你別聽她胡謅，這都是她往我身上潑髒水，要離間咱們叔侄情分呢。侄兒……」陸月思的臉色陰沈得嚇人。「難不成你真是要聽這丫頭的話來害你叔叔嗎？」

方氏也在一邊歇斯底里地喊叫說：「這種野丫頭說的話也是能信的？她自己身上還一堆破事呢，侄兒你可別被她騙了，她在外頭不知和多少男人兜兜搭搭，又整天拋頭露面地出來閒逛，誰不知道她是個破貨？」

他們忍到六月才來找陸寒是有原因的，因為五月的時候，陽城知府便換了人。龔如錚兩任期滿舉家離開了陽城，陸月思認為芳菲的大靠山已經走了，才敢這麼大大咧咧地上門來欺負陸寒。

春雨聽著方氏如此辱罵自家姑娘，臉兒脹得通紅就想衝過去搧那惡婦兩巴掌。但一看芳菲的臉色卻沒什麼改變，雖然還是冷冰冰的沈著臉，卻沒有因為方氏的胡說八道有半分動容。

對於芳菲而言，這種言語上的攻擊，是絲毫傷不到她的——她又不是那些臉皮薄嫩的千金閨秀，聽了髒話就會臉紅。方氏要罵就隨她罵去，不過芳菲倒想看看他們還能蹦躂多久？

「老西街，楊樹巷子口，從巷口往裡數第三個小院子。」

芳菲閒閒地拋出這麼一句話，陸月思和方氏立刻就像是被戳破了的皮球，一下子蔫巴了下來。她真是什麼都知道……連陸月思外室的宅子地址都說得清清楚楚。

「兩位，別吵吵嚷嚷的了，」芳菲不屑地看著這對夫妻。「你們家的事，我知道的可不是一椿兩樁。比如……」她意味深長地看向方氏。「陸家娘子沒過幾天總喜歡到門前的茶寮去喝半天茶，陪茶寮裡頭那位老人家做做鞋子……」

陸月思聽了這話反應不大，方氏卻全身發起抖來。

這丫頭居然連這個都一清二楚……不不不，這丫頭不可能清楚，她頂多只是知道自己常去那茶寮坐坐罷了，她不可能知道自己和那茶寮老婆子的侄兒的私情……

「當家的，我們、我們走吧。」方氏突然發現芳菲實在是太可怕了。他們夫妻來這兒本是要跟陸寒「商量」佳茗居的事情，可從一進這個門，和陸寒都沒說上什麼話，全是被這個秦家丫頭牽著鼻子走。

陸月思也膽怯了，他可真是不敢去祠堂裡面對那些個老頭子們……萬一他在哥哥「七七」時娶了外室的事情被曝光，那間濟世堂肯定保不住，陸寒一定會乘機拿回去的。

陸月思色厲內荏地說：「哼，我不跟你們這兩個小輩計較。寒哥兒，你自個兒好自為之吧，別說叔叔不管你死活！」

方氏早不想待下去了，拉扯著陸月思就往外頭走，生怕走遲了一會兒芳菲就真的把她的破事給抖了出來。

兩人腳底抹油一般飛快離開了屋子，屋外很快想起了馬車駛走的聲音。方和與春雨都一臉欽佩地看著芳菲，心想——咱們的小主子，果然好手段啊！

陸寒並沒有追問芳菲是怎麼知道陸月思夫妻這麼多事情的。他重重嘆了一口氣，神色有些黯然。儘管陸月思夫婦人已經離開了，可是他心頭沈甸甸的感覺並沒有得到緩解，只覺得胸口生悶。

父親……您若在天有靈，見到我和叔叔如此骨肉相殘，也不會高興的吧？

芳菲理解陸寒的心情。說到底，陸月思都是他的叔叔，如果不是被逼得太絕，一貫極為敬重長輩的陸寒怎麼會憤而與陸月思對峙？

只是……這對人品差到極點的夫妻，可是承受不起陸寒的一丁點敬重的。

芳菲想到這兩人的各種陰私，不覺心中冷笑。

看來事事未雨綢繆總是好的。要不然，也不能讓他們這麼痛快的走人。

早在上次方氏來到秦家鬧事，想通過她來討陸寒手上的生意之後，芳菲就知道這對賊夫妻對佳茗居是絕對不會死心的。

寧得罪君子，勿得罪小人。陸月思兩口子就是典型的小人，芳菲可得先下手為強，防著他們亂來。所以趁著龔如錚要調任，她去給盧氏餞行的機會，直接找到了龔知府對他明說了此事。

這是四年多來，芳菲頭一次求龔如錚辦事。她從盧氏對她越發親熱的態度，隱約推斷出朱毓升在宮中漸漸得勢，而龔如錚或許就是趁著四年前那次機會搭上了朱毓升的船……如果她沒有猜錯，朱毓升走之前，一定是交代了龔知府夫妻好好照顧自己的，不然人家何必要理會自己這個小孤女呢？

儘管她不想借朱毓升的勢，可她也不是那種不知變通的人。她承認自己有私心，不想讓陸月思夫婦成為佳茗居生意中的「不安定因素」……她必須搶在他們再次來爭奪「陸寒的產業」之前，捏住他們的把柄……

龔如錚臨走時悄悄讓府衙裡的一個老捕頭來幫芳菲的忙，芳菲暗地裡又給這捕頭送了一大筆銀子，使得這捕頭死心塌地的給她辦事。只是她沒想到，陸月思夫婦的把柄真是挺多，根本不費什麼工夫就查出了好幾樁。

用「男盜女娼」來形容這兩口子，都不算過分……

她知道陸寒雖然極度討厭這叔叔嬸嬸，不過他是不會對他們狠下心來趕盡殺絕的。但是，芳菲卻沒這麼好心。若他們從此老老實實的便罷了，如果再打陸寒和佳茗居的主意，可別怪她不客氣了。

第六十三章　和解

陸月名的周年冥慶，是芳菲幫著陸寒在甘泉寺裡頭辦的。

儘管現在她的錢全投在佳茗居的生意和花園新花的栽種裡頭，但她仍然是盡力拿出了一筆不小的數目，讓陸寒在甘泉寺裡做了三天法事。

本來照老規矩，做周年冥慶，家中亦是要搭白棚，請鼓樂，再邀請一眾親友到家中來飲宴一天的。可是陸寒和芳菲商量過後，決定還是不請客人了，一切從簡。只重新寫了一副冥聯，糊了窗戶，在小屋裡擺了香案供著陸氏夫妻的牌位便罷。

他如今住在鄉下，更不想見那些親戚，請客人來做什麼呢？且不說已經和親叔叔陸月思徹底鬧翻，另外的那些個親人們也沒好到哪兒去。但凡有一個真心為他好的，就不會眼睜睜看著他被叔父逼迫到這樣的田地，還有母親何氏那邊的兩個舅舅，更是一點都沒關心過他。

幸好還有芳菲……

陸寒看著芳菲替自己忙前忙後，把事情都打理得妥妥當當的，心裡別提有多熨貼了。他不敢想像，如果沒有芳菲一直在支持著自己，自己是否還能像如今這樣安心讀書。

芳菲忙完了陸家的事情，這邊秦家也都忙開了。

七月末，秦家三小姐秦芳苓出嫁了。

這門親事是過年的時候，由她父親秦大老爺親自定下的，對方同是陽城富紳，只是也一樣沒有功名在身。芳苓這幾年沒了母親在身邊照拂，反倒少了些任性，對於父親定下的親事並無異議。

秦老夫人心疼這個長得最像自己的孫女兒，自己掏私房錢又給芳苓添了一份厚厚的嫁妝。房裡幾個姊妹都送上了自己的心意，無非是些精緻些的繡活，如被面帕子之類的玩意兒。

芳菲和芳苓的關係一直淡淡的，不過見別人都添妝，她也隨大流送了份賀禮。她沒工夫做那些繡活，便特地請人將自己手上收的許多貴夫人們給的金錁子拿去融了，打了一套純金的首飾送給芳苓。

沒承想她讓春雨將禮物送給芳苓之後第二天，芳苓竟親自到了芳菲屋裡來道謝。

芳苓有多久沒進過自己的偏院了？芳菲都記不清了。

十八歲的芳苓出落得比當年芳菲初見她時更美麗了些，也怪不得秦老夫人對她的寵愛一直有增無減。不過芳菲細看之下，發現她眉宇間的驕嬌之氣比起以前少了許多，對人說話的態度也沒那麼傲慢了。

芳苓見了芳菲，鄭重謝了芳菲送她一套足金首飾，又略帶著些羞愧地說：「我以前那樣待妳，妳還……」

「三姊姊快不用提了，都是小時候大家鬧著玩的。」芳菲並不見得有那麼寬闊的胸懷，能夠原諒芳苓當初對她做過的一切。可是芳苓那時也不過是個小孩子，再壞能壞到哪裡去？她可沒打算把丁點小事記一輩子——說句不好聽的話，秦家這些人的作為，芳菲還真沒看在眼裡。

芳苓卻以為芳菲寬宥了她，更是慚愧。「其實……這幾年我沒了母親，倒是漸漸能體會妳的苦楚了……」芳苓的聲音壓得低低的。「若不是我父親還在，祖母又疼我，還不知道要給別人踩成什麼樣兒呢！」這話卻是帶了怨氣的，明顯是在恨著當家的三夫人孫氏。

芳菲卻不以為然，她哪裡就到了這樣的情形？就算秦老夫人不疼她，她也是族長的嫡女，在家裡再慘也慘不到哪兒去。

芳苓這一番作態背後的緣故，芳菲已經猜出了七、八分。芳苓確實是長進了……不再是當年那個憑著好惡就肆意行事的小姑娘了，已經懂得跟人耍心機了呢。她估計等著這個和自己和好的機會，等很久了吧？

如今的秦家，誰不知道七小姐的未來夫家在佳茗居裡有份子，原以為那陸家死了大人，家勢便敗落了，誰知還是個財主。將來等那陸家的少爺孝期一滿，接過佳茗居的生意來，七小姐的錢袋子不知道有多鼓呢！

這倒也罷了，秦家本來也不窮，不至於貪圖陸家這點錢財。可是七小姐本人跟外頭的許多關係，更是秦家女眷們極為關注的。七小姐的同窗可都是大家千金，她本人和許多官家夫人小姐都是有來往的，沒看六小姐和八小姐跟著她出去作了兩回客，便有好人家來提親了嗎？

而且又聽說，七小姐和城中巨富唐家關係密切，是唐老太爺的座上賓。她手上到底還有多少人脈，誰能說得清？

這樣的姑奶奶，秦家自然是要供起來的。早年間那些什麼喪門星掃把星的說法，不知道被丟到哪個角落去了。

芳苓當年和芳菲關係搞得太僵，沒法子像芳芷、芳芝、芳英她們一樣刻意和芳菲親近。趁著這會兒芳菲給她添嫁妝，她便扮成個痛改前非的模樣來找芳菲說心事，想藉此拉近和芳菲的關係。她雖然馬上就要嫁出去了，可夫家還在陽城，誰能說得準以後沒有求芳菲辦事的可能呢？

這點子小心思，哪能瞞得過芳菲的眼睛？只是芳菲也不說破，笑咪咪地陪著芳苓說了半天的話，才將芳苓送走。既然人家要跟她玩好姊妹的遊戲，她也樂得奉陪。反正對自己也沒有任何壞處，是不是？

芳苓出嫁後，芳芷的婚事也提上了日程。

芳芷早就訂了親，這門親事還是借了芳菲的光呢。她未婚夫婿是盛通判的妻弟貝家的次子，去年秋闈這貝二少爺下場考試，居然考了個秀才回來。雖然沒中舉人，但秦家已經很滿意了，女兒一嫁過去就是秀才娘子，說出來都尊貴了幾分。而且女婿也才十八，家中又不缺柴米，再考他個幾次總有中舉的時候吧？

芳芷的婚期定在了十一月，還有四、五個月的時間，說長也不太長了。秦家嫁了一個女兒，又忙著給另一個女兒備嫁。而六小姐芳芝的親事，也被長輩們惦記上了……

秦家的吵吵嚷嚷跟芳菲關係並不大，她身為隔房的孫女兒，這些家務她是不用沾手的。她光是忙著佳茗居的生意，就已經忙得焦頭爛額了，平日裡還要去閨學上學呢。如今已是初秋，佳茗居的茶飲又該隨著時令來調節一下了。

「方掌櫃，這個月我們專推兩種茶。你看看這配方，讓底下人快些上手。」

芳菲將兩份配方放到方和面前，自顧自拿了碟店裡的茶點嚐了兩口。不是她嘴饞，而是店裡新換了大廚，她想看看這新大廚做出來的茶點是否能達到她所要求的水準。

嗯，還算可以……芳菲小口嚼著那糯軟的小甜餅子，默默給新大廚的手藝打分，勉強算他及格了。

「方掌櫃，你交代店裡的小二，我這新配的參耆茶是要專門推薦給那些中年富紳們的。讓他們對客人說……這茶，專門能滋補腎水……」芳菲笑著想起後世的那些針對中年男性的廣告，就是要把能補腎這點說得神乎其神，才能讓客人買帳。

她配的這味參耆茶，是可以祛除秋燥的良方。用參片、黃耆、白菊、烏龍四種配料沖泡而成，湯色金黃，益氣柔肝，相信一經推出，定會得到許多茶客追捧的。

如今可是好些人都在引頸企盼，等著品嚐佳茗居每個月推出的新茶呢！加上她專為女孩兒們調配的這一味烏龍梅子茶，看來這個月佳茗居的生意依然會很穩定。

「好了，你慢慢忙吧，我要先回去了。」

芳菲起身出了房門，方和趕緊亦步亦趨跟在她身後送她下樓。

第六十四章　公子

此時正值傍晚，許多茶客都開始上門光顧了。芳菲帶著春雨從三樓下來，在二樓的樓梯口遇上了幾個身著儒衫的男子。那些人見有女客下樓，都紛紛偏到一邊讓她們主僕二人先過去。

但為首的一個看起來略有幾分貴氣的青衫公子，卻直勾勾地看著芳菲從他身前走過，直到芳菲的身影消失在樓梯下方，他才猛地回過神來。

都說江南人物靈秀，可他來了此地多日，今兒才算真正見著了一個美人。

「那是誰家的小姐？看那方掌櫃一路送她下去，像是來頭不小啊。」青衫公子來過佳茗居兩趟了，認得方和是這兒的大掌櫃。

恰好他的隨從裡有一個是認得芳菲的，便說：「哦，那是城東秦家旁支的秦七小姐。聽說她擅長茶道，廚藝又好，和這兒的東家又是沾著什麼親，所以方掌櫃常常請她來指點指點這兒的茶藝。」

秦七小姐……

青衫公子一直到走進了二樓雅間落坐後，還在回味著方才與佳人擦身而過的那一幕情景。

「史公子，莫非還在想著剛剛的秦七小姐？」陪著青衫公子來喝茶的都是他府上的清客相公，對青衫公子一向是不住奉承的，也時常陪他說說笑笑博他歡心，所以幾人之間說話比較隨意。

「呵呵，美人嘛，自然人人都愛看。」史公子默認了自己對芳菲的關注，忍不住又問剛才那個說出芳菲來歷的清客。「這秦家是什麼人家？」

那清客見史公子對一個女子上了心，若在往日，當日要竭力替史公子牽橋搭線，好讓公子一親芳澤的。但正是因為他認得芳菲，便犯了難。

「那秦家就是尋常富戶，家裡並沒有人在做官。聽說這七小姐父母都沒了，只依附著本家過活，只是……」

「只是什麼？」史公子眼睛一瞪。「你說話怎麼結結巴巴的了？」

那清客尷尬一笑，說道：「那女子是許了人家的，只是她夫家長輩過世了，要等著對方孝期滿了才能成親，便拖到現在。」

「還以為是什麼大事呢。」

史公子撇撇嘴，旁邊立刻有人爭著說：「就是，又不是真的嫁了人。咱們公子是知府大人家的大少爺，看上她是她的福氣。她還能不識抬舉了？」

史公子聽了這番奉承，雖然是日日聽著的，但並不覺得膩煩，呵呵笑道：「不要老把我父親的官位掛在嘴上嘛，要是讓這兒的小廝什麼的聽了去，還不知道要怎麼編排我仗著父親的事胡作非為呢。」

「公子爺是最低調不過的，哪有仗著知府大人什麼勢呢，」那人還在拍馬屁。「您也太謙和了，連知府大人都誇您頗有古君子風呢。」這純粹是睜眼說瞎話，偏偏史公子還真的當成大實話了。

他被人捧了一捧，心情正好，又問原先說了芳菲來歷的那清客。「她夫家是什麼來頭？」

「她那公公是在咱們衙門的惠民藥局裡當過藥吏的，去年時疫的時候沒了，」那清客頓了頓說：「她的未婚夫婿是個童生，說是在家守孝呢。」陸寒在佳茗居有份子的事，也沒到陽城中人盡皆知的地步，不過是相熟的幾戶人家知道個大概罷了。

「這種家世……」史公子嗤笑了一聲，又搖頭嘆息著說：「那真是埋沒了這樣一位絕色佳人了，嫁到那樣的人家去，還不是一天到晚不停地操持家務？」那樣的容貌人品，聽說又是精擅廚藝、茶道的，分明是一朵難得的解語花。要真的嫁了個貧家小子，那豈不是明珠暗投，多可惜呀！

史公子原先只是隨口問問，如今聽得芳菲是這麼一個情形，倒真的對她起了心思。娶妻是不可能，她門第平常，又是個沒父沒母的……但若能娶上這麼一門美妾，那倒真是不錯……

「不過，」那清客又開口了。「這個女子倒是個烈性子呢。去年她夫家死了公公敗落了下來，聽說本家想讓她嫁到湛家給湛九公子做妾室，她二話不說就喝了藥，差點沒命了……自那以後，她本家也不敢逼她另嫁。這事兒去年傳得沸沸揚揚的，許多人家都知道……」

史公子一聽，臉上卻有些不大好看了。怎麼湛九那個傢伙也是打過這秦七小姐的主意的嗎？史公子來陽城以後和這些世家子弟也有所來往，自然也跟湛家的幾個少爺都說過話喝過酒。饒是他自視甚高，也不得不承認湛煊長得比自己更加討女兒家喜歡……

想到這裡，史公子便有些意興闌珊，哼了一聲把話題扯到別的地方去了，幾個人自然又是奉承個不休。

這位史公子，便是陽城新任知府大人史敬源的獨子史楠，今年剛滿了十八歲。史敬源原來在西北小城任知州，今年終於提了四品知府，到這江南富庶之地陽城來任職。

史楠在西北荒涼之地長大，一來陽城便被花花世界晃花了眼，又整日被府裡這些清客相公們捧著，便有了些紈袴模樣——他的父親史知府忙著交接公務，暫時還沒來得及管教他，竟不知兒子已經和原來大不相同了。

史知府除了有這一個兒子，另外還有一嫡兩庶三個女兒，分別是十四、十三、十一歲。來了陽城之後，發現這兒竟有一所水準極高的官家閨學，史知府大喜之下將三個女兒都送進了閨學之中讀書。

這三位史小姐一到閨學，立刻變成了天之驕女，被許多同窗眾星拱月般圍在中央。尤其是史知府的嫡女，十四歲的史明珠小姐，更是眾人爭相結交的對象。

「晴晴，誰招妳惹妳了？」芳菲正坐在她的書桌前專心致志地臨摹著一篇古風長詩，忽然看見盛晴晴氣鼓鼓地走過來在她身邊重重地坐下，忙擱下筆問好友怎麼了。

「還不是那個邵棋鍈！」盛晴晴的圓臉上向來總是掛著甜甜的笑容，這會兒不但不笑，還有幾分忿忿不平的神氣。

一提起這個名字，芳菲的臉上也忍不住露出幾分輕蔑之意。

邵棋鍈這幾年在閨學裡一直都想當個人尖子，可無論哪個方面她都不能如願。論家世，她不如知府千金惠如；論人緣，又比不上寬和溫柔的張端妍；論容貌，芳菲更是甩開她八條街……至於什麼琴棋書畫、詩詞歌賦、刺繡女工，她哪有一樣是特別出色的？

對於一個一心想出風頭而不得的姑娘來說，邵棋鍈在閨學的這幾年過得真是不如意……但要她不來上學，回家自己關在閨房裡顧影自憐，更不符合她的個性。

好不容易去年惠如和端妍同時離開了閨學，邵棋鍈那個得意啊！

總算到了她出頭拔尖的時候了，她暗自得意著。她有個在京城都察院任御史的親伯父，本身家裡又是陽城望族，確實在家世上比閨學的大多數同窗都要強得多。所以這半年來，邵棋鍈簡直是在閨學裡橫著走的，拉幫結派，又排擠一些家世平常的同窗，對新來的幾個小學生也諸多刁難，讓人看了就討厭。

她三番五次來尋芳菲的麻煩，但芳菲在湛先生等幾位師長心目中甚有地位，邵棋鍈也不敢把她逼得太急了，只敢在她耳邊說些風言風語諷刺她。盛晴晴她們幾個和芳菲交好，也沒少受邵棋鍈的氣。

「她又出什麼么蛾子了？」一聽事情和邵棋鍈有關，芳菲就知道準沒好事。

盛晴晴嗤笑一聲，說：「她們幾個圍著那幾位史小姐在亭子那兒說笑著。本來我和翠華在亭子裡猜謎玩兒，她們一夥人過來二話不說就把亭子占了去，倒推推搡搡的把我和翠華擠了出來。」閨學院子裡有個精緻的小亭子，周圍種滿了香花，許多同窗沒課時都喜歡在那兒坐一坐。

芳菲有些意外。「邵棋鍈這麼做倒不奇怪……只是我看那位史家的明珠小姐，人還是挺知禮的，怎麼也如此囂張？」

「史小姐幾個倒不是故意……她估計還沒看出來邵棋鍈的本性呢，剛才那夥人推我們的時候是在背地裡下的手，史小姐背著我們站著，可能沒看見。」盛晴晴冷冷笑著，說：「不就是見我和翠華的爹爹，一個是通判，一個是推官，比不上人家知府家裡門第高嘛？」

「可是……」芳菲又覺得有些不對勁。「惠如在的時候，也沒見邵棋鍈這麼巴結人家呀？」邵棋鍈不是應該為了自己的風頭被搶而生氣嗎，怎麼對這三位史小姐如此上心？

「這個嘛，」盛晴晴忽然神秘的一笑。「人家是想嫁到知府家裡當少夫人呢！」

「哦……」那就怪不得了。

芳菲這才明白過來。邵棋鍈今年十七了，早就到了說親的年紀，只是聽說她家裡勢利得厲害，看了許多人家都不滿意，原來是看上了史知府家的公子。聽史明珠小姐說過，她哥哥似乎是十八歲，還沒說親……這位眼界極高的邵家千金是看上史公子了？

「算了，讓她忙活去吧，她愛嫁誰嫁誰，關我們什麼事？」芳菲拉過盛晴晴來。「待會兒我下了學要去一趟佳茗居，妳陪我一塊兒來吧，我新弄了一種茶點心，最適合在秋天的時候吃了……」

對於那幾位閨學裡的新貴，芳菲沒什麼刻意結交的心思。一來邵棋鍈緊緊巴在人家身邊，她也插不進去；二來無端端地上趕著和人家親熱，未免太失風度，倒顯得自己有多低微似的。

芳菲在閨學中之所以能夠得到許多同窗的尊重，便是她那不卑不亢的為人態度，讓人不知不覺中便生出了敬重之心。她不以自家家世尋常為恥，也從來不以身家背景為依據來和人交往，更不會因為得到了先生們的讚賞就沾沾自喜。所以很多同窗都喜歡跟她在一塊兒說話，這又是讓邵棋鍈看不慣的地方。

誰知她沒想和史家扯上什麼關係，史家的請柬卻送到了她的案頭。

「賞月會？」她看著那張精美的請柬，落款是史家大小姐明珠的閨名。這……是個什麼名堂？

不過不僅僅是她收到了這張請柬，事實上，閨學中所有的女孩兒，無一例外都收到了。

這是知府夫人借著大女兒的名義舉行的中秋賞月會，說是要感謝同窗們這些日子以來對女兒們的照顧，所以才在中秋之前兩日舉辦了這個賞月會，地點就在知府府衙後宅。

既然大家都去，那她也沒什麼好顧忌的，去便是了。

第六十五章　賞月

八月十三日晚，芳菲和盛晴晴同時來到府衙後宅，立刻就有家人來將她們引了進去。

知府府衙的後宅花園，芳菲並不陌生。應該說，她比在座的大多數千金小姐們都要熟悉這個地方，誰讓前任知府千金惠如小姐是她的閨中密友呢？

芳菲打量著今夜花園中的各種佈置，心中對這位未曾謀面的知府夫人，有了個初步的印象。這位夫人和前任知府的妻子盧氏估計是截然不同的性子……盧氏不太愛和人往來，這幾年來除了芳菲，她招待過的女孩兒並不多。但現在這位夫人，顯然並不是這樣……

知府夫人吳氏為了這次賞月會，確是煞費苦心。因為招待的客人全是城中的名門閨秀、世家千金，最不濟也是富紳之女，所以這賞月會從場地佈置、桌椅擺設，到器皿用具、茶水點心，都需要精心準備，容不得半點馬虎。

吳氏年輕的時候，也是個好理事愛熱鬧的脾氣。在西北待了這麼多年，可把她給憋壞了。這回丈夫終於謀到了一個肥缺，把吳氏興奮得不知道多少個晚上沒睡得著覺，早在西北還沒動身時就讓人打聽著江南流行的衣服、首飾樣式了。

史知府想著夫人跟著自己在西北熬了這麼久，心中愧疚，又知道她是個喜歡出風頭的，於是在吳氏提出要在府衙裡辦這麼個賞月會的時候，二話沒說就同意了。何況，吳氏所說的要辦這賞月會的理由也很充分。

「雖說我是借著女兒們的名頭來辦這賞月會的……不過，老爺呀，你可知道我是為了誰？」

「為了誰呀？」史知府向來不理這些後宅事務，聽妻子如此說，似乎她辦這賞月會還有什麼特殊目的。

「還不是為了咱們的寶貝兒子楠兒都十八了，該娶親了，不然他的心老是定不下來，整天在外頭晃晃蕩蕩的。」說起這個唯一的兒子，吳氏是既愛又恨。愛不用說，恨則是恨兒子科舉上不得力，參加了兩次考試，連個秀才都沒撈上，比他爹差得也太遠了

史知府恍然大悟，也點頭說：「是了，該給這小子娶個妻子鎮鎮他了。我如今不得空，妳就多管教他一些，別讓他打著我的名頭在外面招搖。」

「哎呀，咱兒子不至於那樣……」吳氏還不清楚兒子已經變了個模樣，還以為他跟在西北時一樣只是讀書不力，沒有什麼別的毛病。「前些日子，人家都跟我說，邵家的女孩兒相貌、脾氣都挺好，年紀跟咱兒子也相當。我倒是要藉著這個機會，好好看看她……」

「邵御史的侄女兒？」史知府想了想，默默頷首。過了一會兒，他又說：「她父親是個光頭進士，沒選上官的……不過這也不要緊，她家好歹是個大族，和咱們也算門當戶對。其實門第什麼的，倒也罷了，最要緊是人品要好，不然娶了回來，家宅不寧的，礙於她的家世，休又休不得，才是個大麻煩呢！」

吳氏也有同感，心想真的得好好看仔細了才行。要是這個邵家的女兒不好，那再看看別家的閨秀也行，反正賞月會上那麼多千金小姐，總有一、兩個是出挑的。

「哇，妳看她們怎麼都打扮得那麼華麗啊？」盛晴晴剛一坐下，就發現好些個同窗今兒都穿

戴得特別漂亮，好幾個頭上戴的珠寶都快把髮髻給壓垮了。像她和芳菲這樣打扮尋常的，往往是一些年紀偏小的同窗。

芳菲暗暗湊到盛晴晴的耳邊，輕聲笑道：「人家當這是選妃會呢！」

「哈哈，原來是這樣……」盛晴晴被芳菲的用詞給逗笑了。怪不得這些同窗臉上的胭脂搽得那麼濃，都打扮得美人似的，卻又一個兩個不敢大聲說笑端坐在椅子上，眼角不住往後花園通往內宅的月洞門處瞧去，時刻關注著吳氏什麼時候出來。

芳菲說：「怕這不僅僅是她們自己的意思，還是她們家裡人的意思吶。妳看那些個姑娘頭上的首飾，像不像把全家的寶貝都給插上了？」

「格格格……」盛晴晴忍笑忍得肚子都痛了，芳菲真會埋汰人。

丁碧和阮翠華攜手走過來看見二人在說笑，忙拉著盛晴晴說：「妳們在說什麼那麼好笑？」

芳菲看丁碧和阮翠華穿得並不是很隆重，只比尋常衣裳多了些裝飾，便指著她們說：「妳們倆怎麼也跟我們似的，穿得這麼素淨？」她和盛晴晴是訂了親的人，但丁碧和阮翠華可沒訂親事。不過她們年紀還小，一個十三、一個十四，還不到說親的年紀——芳菲這種娃娃親畢竟是少數。

丁碧說：「我母親說了，只要別穿得太失禮就好。難道咱們再打扮，還能美得過秦姊姊妳？」

這話把幾個人都給惹笑了。芳菲伸手打了丁碧一下，笑著啐了她一聲。「別想著拍我馬屁，我就送妳好吃的。」

「哎呀，姊姊，真給妳說著了，我就惦記著妳親手做的桂花糯米藕呢，啥時候再做一盤給我們幾個吃呀？」丁碧一臉垂涎，阮翠華看了她這模樣笑得直揉腸子。

別人看她們幾個如此輕鬆，不由得暗暗稱奇。平時這種時候，邵棋鍈十有八九會過來刺上芳菲等人幾句。可是今兒邵棋鍈卻乖得出奇，眼觀鼻、鼻觀心地坐在她的位子上，端莊斯文地跟身邊的史明珠聊著天，時不時用眼角瞥著那月洞門，手上抓著的帕子都被她暗地裡扯得縐成了鹹菜。

「邵姊姊，妳今兒穿得真漂亮。」史明珠盈盈笑著，還回頭問她大妹妹江湄。「妳說是不是？」

史江湄用帕子捂著嘴兒笑。「那是，不但衣服漂亮，人也特別漂亮呢！」

史家三小姐史輕然也說：「邵姊姊今晚豔冠群芳，我們幾個都要羞愧死了。」

她們三個都隱約聽母親提過，邵家有意和史家聯姻，父母對此也並不反對。是以史家三姊妹對邵棋鍈刻意的接近，也並沒有抗拒的意思，和邵棋鍈相處得還算融洽。

不過史家大小姐明珠並不是那麼好糊弄的姑娘，她看起來有些嬌憨，事實上卻精明過人。在西北時，就常常幫助母親吳氏料理家務，今兒這賞月會，倒有一半多是她照料著折騰起來的。

她冷眼看著邵棋鍈為人，覺得邵棋鍈有點虛偽，人品不能說是上佳。但既然父母屬意邵棋鍈，她也不說些什麼，只是也不會因為邵棋鍈的特意親近而真的和她交起心來。

史明珠來了閨學一段時日，將閨學中的各色人等也都暗地裡認全了。對於頗受師長們偏愛的芳菲，自然也都瞧在眼裡。史明珠雖然沒有和芳菲說過話，但她遠遠看著，倒覺得這個秦家的七小姐家世差是差了點，人才倒真是很出眾。若不是聽說她訂了親，還想跟母親推薦推薦這位秦小姐呢。

這些事情，邵棋鍈是不曉得的。她從自己母親口中得知，知府夫人吳氏已經知道她的存在，並且將她列入兒媳婦的候選人之中了。

「妳今晚去了，可得給我好好表現，務必讓吳氏喜歡上妳，知道嗎？」她想起自己離開家前，母親殷殷囑咐過的那番話，又忍不住擰了擰手中的帕子。

「哎呀，母親來了。」史明珠瞥見母親在幾個大丫鬟的陪同下走進了後花園，忙站起身來朝母親走去。

所有的小姐們都同時起立，看向這位讓她們期盼已久的知府夫人。

芳菲和盛晴晴坐在人群的外圍，隔著一重人牆看著這位知府夫人，只覺得她長得很有福相，用一個字來概括，就是——胖。

這腰圍，快比得上水桶了吧……芳菲心中轉動著這「不敬」的念頭，又禁不住看了看史明珠，心想這就是傳說中的，歹竹出好筍？還是說，史明珠長得像她的父親呢……無論如何，如果不是親眼所見，誰也不會相信吳氏和史明珠是親生母女的。

「各位請坐，請坐。」吳氏臉上綻開了一朵大大的笑容——是確實很大。她對眾家閨秀笑道：「各位都是小女的同窗，這些日子以來，多虧大家照顧我家這幾個不成器的女兒了，今晚請大家來賞月品茶，也是聊表心意，大家不要客氣。」

她這一開口，芳菲又看出她和龔知府——呃，現在是布政司的夫人盧氏的另一處不同來。

盧氏出身大族，架子是端得很足的，對著芳菲的時候倒還算親熱，可是和旁人來往的時候，總是不知不覺間透出一種高高在上的氣息。而這位吳氏，倒沒那麼大的架子，看起來滿和氣的，只不知這是真的爽直，還是裝出來的和藹？

不管如何，這和自己可沒什麼關係。

芳菲隨著眾人一起坐下，端起面前的茶喝了起來。

今天晚上，她就當一個乖乖的看客好了，看看那些想要嫁入知府家的姑娘們，會有怎樣的表現吧。

第六十六章　暗鬥

吳氏果然熱情，坐在主位上和眾閨秀說說笑笑，十分健談。史家的大小姐明珠也幫著母親招呼客人，時不時關注著哪張桌子的瓜子兒點心用得差不多了，便叫人去添。有閨秀小聲說了句被風吹散了頭髮，她又立刻向那桌閨秀道歉，馬上讓人在上風處擺了幾座屏風。

有這樣的主人招待著，這些閨秀們便也漸漸放鬆了一些。大家都是同窗，天天在一塊兒相處著的，坐在一桌上自然有話可聊。一時間內庭院中鶯聲嚦嚦，笑語聲聲，場面甚是融洽。

吳氏臉上掛著和煦的笑容，環顧四周，心中甚是得意。她又看了看身邊坐著的邵棋鍈，覺得這個女孩子外表看上去也還算是有幾分大家氣質，只是裝扮得濃豔了些。不過吳氏也是喜歡華服麗飾的，覺得年輕女孩子打扮得富麗些沒什麼不好，所以對邵棋鍈的觀感還是不錯的。

「邵家侄女啊，妳也不要拘謹，我看妳都沒用什麼點心，」吳氏很和藹地對邵棋鍈說。「就當這兒是自己家一樣，想吃就吃，別跟伯母客氣啊。」

邵棋鍈確實很是緊張，並沒有因為吳氏的話就放開了肚皮大吃起來，只是謝過了吳氏，拈了塊月餅慢慢吃著。

史明珠見有些冷場，忙逗邵棋鍈說些閨學裡的趣事。吳氏笑咪咪地聽著她們說話，時不時也看看園中其他的女孩子們。她心中感嘆，陽城不愧是江南富庶之地，這兒的小姐們果然都是水靈靈的，打扮得也很漂亮，比起自己在西北見的那些女孩子是好得太多了。

看來給兒子選媳婦，還是得選江南千金啊。當然，家世什麼的，也是很重要的……

這邵家的小姐看著雖然呆板了點，不過總體來說也算不錯了。吳氏正暗暗點頭呢，就聽得小廝來報說：「大少爺和幾位同窗來給夫人請安。」

這是吳氏早就交代過了的，當下便心領神會，吩咐小廝帶人過來。

也不知道兒子怎麼就聽說了自己辦這個賞月會是給他挑媳婦，非要鬧著自己過來提前看一看，說什麼如果人長得太醜他是不依的。本來這事於禮不合，可吳氏寵兒子寵慣了，實在拗不過他，只好答應了。

史楠和幾個在官學裡的同窗一起走了進來。幾人心知今兒滿園閨秀都是陽城中家世最好人才最出眾的女孩子，所以既想一窺芳容，又怕東張西望被人看輕，只好裝作目不斜視的樣子一路走了過來，眼角餘光卻不住地往旁邊掃視，真是極為辛苦啊……

史楠向母親請了安，一眼便看到了坐在母親右手邊的邵棋鍈。

這就是母親中意的那個邵家女兒？史楠微微皺了皺眉頭，心中升起一陣失望。他是個愛色的，邵棋鍈的長相雖然並不難看，甚至小有姿色，可是距離史楠所追求的美人標準明顯還差了一大截。

不過他也不是傻蛋，自然知道娶妻娶賢，娶妾娶色的道路。邵家的家世確實不差，如果這個邵家女兒是個端莊大方的，那娶她回來管家也挺好。只要她不愛拈酸吃醋，妨礙自己娶妾，那他還是樂意促成這門親事的……

邵棋鍈感覺到史楠的眼光在自己臉上停留了一會兒，她緊張得更厲害了，整張臉像是要燒起來一樣。吳氏含笑看了她一眼，便讓人在邊上另開一桌給這些公子哥兒們坐著，只拿屏風將他們與眾閨秀隔起來便算了。

但其實這屏風架得也很有講究，粗看起來是把眾學子與閨秀們間隔開來了，可從那一桌上還是可以看到吳氏所在的這桌主席上的人——也就是說，史公子依然可以看到邵棋鍈和其他陪坐主席的幾位閨秀。

這一桌上，除了吳氏母女四人外，當然不止坐了邵棋鍈一個。另外的幾位閨秀，也都是些適婚年齡的名門之女，同樣都被吳氏列為兒媳候選人的。

這幾位閨秀的門第並不比邵棋鍈差多少，頂多就是比她少一個當御史的伯父而已。因此吳氏也不能冷落了她們，時不時要問問她們家中的父母長輩可好之類的話題。

幾位閨秀都不是笨人，一下子就抓住了機會在吳氏面前展示自己。一個說自己父親病了，這些天來都是自己在侍奉湯藥，這是在暗示自己的孝順；一個說母親嚴厲，夜夜監督自己做繡活，這是在炫耀自己的針線；還有的說家裡最近在忙著修葺庭院，這是在表明自己的豪富……

這些女孩兒個個都是人精，來之前也全受過父母指點說最好能夠攀上史家這門親事的，所以都使出了渾身解數在討好吳氏。吳氏樂呵呵的跟這些小姐們說話，不知不覺便冷淡了邵棋鍈，邵棋鍈的臉色便不怎麼好看了。

史明珠看在眼裡，覺得這邵家的女兒也太小心眼。妳再不痛快，也是在人家家裡作客呢，何必帶到臉上來？

這時學子們那邊傳來聲聲笑語，間雜著擊掌之聲，吳氏一時好奇——也是怕兒子喝酒誤事，便叫自己的貼身丫鬟水晶去問問少爺那邊在做什麼玩耍。

水晶應聲過去看了，回來笑著對吳氏說：「少爺和幾位同窗說今兒是賞月會，所以在做賞月的詩呢，這會兒大家正在欣賞少爺的詩作。」

吳氏一聽是這樣風雅的事情，大感面上有光，但還是要故作謙虛的對各位小姐說：「他們這些孩子也真不懂事，談論詩詞本是正經，卻如此喧擾，讓大家見笑了。」

在座的閨秀們自然要恭維一番吳氏教子有方，史公子才華出眾之類的話。忽然有一位梁小姐笑盈盈的對邵棋鍈說：「對了，邵姊姊也做一首賞月詩給我們欣賞欣賞吧，妳在學裡常常作詩的，我們都很佩服妳呢。」

另一位徐小姐也笑道：「正是呢，我也剛想建議邵姊姊作詩，怎麼妳和我想的一樣？」她對吳氏說：「夫人您有所不知，我們邵姊姊才學是極好的，大家都敬佩得很。」

吳氏信以為真，她也是個愛湊趣的，便對邵棋鍈說：「邵家侄女，原來妳也愛作詩？這可太好了，不如現在就乘興做一首吧。」

邵棋鍈臉上的笑容就要維持不住了，嘴角微微抽動，心裡的怨恨直逼滔天洪水。這幾個賤人，她們居然聯合起來對付她，想讓她當堂出醜？

史明珠和邵棋鍈做了一段日子的同窗，知道邵棋鍈的學問……是極其平常的。上回詩詞課上，她還因為寫不出先生佈置的七言懷古詩而被先生說了幾句。

本來女孩兒家學問差點也沒人在意，但現在這幾個同窗一起鬨，邵棋鍈就難做了。

「夫人，這都是幾位姊妹錯愛，我的學問是最平常不過的，哪裡有什麼才學。」邵棋鍈貌似謙恭地推辭了幾句。

「邵姊姊妳別謙虛了，我們都知道妳詩作得好。」

「就是呀，邵姊姊，妳就隨意作一首給我們看看嘛，反正今兒我們是來玩兒的又不是考試，就算——做得差一點，又有什麼打緊呢？」梁小姐笑得無比真誠，但她最後的那句話明顯就是在擠兌邵棋鍈。

邵棋鍈牙都要咬碎了。她算是看出來了，這幾個女人已經暗中聯合在一起，就是想要先把自己給整了呢，她怎麼能讓她們得逞！

吳氏見邵棋鍈還在一味推辭，她也有點掃興，便不再堅持了。邵棋鍈見吳氏不再說讓她作詩，在鬆了一口氣的同時，又覺得吳氏的臉色好像沒有原來那麼好看了，心中更是大恨。

眾人見把邵棋鍈陰了一回，心中大暢快，便又轉了話題。

「邵姊姊，這回來了陽城，我們才算開了眼界了，」三小姐史輕然拿著手中的月餅笑著對邵棋鍈說：「妳們這兒的月餅做得真精緻，真好吃，我以前可從沒吃過這樣的月餅呢。」

二小姐史江湄也說：「是呀，還有這麼多餡料，又貼心的做得這麼小巧。我們在西北的時候吃過的月餅，都是巴掌那麼大的，看了我都不敢下嘴。」

今天吳氏賞月會上的月餅，正是佳味齋新推出的系列月餅。無論是麵皮還是餡料，還有烘烤的做法都是陽城人前所未見的。

玫瑰餡、豆沙餡、果仁餡、桂花餡，甚至還有橘子餡，一改陽城月餅過去的油膩厚重，口感更加清淡雅致，極受大戶人家的喜愛。

即使這些月餅價格不菲，依然被搶購一空，吳氏這賞月會上的月餅還是亮出了她知府夫人的招牌，讓佳味齋連夜趕著做出來的呢。

史明珠說：「前兒我聽說這佳味齋的月餅，竟是一位千金小姐寫下的方子，還聽說佳味齋的菜式大多都是她做出來的。真讓我佩服不已。我們女孩兒家正是要以針黹烹飪為要，不知這是哪家的閨秀，這般心靈手巧？」

梁小姐笑道：「史大小姐，我不得不說妳一句『孤陋寡聞』了。」她和史明珠交往久了，知道她脾氣好，才敢跟她開這樣親暱的玩笑。「這位閨秀可是我們日日見著的。」

第六十七章 妒恨

史明珠動容道：「原來這位小姐竟是我們學裡的同窗嗎？」

「是呀，大家都知道的，」梁小姐往遠處的芳菲一指。「就是秦家妹妹呀！」

吳氏和幾位史小姐都驚奇不已，她們還以為是佳味齋的人渾說的，想不到還真有此事。

其實一般的大戶人家，女孩兒們都是真正的十指不沾陽春水，除了做針線之外，什麼活計都不用沾手的。會做菜的千金小姐是極少數，何況像芳菲這樣可就不僅僅是會做菜這麼簡單了。

當下吳氏就讓水晶去請芳菲過來說話。梁小姐、徐小姐等人看著邵棋鍈的臉色一路下沈，心中更是快意——閨學裡誰不知道邵棋鍈和芳菲是對頭？她們故意把芳菲推了出來，進一步分散吳氏對邵棋鍈的關注，可謂用心良苦。

而且芳菲是訂了親的人，平時和她們的關係也還過得去，自然不會挖她們的牆角、和她們爭史公子這門親事。

芳菲正悠閒的和盛晴晴等密友飲茶聊天，忽然一個穿著水紅小襖的俏麗小丫頭走到自己面前，恭恭敬敬的行了個禮說：「這位可是秦家七小姐？我們夫人請您過去說話。」

芳菲微訝地挑了挑眉，也沒說什麼，便起身隨那丫鬟去了。

這位知府夫人無端端的請自己過去做什麼？畢竟在閨學裡，她和史明珠可是一點兒交情都說不上，人家知府家大千金的課餘時間全都被邵棋鍈包圓了，一點兒漏都不給別人留的。

「秦姊姊，」史明珠比芳菲小一歲，她見芳菲過來，忙先起立招呼芳菲。「快來這邊坐。」

芳菲把一肚皮的疑惑收起來，面上只帶了點淡淡的微笑，先向吳氏行了一禮，方才在史明珠給她讓出來的位子上坐下——就在邵棋鍈的右手邊，再過去一個便是吳氏了。

她一落坐，就看見邵棋鍈臉上陰陽怪氣的，也不知道是惱著誰……想來多半是自己。再看周圍各色人等的臉色，包括吳氏母女在內都是一臉的笑意，只是不知道有幾分真就是了。

吳氏看芳菲長得好，心裡就有了幾分歡喜。

「秦姑娘，聽說這佳味齋的月餅都是妳教著做的？」

芳菲略點點頭，這事閨學裡的許多同窗都知道，也沒什麼好隱瞞的。「也不全是我做的，我就是寫了些配方做法。」

「秦妹妹太謙虛了，」徐小姐說。「誰不知道妳廚藝精？這幾年來，佳味齋的招牌菜可都是妳的手筆，還有佳茗居的茶飲，更是巧思，我們都喜歡得不得了呢。」

「佳茗居的茶飲也是秦姊姊妳配的方子？」史明珠大感驚喜。

吳氏對芳菲更感興趣了，因為今夜的賞月會不僅僅有佳味齋的月餅，連茶水都是聽了佳味齋的人的推薦，專門讓佳茗居的人給送過來的。她在西北可沒有試過這樣的喝法，還以為是江南的新風尚，想不到卻是由芳菲首創的。

幾位小姐便圍繞著月餅和茶飲說開了，故意把邵棋鍈漏下不理。邵棋鍈氣得夠嗆，今晚的戲本來該是她唱主角，怎麼這會兒就成了個跑龍套的？看來都是她一味的裝淑女，她們就以為她好欺負了。她再沈默下去可不行！

芳菲本來以為過來略坐坐就走，誰知道這幾位平日裡只和自己略有交情的小姐們今晚全都熱情起來，拉著她說個不停，惹得吳氏和幾位史小姐也參與討論。她一邊看著這些同窗的笑臉，一邊又偷眼看著身邊的邵棋鍈，忽然明白過來——自己今晚是被人當槍使利用了。

這麼一想，芳菲的心裡頓時就不舒服起來。妳們一群女人要討好吳氏搶那知府家少夫人的位置，憑什麼把我攪和進來啊！不行，她得想個法子脫身才行——讓妳們狗咬狗去吧，姑娘我沒那個閒工夫奉陪了。

她正想找個藉口回到自己的席上，突然看到邵棋鍈臉上堆起了笑容對自己說：「秦妹妹做菜的手藝真是沒話說，人人都讚好的。想來是從小自己做飯的緣故？」

這話乍一聽完全沒問題，但芳菲立刻就聽出了邵棋鍈話裡的暗諷。哪家的千金小姐從小就得自己親手做飯的？這分明就是直接揭她的短，說她身世不堪了——儘管芳菲從來不以自己的孤女身分為恥，但旁人顯然不是這麼看的。

果然吳氏和史明珠聽了邵棋鍈這話以後，臉上便都有些改變。吳氏的想法較為單純，只是隱隱覺得這秦家七小姐的身世怎麼有點古怪，怎麼得從小自己做飯的？史明珠年紀雖小，卻是個七竅玲瓏的心肝，馬上便想到這是邵棋鍈在當眾給芳菲難堪，心裡對邵棋鍈的觀感更加不好了。

換了一般人聽別人這樣嘲諷自己的出身，絕對會臉色大變。芳菲卻像是一點兒都沒察覺似的，微笑著回答邵棋鍈說：「我們女兒家，針黹、烹飪、管家什麼的，多少都要懂一點兒。要是什麼都不懂，那出嫁了豈不是要鬧笑話？婆家也會看不起的。」

芳菲只是在敷衍邵棋鍈，她才懶得跟這種人置氣。誰知道她這話一出口，幾個千金們便都偷偷笑了，原來剛才邵棋鍈推辭吳氏作詩的要求的時候，說過一句——「其實我是什麼都不懂的，平時胡亂作幾首自己看看玩兒罷了……」

邵棋鍈心口頓時一堵。

史楠等人今兒是正宗的醉翁之意不在酒。這幾個少爺，平時肚子裡有什麼墨水？偏偏聽說今晚知府夫人開賞月會，便和史楠湊興一塊兒跑過來，說是扶風弄月，其實就是想看美人。

「哎，史兄，那兒又來了一個美人。」

一個陳公子正坐在最容易看到那桌主席的位子上，一抬眼看到芳菲的側臉，頓時眼前一亮。

史楠頭也不回的靠在椅子上，看著他剛剛寫出來的兩首歪詩，懶洋洋的說：「你們懂不懂什麼叫美人啊……」他想起方才看過的坐在主席上的那些千金小姐，雖然沒有一個長得醜的，五官也都還算細緻，但也說不上是什麼美人。

唉，真讓人失望……要是她們有那天他遇見的那位秦七小姐的一半美貌也好呀。

「是真的美人，陳兄可沒胡謅。」另一個公子也興奮起來，不停的伸長了脖子往那邊看。

史公子這才轉了轉脖子，略略側頭往那席上看去，忽然一下子就直了眼——

那不是秦七小姐嗎？

史公子立刻站了起來，推開椅子就往主席上走。幾個同窗頓時被他的舉動給嚇了一跳，這史公子……也太急色了吧？

「咦？楠兒你過來做什麼？」吳氏見兒子大步流星的走過來，還以為他有什麼事情要向她稟報。

史公子走到母親面前，才想起自己的魯莽。幸虧手上抓了張詩稿，他便將那詩稿雙手遞到母親面前。「孩兒剛才寫了首詩，想請母親幫潤潤色。」

吳氏誤以為史公子是想在這幾位候選人面前展現自己的才學，只看了一眼他的詩稿，便將它遞給了身邊的邵棋鍈。「邵家侄女，既然妳是個才女，就幫犬子看看吧？」

邵棋鍈還以為史公子如此大膽，藉著寫詩給自己傳情，那小心肝正撲通撲通的亂跳呢，眼前花花的哪裡看得進字去，只覺得什麼都是好的。她嬌羞地抬起頭來正想誇史公子有才，卻看見史公子直愣愣地盯著芳菲看個不停。

邵棋鍈的笑容一下子垮了下來——連那幾家閨秀的臉上都掛不住了，這史公子難道真的會看上芳菲，她們不會是沒事幹，給自己找了個情敵吧？

芳菲又不是呆子，哪會感覺不到史公子在看著自己。她擰緊了眉頭，實在是不想再在這桌坐下去了，便起身對吳氏說：「夫人，芳菲還有些話兒想和同桌的幾個姊妹說，我先回去跟她們交代幾句再過來吧。」

吳氏不覺有異，便和藹的說：「好吧，那妳就先過去跟她們聊聊。」那幾個閨秀見芳菲如此識相，也都暗暗鬆了口氣。

但邵棋鍈卻沒法子忍得下氣，更怕芳菲待會兒真的再回轉過來。芳菲剛剛轉身想走，邵棋鍈輕輕用肘子碰了碰自己的茶杯，一整杯茶便全灑在了芳菲的裙子上。

「哎呀！」

史輕然低呼一聲，伸手想拉芳菲一把，但芳菲的裙子依然被茶潑濕了。

「呀，秦妹妹妳怎麼這麼不小心，沒把袖子拉好呢？」

搶在所有人開口之前，邵棋鍈先說話了。剛才也沒什麼人注意到她的舉動，聽她這麼一說，不明真相的人還真的以為是芳菲自己把杯子碰掉的呢。

芳菲先是愕然，緊接著便冷下臉來。

妳邵棋鍈想吊金龜婿隨便好了，居然還主動找我的麻煩？看來非得給妳個教訓，妳才知道有些人是妳惹不起的！

芳菲的眼睛又瞇了起來——每當這個時候，就是她想要和人算帳的時候……

第六十八章　出醜

芳菲定下心來，並沒有因為自己在吳氏面前失禮而驚慌失措。她撣了撣裙子上的水漬，歉然笑道：「真對不住，讓各位見笑了。」

史明珠忙過來看了看芳菲的裙子，說道：「秦姊姊，咱們倆身量差不多。我有一身才做的茜紅裙子，跟妳這個差不多，要不妳先換上我的吧？」

「好吧。」芳菲也不囉嗦，她先對吳氏福了福身，便跟著史明珠下去了。

邵棋鍈見雖然把芳菲弄走了，但卻沒能讓她如自己所願的一般出醜，心裡並不覺得快意。她偷眼看見史楠還盯著芳菲遠去的背影不肯收回視線，又在暗暗惱恨自己剛才那杯為什麼不是滾水，沒能把那賤人給燙破一層皮。

吳氏是個沒什麼心眼的，也沒把方才的事情放在心上。她回頭剛想和兒子說話，史楠卻意興闌珊地說：「母親請慢用茶點，孩兒先過去和同窗們說話了。」

吳氏有些愕然。「那這詩稿……」她看了看邵棋鍈。「邵家侄女，妳看這詩稿如何？」

「史家哥哥的詩是極好的，哪裡還需要改動呢。」邵棋鍈收拾起心情，努力對史楠擺出一個自認最甜美的微笑，誰知史楠根本就沒看她，逕自跟吳氏行了個禮便退下了。

不多會兒史明珠帶著換好了新裙子的芳菲回到席上。吳氏一看芳菲穿著史明珠的紅裙，笑道：「唉喲，還是秦姑娘穿紅好看。」

史明珠也笑著說：「可不是嘛？剛剛秦姊姊換了裙子出來的時候，我就想著這裙子分明是為秦姊姊做的。」她側頭看著芳菲說：「這身裙子就冒昧請秦姊姊收下吧？」

芳菲並沒有多做推辭，而是爽快地說：「好呀，只是收了史妹妹的裙子，明兒我定然會有回禮的，也請史妹妹不要嫌棄喔。」

史輕然天真活潑，聞言便格格笑了幾聲說：「秦姊姊，別的回禮也就罷了，我就想要多吃幾盒妳做的月餅呢，尤其是這橘子餡的，酸酸甜甜真是好吃極了。」

「妳這個小饞貓！」史江湄刮了一下妹妹的鼻子。「盡想著弄好吃的。」

吳氏哈哈笑了起來，眾人也都附和著歡笑不已——除了邵棋鍈之外。

邵棋鍈見芳菲又回來了，心裡暗罵不休——這女人怎麼這麼不要臉？剛剛都丟了人，怎麼還好意思回來坐呢？

其實剛才要是她不弄那個小動作，芳菲本來就是要走的——這一桌子女人笑裡藏刀唇槍舌劍的，她沒事幹麼當什麼炮灰？可邵棋鍈欺負到她頭上來，她可不能善罷甘休。

泥人兒都有幾分土性子，平時邵棋鍈有事沒事老是對她冷嘲熱諷的，她懶得跟這種人計較，能不回嘴儘量不回嘴，讓她自己討個沒趣。卻不想她一再退讓，就讓這邵棋鍈以為自己好欺負了？

「夫人，剛才是我擾了大家的雅興。為了向您和諸位姊妹致歉，我剛剛請史妹妹帶我到她屋裡泡了壺烏龍梅子茶，給大家解渴。」

大家這才注意到芳菲身後還站了個小丫鬟，手裡托著一個白瓷茶壺。

史明珠坐回原來的位子，對吳氏說：「母親，今兒我看秦姊姊泡茶，才算是開了眼界了，原來要泡出好茶來，還得費不少功夫呢。不瞞母親說，我剛剛已經在房裡偷偷先嚐了一杯，這茶滋味真是香甜。」

梁小姐也說：「哦，是佳茗居新推出的烏龍梅子茶吧？我去喝過一次，確實不錯。」

芳菲身邊的荷包裡是常常備著許多茶包和藥粉的，這習慣從她小時候開始就有了。當下她親手執壺，為諸位同窗一一倒上。

最後她給邵棋鍈倒滿了一杯，親手端到邵棋鍈面前，誠懇地說：「邵姊姊，剛才真是抱歉，把妳的杯子給掃到地上了。妳不會怪我吧？」

邵棋鍈看著芳菲一臉的歉意，當著這麼多人的面她也不能給芳菲臉色看啊，便也牽動著嘴角掛上一個客套的笑容，伸手把那杯茶接了過來。「哪裡，我怎麼會怪妳呢。」

芳菲給每個人倒了茶以後坐了下來。吳氏喝了一口這烏龍梅子茶，讚嘆道：「以前我們喝茶就是喝茶，哪有這麼多配方？妳這方子是怎麼弄出來的？」

芳菲笑道：「夫人，所謂秋飲烏龍，潤膚益肺。烏龍介於綠茶於紅茶之間，茶性適中，不寒不熱，既有綠茶的清香和天然的花香，又有紅茶的醇厚滋味。這烏龍本身就是可以解油膩的，加上生津止渴的陳皮梅，可以讓這茶飲口感鮮爽——其實呀，這道茶是最適合吃月餅的時候喝呢。」

吳氏和幾位史小姐長年在西北生活，即使當時是身為知州家眷，家裡的飲食也是很簡單的。哪裡聽過這麼多講究？不由得全被芳菲的話吸引了過去。芳菲也不是來專搶風頭的，時而和梁小姐說兩句養生，又轉頭和徐小姐談一談糕點，不知不覺間把桌上每個人都繞進了話題圈子裡，讓大家無人感覺到自己受到了冷落，桌上的氣氛一時之間又到了一個小高潮。

看看說得差不多了，芳菲再次起身告辭回到她的原位上。邵棋鋏這回可不敢再動手了，怕是再次弄巧成拙讓她又走不成。看到芳菲真的走得遠遠的，回到了盛晴晴們的身邊，她才暗暗吁了一口氣。

她才放下心來，正想打起精神再跟吳氏說說話，忽然覺得有點兒頭暈。

「咦，邵家侄女，妳臉色有點兒蒼白，是吹了風嗎？」吳氏突然注意到邵棋鋏臉色不對，不由得關心的問了一句。

「沒事，沒事。」邵棋鋏忙笑了笑，說。「我身子好著呢。」冷不防梁小姐卻插了一句。「邵姊姊，妳要注意身子啊，上一回妳傷了風在家裡休息了好長一段時日，我們都擔心得很呢。」

邵棋鋏差點想罵人了，那次傷風她只請了兩天的假好不好，什麼叫好長一段時日？

「是呀是呀，」徐小姐也跟著說。「邵姊姊，這樣硬撐著也不是辦法，妳常常病著也不見好，要不換個大夫看看吧？」

其他幾位閨秀心領神會，全都開了口，個個看起來都是一副對邵棋鋏關懷備至的友好模樣，卻句句點出她「身子一直不見好」。

邵棋鋏雙手藏在袖中緊握成拳，臉色更不好看了。這些人在她「相親」的時候拚命說她身子不好，這不明擺著在陰她嗎？哪個婆家會喜歡身有頑疾的媳婦啊？

史明珠是個聰明人，早看出這幾位小姐想幹什麼了。只是她對邵棋鍈現在沒什麼好感，根本不想出頭為她說話。說實在的，她現在還真不想哥哥娶邵棋鍈呢，這麼膚淺的一個女子，怎麼會是良配？改明兒私下裡得婉轉地和母親說說才是，寧可娶個門戶差點的賢良女子，也不能娶個品性不好的高門貴女。

史明珠剛剛坐得離芳菲很近，她雖然沒有看見邵棋鍈碰掉茶杯的動作，但總覺得應該不是芳菲自個兒弄掉茶杯的。要是邵棋鍈故意這麼做，那也太小心眼了。

芳菲回到盛晴晴的身邊，和幾位好友繼續聊天喝茶，眼角卻一直掃著主席上的動靜。算算時間，也差不多了……

邵棋鍈只覺得身子漸漸綿軟起來，她擔心自己真的是因為吹了這園子裡的晚風導致染上了傷風。

自己的身子什麼時候這麼差了？雖說上月是病過一次，但早就好了呀，難道是剛才心情跌宕起伏太過緊張的緣故？

史楠坐在椅上聽著那幾個官學裡的同窗說話，心裡卻還掛念著剛剛見到的芳菲。這幾個同窗和史楠相識不久，卻也都知道他的脾氣，便笑他。「史公子怎麼都不說話了，是不是魂兒被那美人兒給勾走了呢？」

「唉……」史楠也不否認，他真的是對芳菲的美貌非常動心。這樣的美人為什麼偏偏訂了親？

席中有一個公子也是聽說過芳菲的，便說：「這秦家七小姐，誰都知道她是陽城一枝花，但人家是有主的人了，有什麼辦法？連湛家老九這種風流種，家世好、相貌好，還慣會做小伏低，這樣都沒能把她的心給磨過來。」

「是呀，」另一個同窗說：「她的烈性子誰不知道？看得吃不得，誰也奈何不了她。」

史公子聽著他們的話，心裡卻不服氣——憑什麼別人奈何不了她，我就一定不行呢？

轉眼間，賞月會便到了尾聲。眾家閨秀紛紛來向吳氏告辭，自然要恭維一番她組織的這場賞月會是如何的風雅別致。

邵棋鍈坐在吳氏身邊，她已經快要撐不住了，身子軟乎乎的直想倒下去。不過，總算熬到結束了……她強撐著站了起來，看不到遠處的芳菲臉上那譏諷的笑容。

「這女人能撐到這時候不倒下真不容易呢……」芳菲在心中冷笑。「不過她走起路來就有趣了……」

她正想著呢，便看到邵棋鍈和吳氏說了兩句話，然後邁開她那搖搖晃晃的步子想要離開。

也合該邵棋鍈倒楣，今兒為了漂亮穿了一條曳地千褶長裙。要是在平時是絕對沒有問題的，不過她現在站立不穩，一腳踩在自己的裙邊上，整個人失去了平衡，一下子便往前摔去——

邵棋鍈尖叫一聲，下意識的伸手撐住桌子，不但沒能撐住，反而將上頭那塊精緻的挑花桌布一手扯了下來，所有的杯盤碗碟乒乒乓乓全摔在地上砸成了碎片。

在碎片堆中，躺著不住掙扎的邵棋鍈，她可是正面朝下狠狠地摔了下去。

第六十九章　車禍

多日後，閨學裡的許多同窗說起邵棋鍈當日的醜態還是忍俊不禁。摔跤並不特別，特別的是在眾目睽睽之下摔了個狗吃屎……

是的，當邵棋鍈被史家的幾個丫鬟扶起來後，那一臉泥巴模樣可不就是像足了狗吃屎嗎？邵棋鍈當場就哇的一聲哭了出來，偏偏她又渾身綿軟走也走不動，吳氏只得讓史家的丫鬟們把她硬生生架著拉到了內房去梳洗一番。本來極為圓滿──起碼在吳氏所想是這樣的賞月會，就在這樣的鬧劇下草草落幕。

當邵棋鍈一不小心把桌布扯下來摔碎了所有的杯碟之後，芳菲就徹底放了心。

除了當事人邵棋鍈，誰也不會想到是芳菲做的手腳。即使是邵棋鍈，也不能肯定是芳菲害了她──同樣一壺茶，怎麼別人喝了都沒事，就她喝了昏昏沈沈呢？

她當然不會知道是芳菲在指甲蓋裡藏了藥粉，直接彈到她杯子裡去的。這藥粉其實也不是毒藥，只是芳菲隨身帶的治療失眠時吃的類似安眠藥的藥粉，吃了以後會很想睡覺，古人所謂的「蒙汗藥」，其實就是這個玩意兒……

就算是她知道了又能如何？所有的杯子都被摔了個粉碎，誰還分辨得出她原來用的是哪一只？

如果她有機會見到那位也曾經遭過芳菲「毒手」的洛君公子，他們倒是可以執手相看淚眼，抱頭痛哭一番，說不定還能從此撞擊出點什麼火花來也說不定……不過現在邵棋鍈顯然只能躲在自己家裡哭了，起碼事情過去半個月了，她也還沒敢出來見人。

至於她的婚事有沒有受影響，芳菲是不知道的，她現在已經把邵棋鍈的事情全然丟開，開始忙起了佳茗居的重陽菊飲，這可是近期內最賺錢的一個茶飲系列。

每次配了新茶，芳菲總會先去讓唐老太爺品嚐一番，請他老人家指點指點。唐老太爺對於芳菲層出不窮的創意感到十分驚奇，不過久而久之也習慣了。作為愛茶的同道中人，即使沒有救命之恩在裡頭，唐老太爺對芳菲也是極為欣賞的。

他常常對芳菲的茶飲提出一些改良的意見，經過唐老太爺改過的茶方，確實也更加符合時下人飲茶的口味。

佳茗居開張大半年，客源漸漸穩定了下來。芳菲去花園那邊看了幾次，認為現在鮮花的產量僅僅夠提供佳茗居的茶飲使用，這樣可不利於她明年的大計。於是讓方和又在原來花園的附近再買了兩個園子，也照樣種上這些花種。

她現在有「替陸寒管生意」的幌子在身前擋著，許多事情做起來無須太過顧忌，比原來好多了。

至於陸月思夫婦，暫時還是不敢來惹她的。聽說那陸月思的外室生了個兒子，方氏跟他在家裡又是大鬧一場，好像還回娘家去住了一段時間。陸家家宅不寧，更是顧不上來搶奪侄子的家產了。

陸寒依然住在鄉下，過著清苦的日子。芳菲時不時去看他幾次，每次去的時候都看到他在孜孜不倦地讀書，小時候那種厭棄書本的性子完全被扭轉了過來。陸寒對生意上的好壞並不太關心，卻老是問芳菲在秦家過得如何。

「陸哥哥，你不用替我操心。現在他們哪裡敢對我怎樣？我也不是任由人欺負的脾氣。」芳菲看陸寒住的農舍裡的土牆都斑駁不堪了，想著得讓方和給找幾個人來替陸寒修修房子。這會兒已經是九月，冬天馬上就要來了，這樣的屋子怎麼過得了冬？

她這回來，是和陸寒商量重九去給陸月名夫妻上墳的事。她畢竟還沒嫁進陸家，沒名沒分的，不合適去上墳。

「這些是我替你準備的重九祭品……」芳菲把一堆堆的包裹指給陸寒看。「這是重陽糕、這是祭祀用的燻肉、這是乾果子、這是香燭和紙人紙馬……那幾天秦家也忙著呢，我也得去替我爹娘燒紙，就不過來了。不過我會請方掌櫃來送你去的，你在家裡等著就好。」

陸寒早已習慣了芳菲對他的照料，他們之間也無須再說什麼謝不謝的話。倒是芳菲見陸寒沒出聲，眨巴著眼睛說了句。「陸哥哥，你不會是嫌我囉嗦吧？」

「怎麼會呢？」陸寒理所當然地說了一句。「我還要聽一輩子的呢。」

芳菲沒想到陸寒一下子又冒出句這樣直白的情話來，倒讓她怪不好意思的，只得又拿些別的話來遮掩她的羞赧。這孩子……越來越不老實了，真是的……

眼看著日頭偏西，芳菲也不好多留，便告辭了陸寒匆匆回城。她出來看陸寒一趟還真是不容易，得先藉口到佳茗居去才能從秦家出門，然後在佳茗居的後門坐上方和準備好的馬車，偷偷出城去看陸寒。

她還只是個普通富紳家裡的女孩兒而已，要真是那些官宦人家的小姐，身邊永遠跟著四個以上的丫頭，想做點什麼私密事情那根本是不可能完成的任務。以前看著電視劇裡頭演古裝戲，連公主都可以隨便在大街上走，真是……完全的浪漫主義，純屬幻想。

在這樣的環境裡生活，小姐們能夠見到的年輕男子——而且是有資格跟她們婚配的，絕不會多。這就是為什麼許多千金小姐一見了個清俊男人就把一縷芳心全寄託在他身上了的緣故，因為她們可以選擇的餘地實在太少了。

所以，這半個月來，芳菲在閨學裡親眼見證了幾位被吳氏列為兒媳婦候選人的同窗們，也就是梁小姐和徐小姐等人彼此間明爭暗鬥的精彩戲碼。

那天晚上的賞月會，她們可都是親眼見了史公子的，覺得他雖然沒有潘安之貌，可也算得上一表人才，自然就芳心暗許了。在最大的心腹之患邵棋鍈躲在自己家不敢出來見人之後，原本連成一氣對付邵棋鍈的她們，又開始了內部鬥爭……當然，芳菲只是當戲看而已，從沒想過這事會和自己有什麼干係。

從佳茗居出來，坐在秦家的馬車上，芳菲無聊地想起這些事情，不由得笑了兩聲。春雨跟她一起坐在車廂了，見狀好奇的問道：「姑娘，有什麼好笑的事情呀？」

芳菲剛剛想說話，突然間聽到車伕驚呼一聲，緊接著便是馬兒嘶叫的聲音，車身隨之一震便停了下來。

「唉喲！」馬車驟然的震蕩使得春雨一不小心撞到了車壁上，禁不住發出一聲慘呼。

芳菲一驚忙問：「撞傷哪兒了，我看看？」

春雨雖說是她的丫鬟，她平日裡對春雨也擺著小姐的款兒，可心裡還是當春雨是個小妹子般疼惜的。要是春雨撞壞了，芳菲心裡也不會好過。

「沒事……姑娘您有沒有撞到？」

芳菲搖搖頭。這時，前頭已經喧譁了起來，好幾個人的聲音在叫嚷著——

「你家的馬車撞壞人了，趕緊叫你們主人出來！」

秦家的車伕是個老蒼頭，不是那種愛出頭的，當下本著息事寧人的態度說：「我真不是故意的……這位大兄弟撞壞了哪裡？我向你賠罪了。」

那幾個人可不依，還在喊著。「哪能賠罪就完了，各位街坊鄰居你們來評評理，這家的人有多可惡，把人撞成這樣了，主人家也不說下來看看！」

果然四周便響起了一陣議論之聲，聽他們話裡的意思，那人還流著血呢。

秦家車伕一個勁兒的陪著小心，但那些人卻並不因為他道歉的態度誠懇而停息下來，反而越鬧越厲害。

春雨擔心的對芳菲說：「姑娘，這……怎麼辦啊？」

芳菲倒不是怕把事情鬧大，而是怕真的撞傷了人，那就不好了。她對春雨說：「既然妳傷勢不要緊，就下去跟馬伯說一聲，讓他先看看那人傷得怎麼樣。要是傷得重了，趕緊送醫館。」

春雨趕緊下去了。過了一會兒回來說：「姑娘，那人一邊的袖子都是血紅血紅的，我看著怕，馬伯也怕著呢，又不敢走開丟下您不管……」

芳菲急了，想了一想，便決定自己下去看看情況。

「姑娘，外頭都是人……」春雨忙勸著不想讓她下去。哪有小姐在街上站著的道理？這也不合禮數啊！

「事有從權，我們也不是什麼官宦人家的女眷，不要緊的。」雖說女子不應該拋頭露面，那只是針對高貴人家來說的，小門小戶沒那麼多講究。秦家是中等人家，該講究的時候也講究，不過現在這樣的情況她不露面處置是不行了。

芳菲一下了馬車，周圍頓時響起一陣抽氣的聲音。

他們雖然早知道這車上坐的是女眷，卻沒想到是這樣窈窕美麗的一個少女。這少女膚白如雪，一雙水盈盈的大眼正看著躺在馬車前方的那個傷者，眼中寫滿了憂慮。

「姑娘，您看……」馬伯為難的走了過來，指了指那個躺在地上呻吟的男子。

那男子的幾個同伴見芳菲下車，一開始和周圍的人一樣被她的美貌所懾，隨即想起他們要幹什麼事情來，便向芳菲喊著。「這位姑娘，你們家的馬車撞傷了我們的兄弟，你們說怎麼辦吧！」

「馬伯，」芳菲遠遠看著那人，也不知道他傷到了哪裡，不過看那一袖子的血也夠嚇人的。「你趕緊送他去醫館吧。」

那幾個人卻不答應。「不行！」

第七十章 救美

馬伯是個老實人，早就急出了一腦門子的汗，問那幾個穿著短裝像是做苦工的男人，為什麼不能先把人送醫館。

那幾個男子振振有詞，說他們是想借著送人去醫館的工夫金蟬脫殼。

「這樣的人我們見得多了！」一個粗黑漢子雙手扠腰攔在車前，一說話整臉絡腮鬍子不停抖動。「你們說是送醫館，還不是往醫館裡一送，趁著大夫看病的工夫就走人。」

「就是就是，想走人沒那麼容易！」

馬伯看了看芳菲，又看了看眼前的這群大漢，急道：「那你們想要如何？」

粗黑漢子一指地上躺著呻吟的那人說：「都是你沒好好駕馬，把我們兄弟給撞傷了，你看看他傷勢這麼重，湯藥費怎麼也不能少了。」

「先給錢，我們才跟你去醫館！」

「想賴帳，沒那麼容易！」

芳菲本來還挺著急的，她倒不是覺得被人圍觀不好意思，而是怕耽誤了傷者的治療。但是這些人一鬧，她反而狐疑起來。這種場面……怎麼感覺很熟悉？

她既然起了疑心，便認真看了那傷者幾眼。只見他的袖子染上了許多鮮血，甚至還在往下滴著，他正抱著那手臂不住喊疼。

不過……要什麼樣的傷，才會出這麼多血啊？單純的撞傷會導致骨折，破皮，但要出這麼多血，起碼得是個刀劍傷才是……

就這麼想著，她便又往那傷者處走了幾步。春雨忍不住攔了一攔。「姑娘別往那兒走了，小心被那些人衝撞了。」那幾個壯漢看起來都不是好相與的，姑娘身嬌肉貴，怎麼能和他們起衝突呢？

「沒事。」芳菲也不再往前走，就站在那兒看那傷者的臉色。

忽然從人群外擠進一個穿著錦緞華服的公子，身邊還帶著個清俊小廝。那公子一來便朝幾個大漢喊了一聲。「你們這是在做什麼？」

那幾個大漢衝這公子抱拳為禮，然後又說了一通自己的兄弟被這家的馬車撞了之類的事情。

那公子先不理會他們，走過來向芳菲施禮道：「姑娘，這些粗人不懂道理，喧擾了妳的芳駕。請把這件事交給在下處置，妳可以先回車上等一等，好嗎？」

那公子的態度彬彬有禮，說的話也甚是中聽，春雨還以為這次遇上貴人相助，心中一喜，卻聽得自家姑娘輕輕笑了一笑。

她這一笑，如同春花初綻，路人無不被她的豔光所懾，站在她面前的公子更是看得目眩神迷說不出話來。

「這位是史公子吧？」芳菲問道。

那人正是史楠。他聽得芳菲這樣問他，真是又驚又喜，忙說：「姑娘認得出在下？」他還以為那天晚上賞月會的時候，這美人兒一直沒怎麼抬頭看他，不認得他是誰呢。既然她知道他是知府公子，那就更好了……

芳菲點點頭，說：「在賞月會上有過一面之緣。」然後看向那幾個站在一邊沒出聲的大漢。

「我想，不僅僅是我認得史公子，這幾位和史公子也是熟識吧？」

史楠和那幾個大漢一聽，全都變了臉色——她是怎麼看出來的？

而芳菲想的卻是，他們怎麼會認為她看不出來，真當她是那大門不出二門不邁沒見識的女人了嗎？

她剛才已經看見那傷者的臉上氣色良好，連汗都沒出一滴，眼角也沒有濕潤。如果真是受了重傷流了這麼多血，正常的反應應該是失血過多而導致臉色蒼白、頭冒冷汗、嘴唇發紫——那袖子上的血還在不住往下滴呢，滴了這麼長時間，這人早該昏過去了。而他還在精力充沛的大聲哀號著，不是假傷是什麼呀？

她一開始還以為是遇上了古代版的「碰瓷」，等史公子一出來，她才發現原來這還是齣自導自演的「英雄救美」……

如果那些大漢是存心找事的，為什麼史公子這麼一個路人一出來，那大漢就恭恭敬敬地跟他說了一串前情提要啊？

這劇情現在已經很明朗了。聯繫到前些日子在知府夫人的賞月會上，史公子看著她時那色迷迷的眼神，芳菲已經把前因後果弄清楚了九成。

好吧，這就是一個花花公子試圖勾搭良家少女的拙劣戲碼……

芳菲有種以手扶額的衝動。湛煊也好，洛君也好，史楠也好，這些男人可不可以消停點？她是有婚約在身的人好嗎？

「姑娘誤會了，在下並不認識這幾位兄台。」史楠臉上變幻莫測，最後還是決定死咬著不認。

芳菲也沒必要逼他認，只要點出來就好了。她又看向那地上的傷者，對站在一邊的粗黑漢子冷冷喝了一句。「讓開！」

那幾個漢子被她一喝，頓時有些發愣，這是怎麼回事？

芳菲不再理這些人，轉身扶著春雨就想回到馬車上。那幾個大漢急眼了，大喊著。「妳這是要耍賴了，別想走！」

史楠在一邊拚命地給他們使眼色讓他們停下來，他們卻還以為史公子嫌他們鬧得不夠大，沒能攔住那美人，便喊得更加起勁了。

芳菲眼中冷意更甚，這些人還真當她好欺負了？

「怎麼回事？」

一聲略顯低沈的聲音從眾人頭頂響起，那幾人停止喧譁抬頭看去，只見兩個騎著高頭大馬的青年不知何時來到了他們身邊。

這兩個青年都是弱冠年紀，穿著不俗，一看就非是尋常人家。

一個騎著棗紅駿馬，穿著一身寶藍綢衫，雖是長著一張俊朗的面孔，身形卻極為高壯，一看就是個練家子。

另一個騎著棕馬的青年雖然沒有他的同伴那麼英俊，卻也長得眉清目秀，身上是一襲暗雲紋的月白儒衫，腰懸玉帶，另有一番儒雅之氣。

他們身後還跟著幾個同樣騎著馬兒的同伴，只是穿著打扮沒有他們那樣貴氣，一看就是這兩人的隨從。

幾個大漢見來了這二位貴人，立時有些畏縮，都停了下來偷眼看著史楠。

史楠身為知府公子，當然不會怕惹上什麼麻煩，只是自己的計劃一再遭到挫折，心裡也極為窩火。

那兩個青年本來看著街上擁堵以為出了什麼大事，才會過來看看。他們看到一個受傷的人躺在地上，一群大漢圍著兩個姑娘家在撒潑，便忍不住出頭來管上一管。

不過等藍袍青年看清了那姑娘的容貌，登時便叫了一聲。「秦妹妹。」

芳菲正在煩惱著呢，一看那藍袍青年便驚喜地應了句。「蕭大哥，是你！」

這英偉的藍袍青年正是蕭卓，他已經很久沒回過陽城了。想不到今兒第一天進城，就在大街上遇到芳菲，也算是意外之喜。

史楠聽二人稱呼，肚子裡早就酸水直冒。這兩人「哥哥、妹妹」的叫得好不親熱，到底是個什麼關係?不是說秦七小姐的夫婿姓陸嗎，怎麼又冒出一個姓蕭的?

芳菲見蕭卓來了，心中大定。她讓春雨去跟蕭卓說剛才的事情，自己先回車上避著了，畢竟被人圍觀著總不是什麼舒服的事情。

蕭卓下馬聽春雨簡單講了講事情的經過，心裡明白了幾分。不過他一時沒想到史楠會是幕後主使，只以為這是一起單純的「碰瓷」事故，便先對史楠說：「這位兄台，多謝你出言相助。只是這秦家姑娘是在下親人之友，所以此事便由在下來幫她處理即可。」

史楠能說什麼，難道在大街上和人爭著要幫芳菲出頭？人家蕭卓說了，她是他「親人之友」，那可是師出有名，他一個路人硬要摻和進去算什麼事？

反正今兒這齣戲他是演不下去了，只好乾笑了一聲，帶著他的小廝扭頭就走，理都不理那幾個大漢。

那幾個大漢見事情完全脫離了他們的設想，這下也傻眼了。他們是該繼續訛詐呢，還是自己灰溜溜的走人？看著這幾個騎馬的貴人，想要訛詐是很難的了，說不定還會惹上什麼麻煩……

「你受傷了？」

在眾人沒注意到的時候，那位白衣青年已經下了馬，走到那傷者的面前。

那傷者裝受傷裝了好久，在冷冰冰的地上早就躺得渾身痠痛了，偏偏又不能起來。這時他見有人走近，心虛地往後挪了一挪。「嗯。」

「是嗎？」白衣青年露出一個和煦的笑容，突然間閃電般伸出手抓住了那傷者的胳膊。

「啊──你做什麼？」那傷者被他揪著胳膊動彈不得，臉上滿是驚恐之色。

「我要給你治傷啊。」白衣青年一臉無辜，不由分說地用另一隻手狠狠就撕開了那傷者的袖子──

一隻完好無損的光溜溜胳膊就這樣展現在人群面前，只是那胳膊上綁了個小皮囊，小皮囊穿了個孔子正滴滴答答往下流著「血」。

「咦？你不是受傷了嗎？」白衣青年只用單手扯著那傷者的胳膊就把他拖了起來。

那幾個大漢也是知機的，眼看事情敗露就想逃走，被蕭卓和那青年帶來的隨從們全都逮了個正著。

蕭卓冷冷的吩咐了一聲。「通通捆了，拿我的帖子把他們送到知府衙門裡頭去。」

第七十一章 機會

白衣青年把他抓著的那個「傷者」扔給一個隨從，拍了拍手上的灰塵走回蕭卓身邊。

這時春雨也走了過來，對蕭卓行了一禮然後說：「蕭公子，我們姑娘對二位出手相助十分感激，只是姑娘不方便在街上久留，日後定當拜謝。」

蕭卓和芳菲認識了這麼些年，早就很熟悉她的行事風格了。知道她這麼說，就是改天找時間和他再約相見的意思，當下便點了點頭，帶著他的同伴和隨從走了。

那位白衣青年上了馬，忍不住又朝芳菲的車駕看了一眼，再看了看蕭卓，露出一個玩味的笑容。

等他們已經離開正街以後，白衣青年才說：「蕭卓，我還以為你是個不好女色的真漢子，原來心上人藏在這兒呢，怪不得不管京裡事情有多忙，你也要抽空趕回陽城來。」

蕭卓白了他一眼，說：「你以為人人都像你？事情不像你想的那樣。這姑娘是我表妹的好友，我們自小些的時候就認識了的，沒你說得那麼齷齪。人家可是訂了親的，什麼心上人，我回來只是因為要拜祭外祖父。」

「好吧好吧，我齷齪，我多想頭，」白衣青年依然笑容不減，說道：「你就騙鬼吧，當我和你第一天認識？你看著人家那眼神，簡直能把石頭都看融化了。」

蕭卓一驚，自己真的表現得那麼明顯？隨即又皺起眉頭「哼」了一聲，說道：「繆一風，你再胡說八道，咱們手底下見真章。」

「哎呀，我好怕啊。」繆一風總算停止了打趣蕭卓，哈哈一笑把這話揭了過去。

芳菲回到秦家，照規矩先去秦老夫人屋裡請了安。正好孫氏也在，她們留芳菲說了一會兒話，不知怎地說到前些日子的賞月會上去。

「聽說那天邵家的六小姐在走的時候摔了一跤，把一桌子東西都打爛了？」孫氏問道。

這就是所謂的好事不出門，壞事傳千里，邵棋鍈的形象算是被小小的毀了。當然這對她的閨譽並沒有什麼太大的影響，畢竟又不是和一個男子滾到了一塊兒，只是她出了點醜罷了。當然這對於心高氣傲的邵棋鍈來說已經很難受了，她絕對沒想到自己會是以這種方式名揚陽城社交界的。

「嗯，是啊。」芳菲不肯多說，自己好歹也是始作俑者，還是低調點吧。

孫氏又說：「說是那天她坐的可是知府夫人所在的首席呢……這下該了，」她和邵家的一個媳婦兒有點私怨，很不待見邵家的人。「還有人說，邵家打算將她配給知府大人的大公子？」

這話芳菲可不愛聽，好歹是個長輩，怎麼拉著侄女兒說這些事情呢，她這未嫁的閨女要是參與了這種嚼舌根的活動，名聲都要被弄壞了。

但她又不得不回答：「這些事，我們是不知道的。」

孫氏眼中閃過一絲失望，又拉著芳菲問了半天那晚上的情形。當得知芳菲也曾陪知府夫人坐了一坐時，忙說：「那位夫人脾氣可好？她可喜歡妳？有沒有邀妳再去府上作客？」

這一連串的問題把芳菲問得煩了，只是當著秦老夫人，她不好給孫氏臉色看。孫氏是好了傷疤忘了痛，已經忘記自己被芳菲頂撞過多少回了，現在一心只想打聽知府夫人的事情。

「夫人的脾氣自然是極好的，對我們大家一視同仁，沒有特別青睞哪個。」三伯母妳以為個個知府夫人都像盧氏，懷著特殊目的對我特別關照？芳菲從來沒有因為盧氏的看重而飄飄然，她深知自己的出身在這些貴夫人的眼裡看來是很低微的。

「七丫頭妳是個能幹的，知府夫人定然會對妳另眼相看，」孫氏沒察覺到芳菲的冷淡，不惜拉下面子來給她灌迷湯。「要是……要是知府夫人再邀請妳到府上去，妳自己去也挺無聊的，不如帶上八丫頭一塊兒去吧。」

謎底揭曉……

芳菲很想對孫氏擺出一個五體投地的姿勢，她居然想著讓自己帶芳英到知府夫人面前露臉，難道是打著讓知府夫人看上芳英，招她當媳婦兒的主意？

也太看得起自己了。芳菲理解孫氏和她的妯娌秦二夫人林氏之間的攀比心理，林氏的女兒芳芷嫁了個秀才，人家還有個當通判的舅舅。孫氏一心想壓過林氏，所以近日來給女兒物色的都是陽城中門第上等的人家——問題是，你秦家也得高攀得上啊！

一家子白身，家境也就是一般富裕，芳英出嫁的嫁妝估計並不會太多。而且芳英本人，更沒有什麼值得稱道的長處……當然，在孫氏對外的宣傳中芳英跟著她管家管得可好了，是個當家主母的合適人選。

就這麼個條件，還想高攀知府公子，孫氏的膽可真夠肥的。儘管芳菲想起剛剛見到的那個史公子，覺得他人品這麼低劣，也不配跟什麼好女兒結親，但是現實就是現實，人家的出身擺在那兒。

秦老夫人估計也覺得兒媳婦太過異想天開，見芳菲不接腔，便咳嗽了兩聲把話題扯到別的地方去了。孫氏臉上訕訕地下不來，芳菲只當沒看見，略坐了一會兒就回自個兒院子去了。

趕在重九前，芳菲通過方和傳信，約蕭卓在佳味齋雅間見上一面。現在她年紀大了，可不比小時候，輕易和一個青年男子相約並不是什麼光彩事，所以芳菲也做得很謹慎，特地選了個早上的時間去和蕭卓見面。

為了避嫌，她把方和跟春雨都帶在身邊。一進雅間，芳菲愕然發現那天的白衣青年也在屋裡。不過她的驚訝稍縱即逝，立刻朝兩人遠遠福了一福。「芳菲謝過兩位大哥出手相助。」

蕭卓擺擺手，說道：「沒什麼。只是以後妳出門多帶兩個人，我看妳就帶著春雨一個，還那麼個不頂事的車伕，往後再遇上這種事總是麻煩。」

芳菲何不想多帶點人手出來，奈何她那回是偷偷出來見陸寒的，帶的人越少越好。她應了一聲，不再在這個話題上糾纏下去。

「本來端妍想要託我給妳帶東西，我走得太急也就沒帶。端妍讓我轉告妳，妳託人捎上京的那些花茶她很喜歡。」

聽到端妍喜歡自己送的花茶，芳菲臉上又綻開一朵笑容，那白衣青年繆一風忍不住多看了她幾眼。真是絕色！

蕭卓為他們倆互相介紹。芳菲初聽他的名字並沒有什麼特殊反應。三人說了一會兒話，聽繆一風提起此次到陽城來是陪他父親前來講學，芳菲立刻想起一個聲名顯赫的名字來。

她美目灼灼地看向繆一風，略略遲疑了一下才問道：「令尊可是……寧川公？」

蕭卓和繆一風同時身軀一震，驚訝地看向芳菲。芳菲從他們的反應中知道自己一定是猜對了，心中狂喜，站起身來重新向繆一風施了一禮。「繆大哥果真是寧川公的公子，芳菲失敬。」

繆一風還沒從震驚中回過神來，竟失去了幾分往日的不羈風采，吶吶地問：「姑娘妳怎麼也識得家父？」

「繆大哥說笑了，天下誰人不識寧川公的大名。寧川公被今上讚為『占盡天下三分文才』，每次他有新文問世，小女必定要想方設法找來誦讀，又怎會不熟悉？」

芳菲這話，如果是一個普通學子說出來的，繆一風絕對不會像現在這麼吃驚。就算她是個女子，若是那種出身書香世家的名門閨秀，那麼也不至於太過出格——問題是，他聽蕭卓說過，這姑娘也就是個富戶家的孤女而已，竟然對他父親的盛名與文章如此熟悉，真太讓繆一風難以接受了。

寧川公繆天南，是當世大儒。他是「同安學派」南宗的泰斗級人物，同時又曾位居朝中高位，當過一任大學士。由於他是在寧川這個地方致仕的，所以世人皆稱他為寧川公。

好吧，這樣聽起來是和芳菲沒什麼關係……但是這位寧川公，是當今的「程文大家」。別以為《大考優秀作文選集》這種東西是今人的發明，古人同樣有類似的書籍。那就是每個考科舉的學子必備的各種《程文》，也就是文學大家們所寫的優秀八股文……所謂熟讀唐詩三百首，不會吟詩也會吟，寫八股文也是一樣的道理。

所以每一個要想在科舉考試中獲得好成績的學子，必須要去研究各位大家的時文。芳菲自從知道陸寒堅定不移的選擇了科舉之路後，她也同樣開始研究起科舉文章來，而被譽為「時文第一」的寧川公繆天南的文章，是她常常研讀的。

誰讓她「上輩子」是專攻大考的呢？狗改不了吃……呃，不，是本性難移，她對於研究考試有著極大的熱忱和敏銳的直覺，心想縱使自己沒水平教陸寒，能夠多研究一下，幫陸寒臨考前猜猜題什麼的也挺好的。

現在她居然遇到了繆天南的幼子，而據他所說，繆天南即日就會來到陽城講學——

如果要解釋芳菲此刻的心情的話，就是現代社會中家裡有應屆考生的家長遇到了全國大考試題命題組組長的心情……

第七十二章 暗戀

夜涼如水，樹影婆娑。

蕭卓坐在他舅舅張家後院的小亭裡，面前擺著一壺一杯，正靜靜地對月獨酌。

他一直以為自己隱藏得很好，沒有在任何人面前表露過自己真實的心情。

但那天繆一風卻看穿了他……難道是因為乍然相見，他太過驚喜，竟忘記掩飾自己的表情了嗎？

一杯，又一杯。

第一次聽說她的存在，是從表弟毓升口中得知的。從來沒有誇過誰的毓升，卻難得地對當時才十歲的她讚不絕口。

「阿卓，等你見到她，你會知道她真的是一個很特別的小姑娘。」

那時，毓升想幫她改善在家中的處境，是他提議毓升送兩份屋契給她。沒想到她卻斷然拒絕了，這讓他十分驚詫，對她也更加好奇。

一個成年男子，都未必能拒絕這樣的誘惑，她卻做到了。

她做到的事情何止這一樁呢？

這幾年來，他答應毓升要照顧她，幫她做了一些事。每一次，她的想法和作為，還有她的魄力，都讓他感到很驚奇。

是什麼時候開始對她有了好感呢？

蕭卓已經完全想不起來，當他猛然醒覺過來的時候，她的倩影便已經在他的心中生了根。但是，他是不會對任何人說出口的……但是，這並不妨礙他盡自己的一切能力照顧她，幫助她。

「自己躲在這兒喝什麼悶酒？」

蕭卓側頭看了一眼，月光下繆一風的白衣顯得格外耀眼。作為當世大儒的幼子，他卻拜江湖隱俠為師，學了一身的好功夫。去年的武舉考試中，蕭卓與繆一風同樣考上了二甲武進士，並且同樣被分到兵部任職，也算是種緣分。

相投的性情讓他們的交情迅速升溫，成為難得的知己好友。在官場上，這樣的關係是很難得的。

這回蕭卓請假回鄉祭拜外祖父，而繆一風也同樣是要了假期，陪他的父親繆天南到陽城來講學。繆天南被一些事情耽擱，要幾日後才能來到陽城，繆一風就先跟著蕭卓走了。

繆一風來到蕭卓面前坐下，也不打招呼，就把蕭卓面前的酒壺拿起來對著嘴一通狂飲。

「好烈的酒！」繆一風讚了一聲，意味深長地看了蕭卓一眼。「夜半獨飲，傷心人別有懷抱啊。」

蕭卓淡淡一笑，並未反駁繆一風的說法。他把杯中的烈酒再次一飲而飲，讓那灼熱的瓊漿一路從喉頭滑下直抵心口。

「也難怪你會為她著迷，這樣奇特的女兒家，我也是平生僅見。」

繆一風聽蕭卓簡單地說過芳菲的事情，但已足以讓他對這女子生出敬佩之心。白天見面的時候，他一開始還以為她說研讀他父親的文章，只是客套之詞。但當他和她深談了一會兒之後，發現她確是對他父親的思想和文風研究得很透澈。

即使她讀過閨學，但就繆一風所知，普通的閨學大多只是教女孩兒們習字、作詩，或是學習《女誡》。她是真的靠著自己的努力，來研究繆天南還有其他當世大家的文章。

一個尋常富紳家中的孤女，不但擅廚藝、懂茶道、會做生意，還能對許多大家文章有著自己獨到的見解。繆一風覺得自己的好兄弟蕭卓會迷上她簡直太正常了，何況她還有著常人不能及的美貌？可惜她卻早早訂了親。

「一風，我知道她的要求讓你有些為難，你以前最是厭惡這樣的事情了。只是，這回真的拜託了。」蕭卓對繆一風鄭而重之地拱拱手。

繆一風一揮手。「你我兄弟，說這些話做什麼？只是順手的事。等我父親來了，我自會將她那位未婚夫婿的文章請父親幫著看看指點指點。還有玉虛學宮講學的入場資格，更是舉手之勞，費不了我什麼事。」

「只是……」繆一風深深地看了蕭卓一眼。「看她如此為別個男子奔波，你不難受嗎？」

蕭卓一言不發，把整壺燒酒全都灌進了嘴裡。

良久，他才悶悶地吐出一句。

「你沒見過她的那個未婚夫婿，和她真是一對璧人……對她也好……」

他長嘆一聲走出亭子，看著天上那輪皎潔的明月，彷彿看見了她銀盤似的面龐。

「月出皎兮，佼人僚兮，舒窈糾兮，勞心悄兮。」他輕輕吟著這首古老的民歌，心中充滿著淡淡的憂傷和柔情。

「只要妳快樂……」他的聲音越來越低，終於低得聽不見了。

玉虛學宮，原來是陽城城西近郊一處道觀，名為玉虛觀。從先皇時起，各地興起講學之風，許多著名學者紛紛到各地講學宣揚自己學派的宗旨。

於是為了響應這一風潮，許多地方都興建學宮。當時的陽城知府是個勤儉的官員，直接就把廢棄的玉虛觀翻新之後建成了玉虛學宮。

十月十五，玉虛學宮前人頭湧湧，眾多學子都爭相來聽大儒寧川公繆天南的講學。

學子們懷著朝聖的心情，從陽城各州縣湧向玉虛學宮。當然也不是隨隨便便就能進去聽講，那豈不是要把玉虛學宮擠破了？每一個州縣的名額都是有限的，為了能爭奪到這些入場名額，自然各人又有一番暗地裡的比拚爭鬥。

當然，像史楠這樣身分的公子哥兒，是不必去爭奪名額的。一大早，史楠便帶著他的小廝小春施施然坐著馬車來到學宮前。史公子下車後整了整衣冠，邁著悠閒的小方步向學宮門口走去。

史楠最近的日子過得可不怎麼好——最慘的就是那回被他老子史大人狠狠的用板子抽了一頓，他都十八歲了，說出來都丟死人啊。

可是他有什麼辦法呢？誰讓那個出來管閒事的蕭卓，是在兵部任職的京官。雖然只是個小小的六品指揮，也是官身哪！

史大人接手了這幾個地痞流氓的案子以後，親自動問，那幾個流氓連大刑都不用上就全都招供了。據他們所說，就是受了一個年輕公子的指使，才會去攔截女眷車駕的。

史大人雖然不是什麼特別清正的好官，聽了這種事情也覺得不妥，便細細拷問那公子的來歷長相。但是越問下去，史大人的臉色就越難看，因為不管怎麼想，他們描述的人都很像自己的大兒子史楠……尤其是其中一個流氓說「那公子耳朵上有顆黑痣」之後，史大人終於肯定了，這始作俑者就是史楠。

當天晚上，史大人從官衙回到內宅後，連官服都來不及換下，就讓人把史楠叫來。史楠本來就心虛，被史大人盤問了兩句就吐露了實情。

史大人快氣瘋了，自己這個兒子以前讀書雖然笨了點，但是也沒幹過這種壞事啊，才當上知府公子幾天啊，就敢勾結地痞流氓調戲良家婦女了？這要是被自己官場上的死對頭們知道了，狠狠的參上一本「教子無方、治家不嚴」，他還沒做熱的這張知府椅子就要飛了。

「給我捆上，狠狠地打！」

史大人指揮幾個膀大腰圓的家丁把史楠捆到長凳上，他自己操著板子一輪狂打。「逆子、逆子，看你下回還敢不敢了！」

等吳氏和史小姐們聞訊趕來的時候，史楠已經挨了他父親二十多個板子，鬼哭狼嗥地，聲音都變了。

吳氏忙撲在史楠的身上護著他，史明珠和史江湄則上去拉著父親。

本來吳氏還想跟史大人鬧騰，聽史大人說了原委，立刻說不出話來。

兒子怎麼這麼糊塗？自己給他物色了這麼多千金小姐，他卻想去招惹人家一個訂了親的姑娘？

好在吳氏性子還算敦厚，沒有把芳菲列入「勾引兒子犯罪的騷狐狸」名單裡。不然她要報復起來，也夠芳菲難受的……這都是後話了。

史明珠面上更是又紅又白，對這個哥哥怨得不行。要知道如果他把事情鬧大了，連累的可是一家大小的名聲，人家知道史家家教不好的話，怎麼會有好人家上門提親？她們幾個都要被他帶累死的。身為哥哥，卻沒個做哥哥的樣子，也難怪史明珠對他不滿了。

史楠被打得慘兮兮，又被勒令禁足不許出府，直到今天才被准許出來聽繆天南講學。出門之前，史大人還狠狠的教訓了他一通。「你給我好好的聽講，再鬧出點上門么蛾子來，我直接扒了你的皮把你扔回巴蜀老家去種地。」

史楠被父親的最後一句給嚇住了，他知道父親絕對會幹得出這樣的事。他才不要回巴蜀本家那種鄉下地方去啊……

「嘿，史兄，你的病好了？」

在學宮門口，史楠遇上了自己官學的幾個密友。這段時間，史大人替他在官學告了病假，一來是禁足，二來也是給他養傷——那天的板子把他的屁股和大腿全打得腫了起來，走路都困難，到今兒才算好了些。

「好啦、好啦。」

史楠不想繼續這個話題，和幾人一起往學宮裡頭走去。

學宮廣場上人山人海，全都是從各州縣官學裡選上來的學子。

史楠只顧和身邊的人談天，沒注意看路，一不小心撞上了前面的一個學子。

那學子轉過身來看了他一眼，史楠根本沒有道歉的意思，反而還瞪了人家一眼——哼，看你身上那套粗布衣裳，還敢跟公子我較勁？

第七十三章 巧遇

那被史楠撞了一撞的小書生淡淡掃了史楠一眼，又面無表情地轉身繼續往前走，完全沒把史楠挑釁的眼神看在眼裡。

史楠心裡一陣不舒坦。但是自己先撞了人，總不能去揪著人家不放，只好把胸中的鬱悶壓下去繼續和身邊的人說話。

他的同伴卻神秘兮兮地笑了笑，朝剛剛被他撞了的那人指了指。「你知道他是誰？」

「總不會是哪家的少爺吧？」史公子滿不在乎地說。就憑那人的一身打扮，怎看都是個窮酸啊。

「嘿嘿，史兄，前些日子你府上賞月會的時候，你不是見到了那位美貌的秦七小姐嗎？」這同伴當日也參加了那賞月會，史楠見到芳菲之後哈喇子都要流下來了的情形，他是看得清清楚楚的。

一聽人提起「秦七小姐」，史楠真是又愛又恨。天鵝肉一口沒吃著，倒先惹了一身腥，那屁股上的傷到現在還沒好呢……

「那又如何？」史公子撇了撇嘴，一時沒想清楚同伴要說什麼。

那同伴笑道：「剛剛你撞上的，就是秦七小姐的夫婿，陸家的小子。他老子還沒死的時候是個小吏，所以他原來也和我們一起在官學裡讀過書，我認得的。」

什麼？就是剛才那個穿著窮酸得不能再窮酸的小子？

史楠登時心中一陣不平。自己是哪裡比不上那小子啊，為什麼那天他「英雄救美」的時候，秦七小姐對他是一點好臉色都沒有，還毫不留情地揭出他的作為……那小子除了一張臉還過得去，真是沒有半點讓他看得上的地方。

說來也巧，等到他們進了學宮大禮堂——以前是道士們作法事的大殿，按照手中拿的座位牌坐下去以後，史楠發現自己身邊赫然坐著的就是那個他根本瞧不上的陸寒。

這可是第一排的正中，好位子中的好位子。

史楠心裡的火一下子就上來了，這窮小子憑什麼和自己平起平坐啊？他這個位子，因為當知府的父親的關係，安排聽講位子的學宮管事們是早早就替他備下了的。可是這陸家小子，他又算哪根蔥？

「喂，你！」史楠甕聲甕氣地喝了一聲。

正端坐在位子上等待聽講的陸寒聞聲轉過頭來，也是微微一愣，緊接著皺了皺眉頭。

「這位子也是你坐得的？你知不知道這兒講學的規矩，是要按座位牌坐的。你不會是連座位牌都沒有就混進來的吧？」

陸寒不知道這個穿著華貴的紈袴子弟為什麼盯上了自己，不過他根本不想也不屑和人起爭執。他一聲不吭從懷裡掏出了一個座位牌，直直地杵到了史楠的面前。

「甲七……」還真是這個位子啊！

總算史楠沒蠢到家，說出什麼假造座位牌這種渾話。他從鼻孔裡「哼」了一聲，扭過頭不再去看身邊的陸寒，心裡卻是說不出的彆扭。

他有個當知府的爹，這陸家小子是走了什麼關係拿到這個牌子的啊……

芳菲看了看天色，現在玉虛學宮那邊，應該已經開講了吧。

她將玉虛學宮講學的座位牌交給陸寒的時候，陸寒也很驚喜。只要是真正的讀書人，都會對寧川公這種大儒心中充滿了敬意。能夠當堂聽到他老人家的講學，對自己修行鑽研學問一定大有裨益。

芳菲簡單說了說自己是怎麼認識繆一風的。不過當芳菲告訴他，她把他上次給她看的那兩篇時文交給繆一風，請他幫遞到繆天南的面前讓繆天南看一看的時候，陸寒還是有些惶恐。

芳菲怕他是怪自己太過自作主張，但陸寒卻說：「芳菲妹妹，我知道妳所做的一切都是為了我好，我怎麼會有這樣不惜福的想法？只是覺得自己這點毫末功夫，卻要班門弄斧，實在是貽笑大方。」

原來是這樣。芳菲放下了心，便說：「陸哥哥，你的時文雖然火候未到，卻是靈氣十足，無須太過擔心。再說後輩學子的文章稍差些，那也算不得什麼奇怪的事情。我只是想讓寧川公對你有個印象，你知道現在文壇上和朝廷裡，同安學派的人占了多少分量……」

陸寒點頭說：「這些我是明白的，我又不是那種不通事務的呆子，難道還會罵妳鑽營不成？」

芳菲就是怕陸寒讀書讀傻了，說出那種「只要自己有真本事，絕對無須靠關係」的蠢話。幸好他還是很聰明的……也許是父母雙亡之後，見多了人情冷暖，知道這世上的事情絕對不是那麼單純的了吧？

在這人世間想辦成一件事，沒有「關係」，那是非常非常困難的。既然他一心一意要通過科舉出頭，那麼遲早要出來做官。現在如果能打上寧川公這條線，和同安學派有了交往，那麼日後在官場上總是有個依傍……

但是，光是存著「抱大腿」的心理去攀附人家繆大儒，那也絕對不是陸寒所為。

芳菲先把陸寒這心事放下，專心處理眼前的事情。她下了馬車走進陽城最大的醫館「普世堂」，裡頭的活計顯然是早就和芳菲相熟的，忙大踏步迎了過來。

「秦七小姐，今兒要抓藥還是診症？」

春雨遞過一疊藥方子，芳菲說：「就按著這些方子，一方給我抓個三副藥。」她自己就頂半個大夫，她屋裡的常用藥，都是她開了方子在醫館裡抓的。最近她的藥要嘛要得差不多了，要嘛有些擱得久了沒用過了藥效，所以今兒索性過來多抓一些。

那夥計應得爽快。「好咧，您且等等，馬上就好。請先到這邊坐坐？」

芳菲點點頭，隨著他來到醫館裡頭候診的小屋子，卻發現裡頭還有兩位客人。

「繆大哥？」芳菲看見那一身白衣，驚訝地喊了一身。

繆一風帶著一個隨從坐在裡頭等人抓藥，看見芳菲被夥計領進來也是略略吃驚。

二人見過了禮，重新坐了下來，當然不是坐在一張桌子上——那也太失禮了。幸好兩人都帶著隨僕，不算孤男寡女，不過真是那樣那夥計也不敢把芳菲往裡頭領啊。

和繆一風一交談，才知道年逾六旬的繆天南因為路途顛簸，現在舊疾復發。可是繆天南實在太忙了沒空出來看病，所以繆一風才帶著原來大夫給開過的舊方子出來給父親抓藥。

「你說他老人家睡不好？」

繆一風說：「對，失眠多夢，頭昏頭痛，唉……也是多年的老毛病了。現在他上了年紀，又不肯好好歇歇，雖然一直沒斷了藥，可是老也不好。」

芳菲忽然說：「那……可不可以請你把方子給我說說？我略懂醫理，說不定能幫上什麼忙。」

繆一風聽芳菲說「懂醫理」的時候，再次震驚了……這姑娘還有啥不會的嗎？他也不含糊，就把繆天南的老方子說了一遍。

芳菲一聽，笑道：「這一定是宮裡的老太醫開的藥方。」

繆一風張大了嘴巴，一下子把他溫文儒雅的形象破壞了大半。她這猜得也太準了吧？

「妳怎麼會知道？」

「這有何難，」芳菲還是淺淺地笑著。「你可能沒拿民間大夫和宮裡的太醫開的方子對比過。一樣的症候，宮裡太醫開的方子，總是要多出幾味名貴的藥材，或是加些滋補之物……民間大夫開的方子沒那麼花俏。我看你方子裡的天麻用量真大……天麻是好東西，不過其實也不用吃得這麼頻繁……」

繆一風聽芳菲說得井井有條，佩服得無話可說。

「其實，還可以給繆大儒用用菊花枕……」

芳菲想了想，忽然又說：「繆大哥，你忙不忙？要是不忙，你在這兒先等一等，過一個時辰我再讓我這丫頭給你送點東西來，也算是我的一點心意。」

繆一風說：「不忙不忙，我就在這兒等著。」

他實在是太好奇了，這女子又會給他帶來怎樣的驚喜？

他們剛說了兩句，就有夥計來報說芳菲的藥抓好了。本來繆一風的藥也抓好了，但是他既然說了要在這兒等著，自然沒有就走的道理。

芳菲向他行了一禮，帶著春雨回了秦家。

過了一個時辰，秦家的馬車果然又來了。春雨帶著芳菲的另一個丫頭春月來到方才的小屋裡，見繆一風果然還在，便盈盈施禮後將她們手中帶著的東西交給繆一風。

春雨跟了芳菲幾年，尤其是近年來跟著芳菲在外頭跑動多了，說話做事都帶上了芳菲的烙印，俐落得很。

「繆公子，這是菊花枕。」春雨遞上一個包裹，說道：「我們姑娘說了，請繆大儒把枕頭換成這個試一試，說不定有些效果。姑娘說，菊花枕清熱疏風，益肝明目，夜晚催人酣睡，翌晨起床神清目明，治療老人家頭昏眼花什麼的最好了。」

繆一風聽這丫頭嘰嘰喳喳說了一大通，竟是一點不亂，果真是有其主必有其僕，或說觀其僕即知其主。

「還有，」春雨又從春月手中拿過一個食盒，打開給繆一風過目。「這裡是一盅百合粥。姑娘說，是藥三分毒，總是吃藥也不頂事，說不定補得太過了，老人家受不了。這百合粥早上吃一碗，晚上吃一碗，連著吃上一個月，可使人安然入睡，頭暈頭疼什麼的估計也能好些。」她又遞上一個方子。「這裡是熬製百合粥的方子。」

繆一風接過那方子，看著上頭那娟秀的字跡，心中升起無限感慨。

第七十四章 收徒

史楠第一千零一次瞪向身邊的陸寒，當然一如既往地沒有得到回應。陸寒正全神貫注聽著坐在講壇蒲團上的寧川公繆天南的講學，壓根兒就沒注意到身邊這人的小動作。

他沒注意，臺上的繆天南卻看得清清楚楚，誰讓史楠的位子這麼好，近在他眼前呢？

在講學的這三天裡，這個紈袴子弟根本就沒好好聽自己的講學，要嘛東張西望，要嘛瞪著他身邊的那個小學子，要嘛低頭看自己的鞋尖……繆天南自認涵養很好，但也忍不住動了氣。這人把自己的講學當成了什麼？

史楠終於注意到臺上的繆天南朝他射來冷森森的目光，忙打了個寒戰端坐好，做出認真聽講的樣子，心裡不住嘀咕——我又不是故意的，實在是我聽不懂……

的確，對於史楠這樣的人來說，繆天南的講學太深奧了。可是在陸寒聽來，卻是精妙無比，發人深省，他以前看書時遇到的許多問題都得到了解答。

大儒的功力，果然不同凡響。

可惜過了今天，就聽不到這樣玄妙的講學了……陸寒在深深的感動之後，又覺得無比的惋惜。

而他身邊的史楠，卻是一心期盼著講學快點結束，因為他的屁股本來傷就沒好，又在學宮簡陋的凳子上磨了三天，早就疼得不行了……

「你就是陸寒？」

講學結束，眾人正準備散去的時候，一個白衣青年卻把陸寒攔住了。

史楠看見這青年正是去管他「英雄救美」的閒事的人，心下一驚怕被人認出來，腳底抹油迅速溜走。

陸寒看來人臉上帶著友善的笑容，便應道：「小生正是陸寒，閣下是？」

「我叫繆一風，你叫我繆大哥就可以了。你跟我來吧，先生想見你。」

簡簡單單的一句「先生」，卻像是投入湖中的一顆石子般激起了無數漣漪，周圍的學子無不露出豔羨的神色。

陸寒知道這位就是芳菲跟他說過的繆大哥，忙拱手為禮，跟著繆一風出了大殿，往後殿而去。

坐在後殿一間雅室中的繆大儒，剛剛喝下了他回到這兒後喝的第三杯茶水。

年紀大了，身體頂不住啊，要不是陽城的新學政是他的得意門人，反反覆覆去信求他來此講學，他也不必如此辛苦從京城趕來了。不過陽城不愧是被稱為「人傑地靈、文魁輩出」的福地，這兒的學子們聽課的熱情讓年過花甲的繆大儒深受鼓舞，講起學來也精力充沛了許多。

也不知道是不是因為這兩天睡了那個菊花枕的緣故，他以前從沒試過睡這樣的枕頭，但是聞著枕頭上淡淡的香氣，他卻能一改以往輾轉半夜才能淺淺入睡的習慣，真真正正的睡了兩天好覺。

還有那個百合粥，雖然不知道有沒有作用，不過吃起來倒是挺可口的……

這個女子不簡單。繆天南聽繆一風說了幾句芳菲的事情，便覺得這秦七小姐實在是一個極內秀的女子。

而她一心向他推薦的這個年輕人……

繆天南拿起案邊的兩篇文章，再次慢慢看了一遍，拈著他花白的鬍鬚默不作聲。

「老師，您在等什麼人？」新任陽城學政陶育陪坐在一旁，看著自己的老師在默默讀著兩篇文章，不由得出聲相詢。

「唔，遠山，你來看看這兩篇時文。」遠山是陶育的字。

繆天南將手中的時文遞給陶育。

陶育恭敬地接過來認真看著，剛看了個開頭便神色微動道：「老師，這是……」

他剛想問些什麼，突然聽得外頭傳來腳步聲。門本來就是敞開著的，陶育抬起頭來，見到他的小師弟繆一風帶著個小學生進了屋子。

「父親，這個就是陸寒。」

陸寒先向繆天南行了一禮，復又向穿著官服的陶學政行禮，繆一風低聲在他身邊向他介紹了陶學政的身分。

繆天南不動聲色地打量著眼前這個看起來有些瘦弱的年輕人——

他穿著一身粗陋的青色布衣，但是看得出做工並不差，雖說洗得有些發白，卻是極為潔淨。

他的五官中透著一股靈秀之氣，在面對自己這個聲名顯赫的文壇巨擘時依然一派淡然，儘管面色恭謹，卻並不顯得謙卑。他背脊挺得直直的，站在那兒就像一株早春的柳樹般，使人不知不覺中生出了一種恬淡清和的感覺。

繆天南自認略通相人之術，現在一眼看去，便覺得這小學生甚是可喜。

「先坐吧。」繆天南溫和地讓陸寒坐下。

陸寒也不推辭，行禮之後便側身在一旁的椅子上坐了下來，背脊依然挺得筆直。繆一風也陪他坐下。

「你的文章，我看過了。」繆天南說了一句，便對陶學政說：「遠山哪，你覺得這個小學生的文章如何？」

陶學政回答說：「學生只看了第一篇，但已覺得相當不錯。」他是繆天南的入門弟子，和繆天南說話向來隨意，客套話不多。

繆天南點點頭，說了一句。「你像他這麼大的時候，還寫不出這樣的文章來呢！」他是很有資格說這句話的，因為陶學政入他門牆的時候比陸寒現在還小。

這種時候陸寒自然不好再沈默下去，忙拱手說：「先生謬讚了，學生才學微淺，哪能和學政大人相比？」

「呵呵……」被陸寒這麼一說，陶學政的心裡熨貼多了，雖然他也承認老師說的話非常正確。「不必謙虛，老師可從不會隨意褒貶人的。」

這次繆天南到陽城裡，各種關係戶送來的文章看了不下百篇，但能入他眼的也只有陸寒這兩篇。並不是說其他人就一無是處，但是有的人寫得雖然不差，可並沒有什麼特別……

「你多大了？」繆天南忽然問陸寒。

「學生虛歲十六。」陸寒回答說。

「十六歲……」繆天南拈鬚微笑。「小小年紀，就能作出這樣老辣的文章來，難得的是又不失活潑，有靈氣。」

繆一風聳然動容，這句「有靈氣」，他可是第一次聽繆天南說過呢！

陸寒倒還是那副坦然的模樣，繼續謙虛了幾句。

繆天南考究了他一些學問上的問題，又讓陶學政也來考考他。陸寒不慌不忙，有問必答，而且無論這些問題他會不會，都能提出一些自己獨到的見解。繆一風在旁聽得暗暗點頭，他雖然是武舉出身，好歹也是跟著繆天南在書堆裡長大的，這點眼力還是有的，這個陸寒果然是個良才。

繆天南又問了問陸寒家中的情況，得知他父母已亡，如今住在鄉下跟著村學老師進學，不禁對他更有好感。繆天南自己就是苦學出身，對於那些不學無術的紈袴與膏粱是看不上眼的，這陸寒不亢不卑悟性過人，倒讓繆天南動了愛才之念。

「既然你父母都歿了，也沒人照料……」繆天南忽然提出了一個驚人的建議。「不若你就拜我為師，跟著我到京城去讀兩年書吧。」

此語一出，這屋裡除了繆天南自己之外的三個人都震驚不已。

繆一風見過許多父親所賞識的人才，但沒有一個像陸寒這麼年輕。

陶學政卻想到，從沒聽過老師主動要收弟子——他要是想收，那繆府的門早就被擠破了。他能當上繆天南的弟子，還是多虧了他父親和繆天南的交情呢。

陸寒比他們想得都多，也更受震盪。

從進這屋裡來以後，繆天南一直對他表現出極大的善意。讚他的文章，誇他的學問，現在還提出要收他為徒——

他當然知道成為繆天南的正式門生會給他帶來多少好處，只要成了繆天南的小弟子，同安學派的所有門人都是他的同盟，他跟在繆天南的身邊能夠認識到更多的大人物……陸寒長身而起，走到繆天南面前雙膝下跪。

繆天南呵呵笑著，準備受他這一禮。

「先生，對不起。」

屋裡的氣氛頓時為之一僵。

陸寒敏銳的感覺到了屋中氣氛的變化，但他不能放棄自己的原則。「學生已經拜過老師了，不能棄了原師再拜。」

繆天南神色複雜，臉上時陰時晴。良久，他才問：「你的老師是何人？」

陸寒垂頭回答：「是一位村學先生。」他沒有說出這位先生曾是翰林學士。

「哦……」陶學政鬆了口氣，溫言勸道：「開蒙先生，那是人人都有的，算不得什麼，這和你現在拜繆先生為師並不衝突。」

但陸寒並沒有就著陶學政給他的臺階順勢走下來，而是繼續堅持他的決定。「一日為師，終身為父，請先生原諒學生不識好歹。」

繆天南再看了地上的陸寒一會兒，忽然臉上露出一個發自內心的笑容。「你是個好孩子，起來吧。」

陸寒站了起來，繆天南對他說：「你有你的志向，我不會勉強。但是，從今日起，你若是有了什麼問題和麻煩，儘管來找我便是。」

「先生……」陸寒心中一暖，不覺有些哽咽。

繆天南對他略略頷首，又再和他說了一會兒話，才讓他告辭離去。

等陶學政也走了，繆天南沈默許久，才對身邊的繆一風說：「此子絕非池中之物……只等良機一到，必定能扶搖直上。如今，你可以先與他結交、結交，沒有壞處。」

第七十五章　揚名

寧川公要收陸寒為徒，而陸寒竟拒絕了？

芳菲被這先後相繼的兩個消息接連震懵了。她愕然的表情反而讓陸寒覺得有些小開心，也許是他很久沒有見過她也有這種「傻傻的」時候了？

「妳是不是覺得我拒絕了寧川公是迂腐的表現？」

陸寒笑得很舒展，很自然，芳菲被他的好整以暇所感染，激盪的心情也稍微平靜了一點。只是，眼睜睜看著這麼好的一個機會溜走了……芳菲還是不明白啊！

「妹妹，妳先請坐。」陸寒請芳菲坐下，才跟芳菲說了自己的想法。

成為繆天南的弟子，固然是走上了一條快升的捷徑，但也會在自己身上烙下「繆」字的烙印，終生無法擺脫。

這是一種站隊，永遠不能重新選擇。假若以後同安學派在朝中失勢，他也不能倖免，必定會跟著一起倒下。

「同安學派現在看著興旺，但是其實還是靠寧川公等幾個大儒在撐著，而且他們之間北宗、南宗的爭端從來就沒有停止過……我還未入官場，就先攪和到這麼一個大攤子裡頭去，並不是一樁好事。」

芳菲靜靜坐著，聽陸寒站在她身前侃侃而談。他的聲音在昏暗的茅屋裡顯得格外清朗。她多次跟他提出過要給他改良一下居住環境，可是陸寒都拒絕了，認為守孝期間就應如此清苦。

她從來沒有站在這樣的高度想過問題，或許是她所生活的圈子仍然太小了吧？她所來往的最多不過是些千金閨秀，撐死了也是商場上的生意人，很少能夠接觸到朝堂大事。

當然陸寒和蕭卓、繆一風覺得她能夠對文壇有所瞭解就已經很了不起了，但芳菲自己卻不這麼認為。她果然還是太狹隘了……

陸寒繼續說：「如今朝中各方勢均力敵，都在極力爭取自己的利益……晉黨、巴蜀幫、西南幫、江南學派……雖然他們都不如同安學派勢力強大，可是……」他沒有往下說，有些話是不能說的。

因為他所想到的，是當今皇上一旦駕崩，新君上位後會不會嫌同安學派的人太過礙眼，扶持另外的勢力將同安學派壓下去……皇上的身體不好，已經是朝野皆知的秘密。可是東宮遲遲未立，朝廷態勢相當不明朗，這種時候，他不能孤身犯險。

在浩瀚宦海中，他這個甚至還沒參加過正式科考的小童生是一顆多麼微小的塵埃，有心人只要伸出一根小指頭就能把他捏死。他不能還沒成長起來就被風浪摧折，他要盡力保全自己的力量，因為他必須兌現他對芳菲的承諾——

保護她一生。

像現在這樣，既得到了繆天南的欣賞，又沒有正式列入他的門牆，是最好的結果。

儘管陸寒之前並沒有想到繆天南會如此看得起自己——繆天南或多或少是因為芳菲的奇特，對他也有了先入為主的好感，當然陸寒的文章與人品才是觸動了繆天南收徒之心的最終原因。

在繆天南說出收徒這句話之後，陸寒腦中轉過無數念頭，最終作出了自認為最恰當的選擇——

拒絕。

他不能拜繆天南為師，還有一個重要的原因。根據官場潛規則，以後他會試時的主考官才是他真正的房師，如果這位房師和繆天南是分屬不同的政治陣營，那對他未來的發展也很不利。

許多人是看不到那麼遠的，大家都只看到了成為繆大儒弟子所能享受的榮光，看不到這榮光身後潛伏的危機。

芳菲知道陸寒能有今天的見識，和他那位隱於鄉間的老師，前翰林學士蘇老先生的教導是分不開的。

她很高興。她真的真的很高興。

長久以來，她一直在潛意識中將陸寒當成弟弟，把他納入自己的羽翼之下盡力照料。可是她直到今天才看清，這個少年的內心已經極為堅韌和自信。或許他現在還不夠強大，可是沒關係，他還有很多時間，還有很多很多的機會去慢慢地成長。

她已經不能用一種俯視的眼光去看待他了。是的，或許她的心理年齡比他成熟，但如今，他的眼界和思想卻已經超越了她。

假以時日……他會變得越來越耀眼吧。

自此，芳菲看向陸寒的眼神裡，明顯多了些別的內容。連她自己也並未察覺到，不知不覺間，她對他的感情已經漸漸起了變化。

蕭卓在陽城停留了幾天就趕回京城去了。臨走前他也沒來得及再見芳菲一面，只到佳茗居去交代了方和，如果芳菲一有大事發生，立刻就給他去信。

繆天南父子隨後也離開了陽城，走的時候自然有無數學子夾道歡送。也許是緣分，繆天南坐在離去的馬車上，竟然看見了站在街邊送行人群中的陸寒。

他朝陸寒點了點頭，看見陸寒對著他遠遠地拜了下去。

這個少年人……他眼中的神采，讓繆天南印象極為深刻。

所謂年少才高的那些才子們，繆天南見了不知多少。也真有些是有真才實學的，可是學問好了，人卻輕狂，言談間總隱隱露出傲氣——當然，年輕人嘛，有點兒銳氣也很正常。

但陸寒和這些人不一樣，應該說太不一樣了。不知道是天生的內斂，還是父母早歿的經歷給他帶來的影響？他既有才華，行事言談卻極穩重……繆天南看人很準，他心想，如無意外，這個年輕人總會進入官場的……現在先賣他一個好，到時，還說不得誰要靠誰呢！

長江後浪推前浪，雛鳳清於老鳳聲。被世人推崇了半生的繆大儒，頭腦卻一直很清醒。他不會像他的很多同輩人一樣看不起年輕人，因為年輕人身上，有著無限發展的可能。尤其是有才華的年輕人，更是不可輕視。

陸寒拒絕了寧川公將他收入門牆的事情，在陽城學界不可避免地傳揚開來。儘管很多人都認為他是個傻瓜，機會來了卻不懂得抓住，但同樣也有許多人覺得他不願棄了原師改投他門的表現極有古風。

在講究「節烈孝」的時下，陸寒的這一行為得到了許多清流士子的好感。加上從陽城學政陶育口中傳出繆天南對陸寒文才的欣賞，使得陸寒聲名更盛，一時間竟被傳為「陽城第一少年才子」，當然這都是後話了。

陸寒並沒有聽到多少傳言，他依然默默地在村學裡跟著蘇老先生做學問。

芳菲一面照料著陸寒的生活，一面忙著閨學的功課和佳茗居的生意。

不可否認的是，佳茗居的生意現在雖然好，但確實沒有起初的火爆了。

陽城的茶商們，怎麼會讓她專美於前，搶盡風頭？就算她後頭有唐老太爺撐腰，可其他人也不能乾看著她賺錢，自己一點兒好處也撈不上啊。

所以各家茶坊，也開始賣搭配好的養生茶茶包。一個茶包裡頭搭配著適量的藥材和茶葉，客人們帶回自己家沖泡便可，比去佳茗居喝茶便宜。

當然，個人沖泡手法不同，所得的效果也不同，一般而言，自個兒在家泡茶還是沒有佳茗居裡頭賣的滋味好，但勝在花錢少，所以也分去了不少客源。

幸而在賣給女客的花草茶這一塊，暫時還沒有別的茶商能夠染指，因為這些花兒並不是一下子就能種出來的，炮製乾花的手法他們也還沒能學到手——但這只是時間問題，這又不是什麼特別高深的技術，總會被人學了去的。

「七小姐，這樣下去，我們的生意都會被別人搶走了。」方和憂心忡忡地把最近的帳本拿給芳菲看。

芳菲並沒有因此而顯露出什麼特別的激動神色，她早就料到會是這樣的情況了。被人跟風，是無可避免的事情。

她一頁一頁的翻看著帳本，瞭解完最近店裡經營的情況後，沈默了一會兒才說：「方掌櫃，不用擔心。」

不用擔心？方和可是擔心得不得了，以前佳茗居可是人頭湧湧，日日爆滿。現在上座率最多能達到七成，樓上雅間的情況稍微好點，能有八成滿座。但和原來相比，差別還是很大的。

「是的，不用怕……」芳菲居然還笑了笑。「你沒有發現，那些穿著短打衣裳的市井百姓來得少了，而達官貴人和公子小姐們還是一樣照來不誤嗎？」

她這麼一說，方和才想起確實是這樣。以前許多百姓為了嘗鮮，常常拖家帶口的一家老小來占著一張桌子，卻只叫一壺茶，一小碟點心，弄得店裡怪擠的。

「所以我當日即使銀錢張羅不開，也堅持請你租一家好一點的酒樓來做我們的店堂。」芳菲笑道：「老百姓們嫌貴不想來，那就不來吧，咱們一樣能把生意做下去。」

用現代的語言解釋，就是她把佳茗居的消費群體定位在高收入階層……那些低收入的散客們，流失就流失了吧。總得分點好處給各家茶莊們的，不然自己一家獨大，也太惹眼了。

芳菲從佳茗居裡出來，忽然面上一涼，一片雪花被風吹到了她的臉頰上。

她伸出手去托住這從天而降的晶瑩雪花，仰頭看向白濛濛的空中……

又到了初雪時節了。

第七十六章 雪災

這場雪斷斷續續下了一個月，整座陽城被裝點得銀裝素裹，像是一座夢幻的冰上城郭。看上去很美，但事實上城裡城外的人幾乎都沒有了欣賞這美景的心情。

「這雪再下個十來天，我們也只好關門謝客了。」方和把最近佳茗居的流水指給芳菲看。慘，慘不忍睹。從半個月前起，佳茗居就已經沒什麼客人上門了，這幾天更是冷冷清清，只有夥計們在店堂裡打盹。

但這並不是佳茗居一家店所遇到的危機，事實上陽城所有的酒樓食肆的生意同樣慘淡。這場多年不遇的雪災讓陽城變得如同死城一般，路上的行人都看不到幾個。

要不是為了出來看這裡的生意，芳菲都不願出門，實在是太冷了。閨學那邊，早就停了課，誰敢讓嬌滴滴的官家千金們冒著大風雪出門來上學？

「幸虧咱們的東西大多是不怕放的，這一點損失還撐得住……」

芳菲聽了方和的話，苦笑著點點頭。茶葉和乾花只要貯存得當，放上一段時間並不會影響它們原有的品質。比起那些大酒樓來說，佳茗居的損失是小一點，但也僅僅是小了一點罷了。

方和看著芳菲，欲言又止。芳菲注意到了方和的表情，心裡不覺一沈。

「還有什麼事，一併說了吧？反正我今天來就是聽壞消息的。」芳菲故作輕鬆說了一句。

方和卻並未因此而舒緩臉上的表情，他一再遲疑，終於不得不說出口。「咱們的花園子……」

「花園子怎麼了？」芳菲大驚失色，這花園可是她為開春之後的花草生意下了重本的，裡頭的花木全都是買了最好的樹種，連花農的工錢她都沒吝嗇過。但是看方和的樣子，這花園子肯定沒好事。

方和說：「昨兒花園子的花農特地來讓我出城看了一趟，好多花木……都凍死了……」

「那暖窖呢？夏天的時候不是開了暖窖的嗎？」芳菲驚慌起來，凍死了大批的花木，那她的花草茶怎麼辦？

方和依然一臉苦笑。「能搬進暖窖裡的，都搬進去了，可是這暖窖也是個燒錢的事兒啊……七小姐妳也知道，暖窖裡頭要燒炭的，如今的炭是什麼價錢？儘管我們用的是最差的炭渣，可一天也要花好十幾兩銀子呢……」意思就是，搬進暖窖裡的花木就算能活下來，那成本也會比原來高出很多很多。明年花草茶這一塊，是明顯沒什麼賺頭的了。

芳菲抓緊了手中的帕子，臉色青得嚇人。

春雨很少見到姑娘會有這樣凝重的表情，她也嚇得大氣都不敢喘一口，生怕惹姑娘不高興。雖然不是很清楚這些生意上的門道，可是看方掌櫃和姑娘都如此表情，春雨也知道這回事情麻煩了……

芳菲強打起精神，交代了方和一些事情，讓他再看三天雪災還沒過去的話，就索性關門，給夥計們放假算了。

她冒著漫天鵝毛大雪回到秦家，手腳都快凍僵了。春雨自己也冷，但是她顧不上自己，趕緊讓春芽、春月幾個給芳菲拿手爐和薰籠來，又勸芳菲先喝了兩杯燙燙的桂圓茶。一番折騰，芳菲的臉上才有了一絲血色。

「春雨，妳也乏了，先回妳屋裡歇歇去，這兒有春芽就行。」她回過神來，先讓春雨下去歇息。

等春雨走了，她整個人靠在屋裡的羅漢床上，抱著懷裡的暖爐想事情。春芽幾個知道姑娘有這個習慣，也不敢上前打擾，只在屋角點了一爐甜香，便都靜靜得坐到一旁邊做針線邊聽候使喚。

那句話是怎麼說的來著？芳菲突然想起自己上輩子常常念叨的一句話。辛辛苦苦幾十年，一夜回到解放前……

好吧，現在她就是這麼個情況了。幾年間攢下來的銀子全投到了這間佳茗居裡，才剛有了點起色，一場雪災就弄得她窘態畢露。

她居然還為自己能折騰起這麼大一個攤子感到有些自得，沒想到才出海不到百十里路，就已經觸了礁。

當然，也不是說她的生意就此完蛋。雪災總會過去的，天氣好了，佳茗居的生意自然能好起來，這一點損失她還不至於太過放在心上。真正讓她堵心的，是她的那些花木……

幸好早早就把菊花都收成了，現在庫裡最多的存貨就是菊花。其他的那些嬌嫩的枝椏，估計死了好多……投在花園子裡的錢，算是折本到底了。還得等雪災過去，才能算出真正的損失呢。

要是那些家底豐厚的大商賈，這些其實都算不上什麼。做生意，當然是有賠有賺，哪有萬年賺錢的事情？可芳菲的底子實在太單薄了……

是她太著急了嗎？

芳菲反省著自己的作為。看著花草茶生意好，毫不猶豫地又把賺來的錢再買了兩個花園子，大量種植花木。結果這一下子，把她的如意算盤一下子給打了個落花流水。

好吧，就當花錢買個教訓吧！

芳菲本是豁達之人，想通了這點，也就不去糾結它了。

只要佳茗居還在，她的根基就還在。咬咬牙，沒有過不去的坎兒。

為雪災煩惱的當然不會是芳菲一個人，上自知府史大人，下到村裡的佃農們，人人都在為雪災帶來的損失而焦頭爛額。

唯一不受影響的，也許就是那些坐在深閨裡的千金小姐們了。她們本來就受著約束不能隨便出門，現在雪災封城出不了門也不關她們的事。一樣的坐在屋裡繡花、看書、說閒話，和原來並沒有什麼不同。

不過有一位千金小姐的心情，可是和這冰天雪地並不相符，焦灼得很哪。

邵棋鏌坐在母親的身前，聽著母親不知道第幾遍的教訓著自己，心裡覺得很委屈。

那次又不是她故意要跌倒的，她只是受了風寒，一時頭暈沒站穩才會摔了下去，事後人家知府夫人也沒怪罪她啊。還讓史家大小姐同樣拿了一身新衣裳給她換下來，幫她整理好儀容之後才用馬車把她送回來的。

她以為就算那回她表現得不夠好，可也不至於讓知府夫人對她有什麼太大的意見，那只是意外嘛！可現在她卻得知，知府夫人已經在相看著別家的閨秀，不打算來他們邵家提親了……

「妳說說妳從小到大，吃的用的穿的戴的，樣樣不是家裡最拔尖的？上回那個賞月會，我特地把我最好的一套首飾給妳戴上了，結果呢？」邵棋鍈的母親朱氏看著眼前發著呆的大女兒，真是氣得夠嗆。

知府家的親事，本來已經是十拿九穩了。她託了好些個有體面的貴夫人在知府夫人面前說了好多次，聽說吳氏也動了心，連知府大人都覺得這門親事可行。從史家露出的口風，說是知府大人對他們邵家的邵御史極為敬重，覺得能夠娶到邵家這種名門的千金閨秀是一件好事。

朱氏當時心中不勝歡喜，在家裡也難免露出驕矜之色。她只生了邵棋鍈一個女兒，家裡其他的孩子都是幾個姨娘生的，所以邵棋鍈就是她的希望。結果現在平地一聲雷，說人家知府夫人不考慮邵家的親事了

邵家的大伯邵御史，還穩穩的坐在都察院裡辦公。邵家的各位做官的長輩們，也沒一個出了紕漏。那麼知府家改了主意的原因，還不是在於對邵棋鍈本人不滿意嗎？

想來想去，還是那次賞月會上惹的禍……

朱氏罵著罵著，又想起今天那幾個妾室來給自己請安時臉上那種揶揄的表情，她就更氣了……

邵棋鍈的眼睛，已經憋得紅通通的了。

好不容易捱過母親這頓罵，她氣沖沖地回到自己的屋子裡，一腳就踢飛了一個花盆架子。

嘩啦啦……

木架子倒了下來，上頭的瓷盆接連砸到地上，屋子裡頓時一片狼藉。

丫頭們服侍慣了，知道小姐一生氣就是在屋裡砸東西的，都又驚又怕，沒人敢上前去收拾。

「妳們都是死人吶，連個端茶來的都沒有！」邵棋鍈坐在床沿破口大罵，似乎要把從母親那兒受的氣全撒在這群丫鬟身上。

只有她的貼身大丫鬟綃兒是躲不過的，只好戰戰兢兢端了杯茶送到她面前。

邵棋鍈狠狠瞪了綃兒一眼，劈手奪過茶喝了一口，又「呸」地吐了出來，一手把茶杯摜在地上砸個粉碎。

「妳想燙死我啊，端這麼熱的茶來！」邵棋鍈杏眼圓瞪，像是要把綃兒吃了似的。

綃兒撲通一聲跪了下來，伏在邵棋鍈的腳邊不住告饒，被邵棋鍈又飛起一腳踹到一邊。

「滾！妳們一個兩個，都是要跟我作對的！」

邵棋鍈覺得自己委屈得不行。她有什麼不好？吳氏為什麼看不上她？論家世，論容貌，她自認為在閨學的一眾同窗裡自己絕對是個拔尖的，吳氏一開始不也對她很好嗎？

綃兒見邵棋鍈又瞪了過來，她實在害怕這位姑奶奶又拿自己來開刀，忙說：「姑娘，最近我從史家打探到了一點兒消息。」

「哦？」邵棋鍈果然立刻來了興致，也不忙著撒潑打人了。

她一把扯過綃兒來，綃兒遲疑了一會兒，戰戰兢兢地附在邵棋鍈耳邊說了幾句話。

邵棋鍈聽完，一把將綃兒又丟到一邊去，眼中燃起熊熊怒火。

秦芳菲！

第七十七章 潑婦

雪後初晴，反而比下著雪的時候還要冷著幾分。

「姑娘，要不今兒就別去了吧，您這兩日身上都不痛快。」春雨一邊給芳菲穿外出的大毛衣裳，一邊擔憂地看著芳菲的臉色。姑娘都病了好幾天了，也沒讓她出去請大夫，就吃自己開的藥調理著。

雖說她也覺得自家姑娘開藥方的本事並不比外頭的大夫差多少，能不見外男還是不見外男的好。可芳菲一天不好起來，春雨的心就一天不踏實。

想起好多年前，姑娘年紀還小的時候，倒是天天病著……如今姑娘身子骨比起以前是硬朗多了。

芳菲對著銅鏡看了看自己梳好的頭髮，輕笑一聲。「不妨事的。不過是受了點兒小風寒，看把妳們一個兩個緊張的。」

芳菲的病，她自個兒心裡有數。怕是那天在佳茗居和方掌櫃說事的時候心火上來一沖，又被風雪一凍，才病了這麼幾天。病來如山倒，病去如抽絲，就算吃了藥，也不是說好就能好的。

持續了一個多月的大雪總算歇了幾天。因為大雪而中斷了功課的閨學也重開了——要是再不開課，那就準得拖過了年去，現在都已經是臘月了。

其實要告病假也沒什麼不可以，只是芳菲覺得今兒大家必定都是人齊的，單單自己缺席總歸不太好。

「芳菲，妳臉色怎麼這麼差？」盛晴晴來得早，一看芳菲青著臉走進來，趕緊過來看她。

「沒什麼，身上不太爽利，多休息兩天就好了。」芳菲坐下來解開披風，盛晴晴剛想和她再說些什麼，忽然覺得眼前一暗。

兩人同時皺了皺眉頭，看著雙手抱胸站在她們面前的邵棋鍈，心中不約而同想起了一個詞「來者不善」。

「秦妹妹，幾日不見，越發我見猶憐了啊。」邵棋鍈一雙濃眉直插入鬢，面上一股煞氣，和她說的話可是半點都不搭調。

芳菲直覺感到邵棋鍈這回來找碴和以往不太一樣。以前邵棋鍈也沒少對她冷嘲熱諷，但這麼「鄭重其事」地跑到她面前來刻薄她的次數還真不多。

難道是……因為上回賞月會整了她的那件事？

不過芳菲可不怵她。一來，那都是幾個月前的事情了，那茶杯當時就摔了個粉碎，怎麼查也不可能查得出來。二來，當日邵棋鍈算計她在先，她可不覺得自己的反擊有什麼不妥之處，她又不是聖母，難道人家欺負她還得乾受著不還手？

盛晴晴也察覺到邵棋鍈話裡藏刀，立刻站了起來和她對視。「芳菲正不舒服呢，妳有什麼事？」

「是嗎？」邵棋鍈嗤笑一聲，斜瞥了芳菲一眼。「這裡都是閨學同窗，又沒什麼公子少爺的，秦妹妹做出這等病西施的媚態來給誰看。」

閨學學堂裡本來燒著銀絲炭，屋門上都掛著棉毯，端的是溫暖如春。邵棋鍈此言一出，四周的空氣卻被瞬間冷凍，所有人一下子靜了下來，氣氛凝重得嚇人。

這句話實在太刺耳。這些千金小姐們雖說心性不一，家教不同，可是也沒誰敢說出這種話來的。

邵棋鍈卻是「家學淵博」，她看著家裡一個母親、幾個姨娘明爭暗鬥了十幾年，個個嘴裡吐出來的都不是什麼好話，早就學了一肚子的尖刻話兒。外人不知的，只以為邵家是名門望族，卻不知他家裡頭是這等家教呢。

作為被攻擊對象的芳菲，卻是十分鎮定。她沒有立刻反擊，而是快速在腦子裡把這話過了一遍，尋找邵棋鍈突然找碴的根源所在。

「公子少爺」，顯然指的是和邵家議親的史家大公子史楠了。「媚態」，是在諷刺她勾引男人吧？

隱隱聽說過邵家的婚事黃了……莫非這邵棋鍈也打聽到了史楠在街上設計攔下自己的事情，認為她的親事不成是自己陰了史楠的緣故？

但史楠這樁事，應該很隱密才對，不然早就傳得沸沸揚揚了……

芳菲沒有猜錯。邵棋鍈確實聽到了史楠看上芳菲的事，不過卻不知道史楠找了痞子「碰瓷」芳菲。

邵棋鍈的大丫鬟綃兒有個遠房妹子剛進了知府後宅當差。綃兒聽這丫頭說，史家公子在賞月會之後不久被老爺叫人捆上狠狠打了一頓，說是懲罰他看上了什麼姓秦的女子，還說這個姓秦的已經是訂了親的姑娘。

邵棋鍈一聯想當日賞月會上史楠看著芳菲的眼神，還有什麼想不通的？

她這把火憋了很久了，今兒閨學重新開課，她本來也沒打算立刻找芳菲算帳。可是芳菲一進來，她看見芳菲那副嬌嬌怯怯的模樣，強壓下去的怒火又竄了上來。

這狐狸精就是整天裝成這個樣兒，才會勾搭上那些男人的。還把自己裝扮成什麼貞潔烈女，為了未婚夫婿守節什麼的，呸！今天她就是要把這女人狠狠罵一頓。

她無視周圍同窗們奇異的目光，繼續盯著芳菲說：「妳說話啊，是不是啞巴了？被我說中了吧！」

芳菲忽然「哧」的笑了一聲，打破了整間屋子裡沈重得有如實質的壓迫感。

「邵姊姊，妳很生氣？」芳菲笑吟吟地看向邵棋鍈。

在芳菲看來，邵棋鍈這種人，如果剝去她「名門千金」的外皮，那就是個不折不扣的潑婦。和潑婦對峙，一般來說，有兩種辦法可以壓倒她——要嘛比她還不講理，直接給她巴掌把她的氣焰全給打下去；要嘛就無視她的存在，讓她自己撒潑出醜賣乖。

不過第一種太過損害形象，芳菲是不會用的。第二種呢，是她一直以來對付邵棋鍈的絕招，但目前看來似乎不適用……還是給邵棋鍈下個套，讓她自己鑽進去吧……

芳菲這麼簡簡單單的一句反問，立即把邵棋鍈給嗆住了。

「我……我沒有生氣，我就是看不慣妳，怎麼著？」邵棋鍈色厲內荏的說了一句。她不能說自己生氣啊，不然下一句人家問她「妳在氣什麼事情」，她就不好答了。

「為什麼呢？」芳菲睜著「無辜」的大眼看著邵棋鍈。「小妹駑鈍，實在不知在何處得罪過邵姊姊，請邵姊姊可以教我。」

「妳別裝蒜，一天到晚做出個美人樣子來，東勾搭這個，西勾搭那個的，我們閨學好好的清淨地方，都給妳弄骯髒了。」邵棋鍈一怒起來，口不擇言。她也是在家裡天天被她母親罵得慘了，這下怒火攻心什麼話都說得出來。

史明珠和兩個妹妹遠遠站在一邊，心知肚明邵棋鍈是在為了什麼和秦芳菲吵架，對邵棋鍈更加鄙視。哪有這樣的人？還說什麼大家閨秀，議親不成就當眾撒潑，這……幸虧沒把這人娶進家來，不然豈不是家宅不寧？

對於芳菲，史明珠心裡很是愧疚。平心而論，這件事上芳菲是絕對的受害者，又不是她自個兒要走到史楠眼皮子底下去給他瞧見的。這點兒是非史明珠還是分得清的，可是眼下這種情況，她也不好出頭幫芳菲說話。

芳菲把臉一沈，一字一頓的對邵棋鍈說：「邵姊姊，妳越說越不像話了。這些話，豈是我們當女兒家的能說出口的？什麼『勾搭』不『勾搭』的，聽了就讓人害臊，也不知道是誰弄髒了閨學呢？」

「妳……」邵棋鍈剛想說些什麼，芳菲又開口了——

「邵姊姊，女兒家名節為重，妳難道不知道？只為了妳所謂的『看我不順眼』，就往我身上潑髒水，妳說說妳這樣作為還像話嗎？」

芳菲必須一口咬死了是邵棋鍈看她不順眼才胡說八道，而不能讓人認為她和邵棋鍈是為了一個男人起爭執——雖然這是實情。不然這話一傳出去，即使自己是清白無辜的，也會被別有用心的人傳得成了醜聞，對自己相當不利。

幸虧以前邵棋鍈也常常找芳菲麻煩的，不明真相的人們只會認為這跟以往多次一樣，是邵棋鍈在仗勢欺人，而沒有想到別的地方去。邵棋鍈自己更不可能直接罵出芳菲壞了她姻緣這樣的話來——她還沒蠢到那個地步。

「妳說我不像話？妳這個……」邵棋鍈的話才說了個開頭，就被人冷冷截了下來。

「妳確實太不像話了！」

眾人一齊往屋門處望去，只見湛先生手裡拿著兩卷書本，正用冷森森的目光注視著邵棋鍈。

「統統給我回到位子上！」湛先生一聲令下，眾人火速歸位。

邵棋鍈尷尬地挪到她的位子上坐下，只覺得湛先生一直都在看著她，讓她好不自在。是了，她怎麼忘記了湛先生時常喜歡提前來到的……

芳菲心中暗暗嘆息一聲，扶著椅子也坐了下來。

盛晴晴過來低聲安慰她。「沒事的，她這人說話大家不會往心裡去，妳別被她的話給氣著了。」

芳菲勉強笑了笑。最好如此……她實在不想傳出什麼桃色緋聞了。上回湛煊的事情，因為她的「自殺」，所以人們才沒把「狐狸精」之類的帽子扣她頭上。這回……唉，身為女子，真是活得好累……

早上的課一完，邵棋鍈怕湛先生找她訓話，早早溜了。誰知湛先生壓根兒就沒想找她這塊朽木。

「芳菲，妳先不要走。」湛先生叫住了芳菲。

第七十八章 教誨

芳菲幾乎忘記自己上一次來梅園是什麼時候了。

幾年前初入閨學，她得到湛先生另眼相看，常常邀她到梅園裡品茗說話。後來因為湛煊對她起了別樣心思，芳菲漸漸便不再踏足梅園。最後一次到梅園來，似乎還是那回找湛先生哭訴的事……

初次來到這白牆灰瓦的小小庭院，她還是個半大孩童。如今，卻已是二八年華的如花少女。光陰荏苒，梅園依舊。

時光彷彿在此停滯不前，這園子仍然和自己初到那次一樣，粉白的雪，殷紅的梅。連簷上那略略殘缺的獸頭也並沒有刻意修繕，而燒起了地熱的暖閣還是那樣溫暖。

湛先生屈膝坐在暖閣中的小几旁，看著芳菲給她斟茶，唇邊露出一絲清淺的笑意。這笑容深到眼底，牽扯出眼角絲絲的紋路，暴露了湛先生真實的年紀——保養得再好，她也是個望四的婦人了。

「好久沒有喝妳這孩子泡的茶了。」湛先生端起杯子來輕輕抿了一口，頷首道：「同樣的茶，同樣的水，經妳的手泡出來確是比別人更勝一籌。」

芳菲忙謙讓道：「不過是熟能生巧而已，先生偏愛芳菲，便覺得芳菲泡得好了。」

「嗯，」湛先生放下茶杯。「妳說得好，我確實偏愛妳。知道我為什麼特意找妳來這兒說話嗎？」

「芳菲不知。」芳菲垂下頭來，難道是因為湛先生聽到自己和邵棋鍈吵鬧，所以要把自己叫來教訓一番？看看這屋裡，大小丫鬟都被湛先生藉故調開了，是打算和她好好說話吧。

「芳菲……」湛先生憐愛地看著她水蓮花般嬌美的面龐，感慨說：「還記得第一次見到妳的時候，妳坐在學堂後頭的小角落裡，死死抓著一枝筆在寫字。那時候我還在想，這姑娘是不是沒開蒙過，怎麼拿筆的姿勢如此難看？」

芳菲臉一紅，吶吶地說：「是芳菲駑鈍。」

「妳駑鈍，世上就沒有聰明人了。」湛先生意味深長地看了她一眼。「我見過的女孩兒裡，沒有一個比妳更聰慧的。妳也不是天資特別出眾，但妳對於不擅長的事情，卻很捨得下苦功。」她伸手拉過芳菲的右手。「妳手上的這幾塊繭子，我早注意到了。不知道在家裡練了多少大字，才練出了今天這一手秀氣的書法……這一點上，滿閨學裡就沒人比得上妳。」

芳菲被湛先生誇得不好意思，可是心裡又暗暗奇怪。湛先生總不會是特地找自己來誇一頓算數吧？還是說，這是她在欲揚先抑，為下頭的訓斥做個鋪墊？

「唉……」湛先生竟微微嘆了一口氣。

芳菲一驚，忙說：「先生有什麼心事？」

「我只是在擔心妳。」湛先生的眼光又回到了芳菲身上。她的話讓芳菲一愣，自己有什麼事情讓湛先生如此擔心呢？

「芳菲，妳這幾年的作為，我都看在眼裡。」湛先生不緊不慢的說：「妳給張家的佳味齋寫菜譜，又幫著打理他家的分店，說起來那是很能幹的。現在滿城的人，誰不知道秦家的七小姐廚藝好，人又美，還精明強幹……」

芳菲聽著湛先生的話句句是在誇她，可是說話的語氣卻一點都不歡喜。先生的意思是？

「我就是擔心妳這一點啊，芳菲。」湛先生鄭重地說：「我們女兒家，萬萬不要貪這點浮名。名氣越大，危險就越大……妳越是出風頭，越是有名氣，就越是容易成為人們茶餘飯後的談資。只要稍有不慎，立刻就會被人聞風傳十里，再快的馬兒也追不回來了。」

芳菲聽得身上一冷，湛先生卻沒有停止的意思，繼續說了下去。

「妳還年輕，沒有經過事情，不知道這裡頭的厲害。人們見妳寫的菜譜好，做的茶方子新鮮，誇得妳一時，可禍害還在後頭。我隱隱聽說，那佳茗居有妳未婚夫婿的分子，妳在幫他打理？」

芳菲點了點頭，湛先生斥道：「糊塗。即使是未婚夫婿，妳沒過門，就這麼著了，落到有心人嘴裡，怎麼說妳、妳還不知道呢……

「妳別以為外人說什麼不重要，眾口鑠金，積毀銷骨，三人成虎，說妳壞話的人多了，妳以後哪裡都不用去了，什麼事都做不成。

「現在沒什麼人說妳，是妳還沒遇上一個非要置妳於死地的人。」湛先生面容肅然。「但是未嫁的女兒家拋頭露面，被人潑髒水實在太容易了……如果有人存心要整妳，妳一點反抗的機會都沒有。」

芳菲怔怔地聽著湛先生的話，背上的冷汗止也止不住。

這是真真正正的金玉良言，卻從來都沒有人和她說過。這些道理，她也不是不懂，只是抱著僥倖的心理，假裝看不到繁榮背後的危機。

是的，她這一路走來，實在太過順風順水了，以為真的可以靠自己的努力，不用管別人的目光就能在這世上好好活下去。

這些年，因為救過朱毓升的緣故，盧氏對她很親熱，惠如端妍她們又把她當成親妹子般呵護。為著在閨學裡讀書有了體面，秦家的人刻意讓著她——秦家的人雖然愚蠢貪婪，卻也沒有哪個是心機特別深沈的壞人，所以她在秦家過得算是自在。

朱毓升托端妍和蕭卓照顧她，陸寒對她的話言聽計從，她甚至還好運的救了唐老太爺和他成了忘年交。佳茗居開業以來生意又很火爆，近來雖然差了點，可是根基還在，將來不愁賺錢……

這一連串的事情下來，她便開始夜郎自大，漸漸地得意忘形起來，覺得自己的運氣一定比別人好，做什麼事情都能成功。於是她也大大方方地跑到佳茗居去打理生意，越來越常到鄉下去看陸寒，完全把閨閣女兒不該時常出門的教條扔到了腦後。她被眼前的繁花似錦蒙蔽了雙眼，看不到這世間的路其實是處處荊棘。

「芳菲，其實何止是我們女兒家不該貪這浮名呢？」湛先生又說：「妳那未婚夫婿的事兒，我也聽說了。別看現在這些人把他誇得像一朵花似的，什麼少年才子，什麼清高自持。妳等著看吧，如果他一旦科舉落第，這些人的嘴臉一定轉得比什麼都快。」

「名聲，是最靠不住的東西。」湛先生語重心長，最後說了一句。「芳菲，妳現在就已受其害，還不清醒嗎？」

是了……

芳菲想起自己和邵棋鎂這場爭端的起源，或許就在於那日史楠在席間多看了自己幾眼，不然邵棋鎂不會如此憤慨。

要是自己和佳茗居的關係沒有暴露，別人不知道這些茶方月餅是自己的手藝，那她或許不會被吳氏叫到主席上去出風頭……

要是她隱藏得足夠深，那麼這次的禍事根本是可以避免的。可笑她還因為自己製作的月餅配的茶方有名氣而沾沾自喜。

芳菲站起身來，朝湛先生重重地拜了下去。

「多謝先生苦口相勸，芳菲明白以後該怎麼做了。」

來到此地這麼長的時間，芳菲覺得自己無論身心都是一個真正的孤兒。沒有一個長輩會關心她過得好不好，更不會有人特意指導她該怎麼做。秦家的老祖宗、二伯母、三伯母只想著從她身上撈取利益，可誰會好心的跟她說幾句為人的道理？

只怕她們背地裡在說：「那小妮子精著呢，何必要我們教？」

而只有湛先生……和她非親非故的湛先生，毫不留情地指出她的問題。

湛先生點點頭，沒有把她扶起來。「妳這一拜，我也還受得起。我們師徒幾年，雖然有過些不愉快的事情……」芳菲知道她指的是湛煊的事，這事情幾乎讓她和湛先生斷了私交。「但是在我心裡，我一直將妳當成女兒般看待的。」

「先生……」芳菲睜著一雙美目，水光盈盈地看著湛先生溫和的面容。這句話裡，包含了湛先生對她多少的感情，多少的期許……

「過了年，我就不再是閨學的老師了。」湛先生告訴芳菲。「我要隨兄長上京，然後……在京城定居。」

「先生您要走？」芳菲大驚失色。「您本家不是在這兒嗎？」

湛先生又幽幽嘆息一聲。「本家雖好，我也是個出嫁了的女兒……」

芳菲這才想起湛先生的寡婦身分。湛先生告訴她，她的夫家為她選了一個旁支的小庶子當她的嗣子，為她支撐門戶，因為她回到京城以後就會在夫家住下和這孩子兩人好好過活了。

芳菲不知道該為湛先生高興，還是難過？

連湛先生這樣高門出身的貴女，也無法掌握自己的命運，而她，一個尋常富戶家的孤兒，焉能不步步小心，處處留神。

從梅園出來，芳菲呼吸著冬日冷冽得直透心脾的空氣，靈台一片清明。

她知道自己接下來該怎麼做了。

第七十九章 蟄伏

當秦家的主人們發現芳菲已經很久沒有出門的時候，已經是過了年的事情了。

以往芳菲日日都要到閨學去上課的，又時不時要赴宴、應酬，還間或去去佳茗居理事……現在一個多月都沒出門，孫氏覺得實在是不習慣，所以今兒來跟秦老夫人請安的時候就隨口說了幾句。

「七丫頭一個多月沒出門？」秦老夫人想了想，似乎確實是這樣，不過她也不覺得有什麼奇怪。「臘月裡閨學不就停課了嗎，過年的時候她又開始病了，也沒跟著六丫頭、八丫頭出去走親戚，如今還在房裡養著呢。」

孫氏說道：「我就是擔心七丫頭這病不知道是怎麼回事……自從去年年末起就沒好過，斷斷續續地。她又不讓人請大夫來看，只在自己屋裡讓丫頭熬藥。」

她才不是擔心芳菲的身體有什麼大礙。不過正月裡本來應酬就多，好幾戶人家的小姐都請芳菲到府上去逛逛，但她都推了——孫氏還想著讓芳英跟著去呢，可惜了。

婆媳倆說了一陣也沒真的把芳菲的病放在心上，又轉頭說別的事情去了。

「姑娘，您的藥好了。」春芽把一碗冒著熱氣的湯藥端到芳菲面前。

芳菲放下手中的筆，捧起藥碗來輕輕抿了一口，兩道秀氣的柳眉不自覺地皺了起來。她特地開的這副藥方，就算外頭的大夫來看也看不出什麼問題來，就是一副典型的滋補藥方。唉，為了裝得逼真一點，還得強迫自己喝藥……真沒法子。

誰讓自己身邊也布滿了秦家人的眼線呢？她在房裡的一舉一動，都被人盯著，要是裝病裝得不像，那還不如不裝。

不過，裝病不出門雖然是個好法子，但也不是長久之法……還要處理好一件事情，自己才能徹底地隱居。

因為芳菲的這場「病」，她的生日也沒大作，只在她自個兒屋裡擺了一桌小席面，請沒出閣的幾個姊妹一處吃了。在席間，姊妹們問芳菲身體如何，她還說比先前好多了。

果然過了幾日，芳菲便跟孫氏請示說要出門一趟。說是聽聞唐老太爺宿疾犯了，她要去探望一番。孫氏聽了也沒多心，就讓她多帶些厚禮去探訪老人家——當然，孫氏只是嘴上說說，她可不會好心的從秦家庫裡拿什麼禮物出來給芳菲添上。

芳菲也沒跟她較真，笑著應了一聲便去唐家了。孫氏在芳菲走後又開始思量——唐家雖然是商賈之家，可是家資實在豐厚，要不……也可以考慮一下他們家的少爺們……

正當孫氏又開始對全陽城適齡未婚的少爺們展開玫瑰色的幻想的時候——當然她相應幻想的對象是她女兒芳英而不是自己，芳菲和唐老太爺卻在茶室裡談著一樁秘事。

唐老太爺強壓下心中的驚訝，深深看了芳菲一眼。「妳說的……可是真心話？」

「自然是真話。」芳菲毫無懼色地與他對視。

「妳竟捨得把自己一手經營起來的東西讓出來？」唐老太爺沈吟片刻，說道：「別人不知道，我卻最清楚不過，妳為這間佳茗居付出了多少的心血……」

聽唐老太爺這麼說，芳菲面上也露出了一絲難過的神色。但既然已經下定決心，她也不會再婆婆媽媽。

「周轉不靈……」芳菲用飲茶掩飾了自己唇邊的苦笑。「現在能幫我的也只有您了，老太爺。我知道以您的豪富，是看不上我這一間小小的茶樓的，但是我實在沒有辦法……為著這場雪災，我城外的花園子也都遭了殃，現在手上是一分多餘的錢也拿不出來了。」

她當然不至於窘迫到這樣的田地，唐老太爺也明白。她究竟是為了什麼理由要把一間正在賺錢的鋪子給讓出來呢……

「老太爺，請您再幫我這一次吧。」芳菲誠懇地看著唐老太爺。

唐老太爺想了又想，終於緩緩點了點頭。

不久之後，佳茗居的東家，悄悄換了人。自然，這是只有少數幾個人知道的事情，因為佳茗居上上下下的掌櫃活計們都沒大換，還是由方和在主持大局。

芳菲從這次轉手中得到了唐老太爺給的一千二百兩銀子轉手費，這是包括了佳茗居所有的茶方、存貨和那四個花園子在內的所有錢。

她用一個紅漆匣子將那幾張輕飄飄的銀票放了進去，落了鎖。

這就是她如今僅有的私房了……

趁著這次資金周轉困難來結束佳茗居的生意，是她深思熟慮的結果。

她把開店想得太簡單，太容易了。佳茗居確實是為她賺進了一些錢。可是，只當個甩手掌櫃，是做不好生意的，一旦開始做生意，就會有無盡的瑣事纏上身來。她又身在深閨，不能時時親身上陣。往佳茗居走得勤了，又會惹出閒話來，而且進進出出，又說不定什麼時候就遇上像史楠那樣窺伺她美色的男人。

儘管她十二萬分的沮喪，但是她還是不得不承認，這次的創業——並不算成功。

一個未嫁的姑娘所受的束縛實在太多了，她還是靜靜地蟄伏下來吧，等待自己能夠光明正大出來為她的「丈夫」打理產業的那一天。

孫氏奇怪地發現，芳菲從那一回去了唐家以後，又是多日未曾出門。聽下人回報，說七小姐現在天天在房裡做針線呢，還請了幾個繡莊的女人上門來教她針法和花樣。

「三伯母怎麼來了？」

孫氏才進了芳菲的房門，便看見芳菲坐在床沿刺繡。芳菲見孫氏來了，便站起來請她坐下喝茶，雖然還是那樣淡淡的，態度倒還算恭敬。

孫氏喝了一杯茶，才說：「閨學那邊，妳不去了？」

芳菲點點頭，也陪孫氏坐下。「我們的湛先生回了京城，羅先生告了病假。我看好幾個相熟的姊妹都回家待嫁了，所以……也就不去了。」

孫氏聽她說到「待嫁」二字的時候，神態略略有些不自然。又看了看她擱在床邊的那幅繡品，心裡倒猜著了幾分。

算了算日子……陸家那邊還有一年多的孝，現在七丫頭開始給自己備嫁妝，時間上倒是剛剛好。怪不得現在什麼地方都不去了，原來是春心動了，想著要嫁人了呢。

孫氏自以為猜到了芳菲的心思，便笑著對芳菲說：「妳躲在屋裡繡什麼，聽說還請了兩位師傳上門來指點的？」

芳菲露出難得一見的「嬌羞」模樣，垂頭不語。孫氏又笑著催了兩遍，她才不情不願的拿了剛剛在繡的那幅被面過來。

「唉喲，好鮮亮的花樣，這幅並蒂蓮花的樣子真好！」孫氏誇了兩句。

芳菲自然要謙虛一番。孫氏在她房裡逗留了一會兒，也就出來了，立刻就去了秦老夫人屋裡。

秦老夫人聽了孫氏的話，想了一想。「她現在年紀大了，想著要出門子也正常……」

「只是她如今不去閨學，和各家小姐的情分就淡了……」孫氏惋惜的是這一點。要是閨學有頂替制度該多好啊，芳菲退出來，可以讓芳英頂上……真可惜。

京城。

蕭卓看著家人送來的信函，雖然只有寥寥幾行字，卻讓他眉宇間蒙上一層淡淡的憂慮。

「怎麼了，一大早過來就看見你愁眉不展的？」繆一風跟在蕭卓家的書僮身後走進書房。

「沒什麼。」蕭卓把信扔到一邊，讓書僮去給繆一風奉茶。「今兒沐休，你不好好在家歇著，跑來找我幹什麼？」

「你別想扯開話題……」繆一風嘿嘿奸笑。「我每次見到你這個表情，就知道是跟你的心上人有關係。她又有什麼事情了？」

「什麼心上人不心上人！」蕭卓明知繆一風不會聽，還是忍不住辯解。「跟你說過多少次了，別嘴上沒把門兒胡說八道的，我一個大男人倒無所謂，人家的清譽要緊。」

「好吧，人家，人家。」繆一風摸摸鼻子，看蕭卓的臉色確實不好，也就懶得往下問了。

這傢伙，今年開春以來就有三、四戶人家想到他家來提親，其中還有二品高官的千金呢，全被他一口給推了。說他沒有心上人，誰信啊！

蕭卓想起信上的內容，心裡不知什麼滋味。

她把生意都盤出去了，不知道遇上了什麼困難？但從方和的信裡看來，芳菲的心情似乎還好。她是想著要韜光養晦，才會停止手上的諸多動作嗎？

說到「韜光養晦」，蕭卓又想起了另一個人。

他已經忍了這麼久，應該快有結果了吧……聽說就在前日，皇上在巡幸內苑的時候又一次昏過去了，只有他被太后留在皇上寢宮伺候著……

關鍵時刻，太后還是向著自己的親孫兒吧，畢竟，安王也是太后的兒子。

三個月後，一個消息從京城發出，傳遍天下。

安王次子朱毓升，因「天資聰穎，敦厚純孝」，被立為東宮太子。

第八十章 縣試

又是一年春來到。

芳菲把幾摞厚厚的書稿堆到書案上，春雨忙走到她跟前來。

「這一摞，是我手抄的寧川公和諸位大家的新出程文。」她又指指另一摞。「這裡是本縣縣尊和學政的程文……妳告訴他，用朱砂畫了紅圈的，更加要多看幾眼，那都是本縣官員們這幾年來的新作。」

她看著春雨把書稿包到小包袱裡，又吩咐道：「妳把我包好的那幾包藥材給陸少爺帶回去，讓他交給廚娘，好好的煲些天麻肉骨湯來補補。大考在即，不可大意，讓他多注意身子，別著了風寒……現在還是早春二月，倒春寒厲害著呢，別著急換春衫……」

她見春雨抿著嘴兒微笑，伸出指頭戳了春雨一把。「妳偷笑什麼？嫌我囉嗦是吧？」

「哪敢哪敢……」春雨眼中的笑意是止也止不住。「只是難得見小姐也有緊張的時候。」

「我哪裡緊張了？」芳菲矢口否認，又失笑道：「好吧好吧，是我緊張了。人家說大考大考，考的不是考生而是家長，這話真是沒錯的。」

春雨奇道：「我怎麼沒聽過這樣的話？」

芳菲一不小心帶出了她「上輩子」的句子，也不解釋，轉頭看看另一邊給陸寒包好的一包袱新衣。

「這些衣裳夠穿了……陸哥哥太固執，我要給他買個書僮，他執意不肯，到時候誰送他去考場呢？」

春雨見芳菲依然十分緊張，便寬慰道：「姑娘，反正陸家少爺不是聽您的話，搬回老宅來待考了嗎？家裡又雇著一個廚娘、一個長工，總不會讓陸少爺餓著、冷著的。我見那長工四叔是個老實肯幹的人，定能把陸家少爺平平安安送到考場，您就放一百二十個心吧！」

「我不放心又能如何……」芳菲嘆息一聲。「總不能跟了他去吧。」

春雨看看芳菲，有一句話沒說出口。既然姑娘如此擔心陸少爺，為什麼去年陸少爺孝滿了以後兩人沒有成親呢？成親住在一塊兒就好照料了，反正姑娘總要嫁到陸家去的。

雖然婚嫁之事，總該由父母作主，不過芳菲向來都是能作自己的主的，春雨也習慣了。可這也不是她一個丫鬟能提的話，所以春雨也只好把這事悶在肚裡。畢竟她是肯定要跟著芳菲嫁過去的，要是她對這門親事表現得太積極，人家說不定以為她對陸少爺……那可了不得了。

姑娘這邊沒出聲，陸少爺竟也沒來提親。不過她隱隱聽陸少爺屋裡唯一的女僕，那位廚娘四嫂說：「我們少爺好像說，現在家徒四壁的娶了秦小姐回來對她一點兒都不尊重，想等中了舉之後再議親呢！」

春雨並不擔心陸家中了舉以後會悔婚，陸少爺對姑娘的情意，她在一旁是看得一清二楚的。希望上天保佑陸少爺今年能夠順利中舉，兩人早日完婚吧，畢竟，姑娘這個月就滿十八歲了……

「算了，」芳菲自嘲地說：「這才是春天的童生試，後頭還有府試，我還是把精力攢攢吧。」

相對於芳菲的緊張，陸寒卻很淡定。

他讓四嫂送走春雨，看著擺了滿滿當當一個書案的東西，心裡又是甜蜜又是好笑，芳菲妹妹總是當自己是個要人無微不至的照顧的小孩子。

看她送過的這些東西，吃的、穿的、用的自不必說，連備考的程文和本縣官員們的文風和喜好都給他送到眼前，可見芳菲有多用心。她一個深藏閨中的弱女，能夠打聽到這麼多東西，真不知道費了多大的工夫呢！

她甚至還給他準備了一個「送考提籃」，裡頭分門別類的裝好了他縣試幾天裡需要用到的一切文具和日用品。這麼多的東西放在一個籃子裡，居然井井有條，一點都不繁亂，陸寒看了真是美滋滋的。

有妻如此，夫復何求？儘管她現在還只是他的未婚妻……

去年秋天孝滿的時候，他也曾考慮過把婚事先辦了。但是想了又想，決定還是先入場考試中了舉人——起碼中了個秀才再說。到時，再風風光光地把芳菲迎娶進門，那該多好。

他知道芳菲不是貪慕虛榮的人，但是他還是想給她最好的東西。

想起離開鄉下之前，他的老師蘇老學士對他說：「子昌，你須知道，為人、為官都要低調，唯獨這科舉一道，是不能低調的。你考得越好，前途才越廣闊。所以，你必須從第一場考試開始，就立下勇奪第一的誓願。」

子昌是蘇老學士為他起的表字。蘇老學士說他的大名已經很謙遜，表字便最好高調些，可以互補。他也很喜歡這個「昌」字……希望，陸家的家聲，能夠在自己的手裡重新興旺起來。

芳菲再擔心陸寒，也不能替他入場，只能自己在家裡默默等待消息了。

這兩年來，她隱居深閨，外頭的應酬走動一概淡了。

那年湛先生教訓過她以後，她回家想想，真是覺得句句都是金玉良言。

她太著急了……

自十五歲及笄禮那一天起，她就迫不及待地想要為自己將來的自由掙下點本錢。要是她身後有一個強有力的支持者，比如父叔，那也不是不可以。要是她是個小門小戶，跟著做工的父母兄弟在一起生活的小姑娘，也說不定能折騰出點小生意來。但她偏偏是個毫無依仗的落魄千金，不上不下，很容易就被人算計了去。

還是乖乖在家待著的好……等她嫁了人，自然就能名正言順地出來做事了。

嫁人。這件事似乎越來越逼近，她有時會不自覺地想去逃避。去年陸寒孝滿之後，期期艾艾地跟她說暫時先不成親，她記得自己當時心裡鬆了好大一口氣……

可是該來的總是會來，她終究……還是要嫁給陸寒的吧。

她想像和陸寒生活在一起的情形。他一定會對她很好，這一點她從來都不懷疑。那麼，他們會成為一對相敬如賓的模範夫妻吧？

還有什麼不滿足的呢？

芳菲也不知道，可是她明明白白地感覺到自己心裡有一個角落空空蕩蕩。這一角空虛，她不能和任何人提起……

「春雨，我讓妳辦的事辦妥了沒有？」看到春雨從門外進來，芳菲收斂心神，問了一句。

春雨走到芳菲身前躬身說道：「都辦妥了。請方掌櫃送了一桌上好的席面去陸家，陸家少爺說今兒的酒席他只請了幾位鄰居，用不了這麼多酒菜。不過大家還是很高興的，說姑娘您真賢慧，連陸少爺的送考酒席都想到了。」

陽城慣例，有考生的人家，大考前一日一般都要置辦一桌酒席給考生送考，以壯士氣。

「陸家二老爺、二夫人去了嗎？」

春雨搖搖頭。「沒有看見，想來不去。」

芳菲心中冷笑。陸月思這兩夫妻，連表面功夫都不肯做了，這幾年他們謀奪不到陸寒的家資，加上自己家裡也不太平——聽說陸月思家的妻妾每兩個月就要大戰一回呢，和陸寒的來往就更淡了。

也好，這種極品親戚，她也不想沾手。不過陸寒一旦高中，他們肯定是會黏上來撈好處的。礙於一個「孝」字，陸寒也不能把他們怎麼樣，想想就叫人洩氣。

古代的宗族觀念真麻煩啊！比如自己跟這秦家本家，明明就沒什麼親情可言了，卻還要做出一副大家感情深厚的模樣日日相處著。

這幾年她不出去應酬，秦家人對她又冷了下來。要不是她手裡有錢，怕是連下人們都要踩到她頭上來了呢。這個家，她是一點都不想待下去了……

「七丫頭，又在做針線？仔細妳的眼睛。」

剛想著秦家的人，孫氏就笑呵呵地上了門。

芳菲有些意外的看著這位極少登門的三伯母，忙給她讓座沏茶。

孫氏坐下來東拉西扯說了半天，一會兒誇芳菲的繡活好，一會兒說她這屋裡佈置得雅致，一會兒又跟她聊聊芳英出嫁以後的事情——芳英去年嫁了個同城富戶的子弟，孫氏還深以為憾。因為芳菲是隔房的女孩兒，所以芳英雖然比她小，但是也不必等著她出嫁再議親，何況芳菲又是訂了親的。

芳菲陪著孫氏閒扯了半日，孫氏才把話題轉到陸寒身上來。「明天就是大考了吧？聽說陸家那孩子的才學是滿城都有名的呢，這回一去呀，一定能中個秀才回來，到時候七丫頭妳也是秀才娘子了……」

芳菲這才明白過來。她就說呢，無事不登三寶殿，黃鼠狼沒好處怎麼會給雞拜年？對自己冷淡了這麼長時間，突然間親熱起來，是又想起了自己或許還有點利用價值吧……

秦家也有子弟下場考試，不過芳菲壞意地想，就他家這平均智商，能考中那真是奇蹟。

她一邊陪孫氏說話，一邊又想著馬上就要進場的陸寒——不知道明天的考試會出什麼樣的題目呢？他能應付得過來嗎？

第八十一章 案首

「人怎麼還沒回來……」春雨第三次到院門口去張望。

芳菲坐在屋裡看書，看春雨那著急的樣子忍不住笑了。「妳前些日子還笑我緊張，現在不知道誰在著急？」

春雨怪不好意思的，可那臉上的焦灼之色卻是掩也掩不住。「那時候不是還沒進場嗎……」

今兒是縣試放榜的日子，一大早每一戶有考生的人家都會到衙門口去看紅榜的。秦家的家丁早早就出了門，這時候那些少爺們都聚在廳裡等消息呢——照芳菲的想法，等也是白等，他們家能出個讀書種子那真是破天荒。

春雨早就讓春芽去托了那看榜的家丁，去看看陸寒的成績了。芳菲和春雨相反，她是考前緊張，考完了反而淡定。這只是個縣試罷了，考中了也就是個童生，難道陸寒這都過不去？

「來了、來了！」

春雨見春芽小跑著進了院門，趕緊撩起門簾讓她進來，迫不及待地問：「陸家少爺如何？」她是秦家的丫頭，卻問陸家少爺的成績，認真追究起來也不是小事。不過這屋裡的人也都習慣這麼說了，大家並不計較。

春芽臉上喜色濃濃，微微喘著氣。「恭喜姑娘，中了、中了！」

雖然心中篤定陸寒一定能中，不過真正聽到消息的時候那種高興還是不一樣的。

芳菲臉上綻開一朵真心的笑容，又聽春芽說：「去看榜的馬伯說了，陸家少爺是案首。」

咦，第一名？這就相當有考試運了……芳菲又不自覺地瞇起了眼睛。

她沒有像屋裡的幾個丫鬟想像中那樣喜形於色，而是開始細細思量起這背後的問題來。

陸寒的水平要過這一關，綽綽有餘，芳菲是毫不懷疑的。可是被縣令點為案首，那就不一般了，很大程度上這跟個人才學關係不大，而是要看這考生的後臺硬不硬。

這不是後世那種純憑分數論高低的考試，也不是像府試院試那樣有嚴謹的「糊名」、「謄寫」制度防止舞弊。縣試，是科舉的最低一級考試，這個考試相對而言水平較低，而考試組織也不嚴密——考生的姓名，是直接寫在考卷封皮上的。

而考過了之後，還需要讓縣令等考官面試一番，才能確定最後的名次……這其中，人為操作的空間相當相當大。也就是說，陸寒在這樣一個考試中能奪魁，起碼證明了有人已經看上了他。

芳菲心中的歡喜打了個折扣。

這到底是好事，還是壞事呢？她有點拿不準……

春雨春芽幾個見芳菲面色變幻不定，她們便都收了笑容，心裡很是奇怪。

姑娘這是在想什麼？陸家少爺考中了……不是好事嗎？

芳菲察覺到她們的情緒不對，忙笑道：「沒事、沒事，我就是太高興了。」她又問看一句春芽。「家裡的少爺們呢？」

答案盡在不言中……

而芳菲能想到的，陸寒自然更早一步想到了。

他看著府衙門前的那張紅榜，本該充滿喜悅的心裡，更多的卻是疑惑。

那位章知縣對自己的和顏悅色，讓陸寒心生警惕。所謂禮下於人，必有所求，他一介無依無靠的貧寒學子，有什麼是能讓這位縣尊大人看得上的呢？

最後面試那一場，章知縣不僅當場點評了自己的卷子，還興之所至地讓他寫了首七言詩。這可是同場學子都沒有的待遇，怪不得大家當時都對他側目不已。要不是看他穿得太寒酸，大概就會傳出「早早賄賂了考官」這樣的傳聞了。

難道章知縣只是單純的禮賢下士？陸寒搖搖頭，否定了這個可能。

但他知道章知縣是不可能主動告訴自己緣由的……想起臨別時章知縣意味深長地對他說了一句「少年俊傑，將來必堪大用」，陸寒就更加想不通了。

無論如何……過了縣試總是好事。

他才回到自家宅子的巷子口，就接連不斷地有鄰居來給他道喜。當然還不至於跟他討賞，畢竟就算他是案首，這也只是縣試——還沒考上秀才呢！

陸寒好不容易和大家見過禮回到家中，卻看見堂屋裡擺了一桌酒席。

還有一個他再熟悉不過的客人——方和方掌櫃。

兩年前芳菲把佳茗居轉手，一次性賣給了唐老太爺，附帶的條件之一就是繼續任用方和當大掌櫃。唐老太爺看方和是個能幹的，也就應承了下來。所以一直以來，芳菲要辦什麼事情，也還是讓春雨託了方和去辦。

「恭喜陸少爺。」方和發自內心地上前道賀。

陸寒謙讓了一句，方和便說：「七小姐知道陸少爺高中，立刻讓小人從佳味齋訂了一桌上好的席面過來，說讓陸少爺待客。七小姐還囑咐小人給陸少爺帶個口信。」

「哦？」這可是少有的事，陸寒忙說：「秦家妹妹怎麼說？」

「七小姐說，只要結果是好的，不用擔心太多。」

她和自己想到一塊兒去了……陸寒心中一暖。

到底是誰要送這麼個人情給自己呢？

章縣令正坐在縣衙後宅的廳堂上，手裡拿著一壺燒酒給人斟上。那人微微笑道：「該是我給年兄斟酒才是，怎麼倒煩勞起你來？」

赫然是陽城學政陶育陶遠山。

章縣令笑呵呵地也給自己滿上，舉杯說道：「你我兄弟，何必如此生分？」

二人將杯中之酒一飲而盡。章縣令又拿起酒壺，感嘆說：「那陸寒的文章確實不差。」

陶育眼中精光一閃，笑道：「可不是幾年前我就看過他作文，那是他年紀還小著，尚欠些火候。這兩年學下來，手法可老辣了許多，你看他破題多巧。」

章縣令頷首，說：「怪不得寧川公會對他讚譽有加。可惜是個不懂變通的，寧川公主動提出收他為弟子，他竟也推了。」

陶育飲著酒，心想這陸寒可沒看起來那麼單純。

當日老師就對他說過。「這小子倒機靈……還拿著一個『孝』字和我周旋，不肯改投師門。

才十五、六歲，就有這般見地，實在難得。」

陶育當時還不服氣。「既然這小子如此不識好歹，不肯入我同安學派的門牆，不如……」不如就趁他羽翼未豐，把他壓制住不讓他出頭。

身為陽城學政，想讓一個小小的學子考不上秀才，何等容易？

繆天南想得卻遠。「你這麼想可不對……他今日不投入我的門下，不代表他日就會和我作對。我們送他一程，扶他一把，將來，肯定有用得著他的時候。」

陶育想，寧川公已經想到新君上位之後同安學派面臨的各種問題了吧？所以現在才廣結善緣，不放過任何一個可能成為助力的種子，即使這個陸寒年紀如此之小。不過繆天南說得對——「他年紀越小，將來發展的可能性就越大，別忘記了，那幾位候選的王子也沒多大年紀呢！」

現在東宮早已定下了主人。聽說那位安王府出來的太子今年才二十二？是很年輕啊……

陸寒縣試的考卷陶育看過，確是驚人。一般說來，參考縣試的學子們水平普遍偏低，所以也難得見到什麼特別的文章　而陸寒的時文，確是言之有物，而又花團錦簇，像陶育這樣的兩榜進士出身，竟也挑不出他半點錯處來。還有那一手工工整整的字跡，更不是一朝一夕的功勞……

想起兩年前曾經見過一面的，那個把背脊挺得筆直的布衣少年，陶育不由得暗暗讚嘆一聲。

老師說的話很有道理……這個陸寒，將來定非池中之物。

縣試考完了，陸寒卻還沒能休息，因為他立刻又要去準備兩個月後的府試。陽城就是州府，所以不用到別處去應試，他還是住在陸家小院裡待考。

芳菲想來想去，想不通陸寒得中案首的關鍵，也就把這事放下了。她如今天天都在屋裡待著，只專心繡著她的「嫁妝」，雖然想幫陸寒，可是也知道自己其實幫不上多大忙。

秦家的子弟都沒考上，雖然是在芳菲意料之中，但秦家上上下下還是極為沮喪。第一場都過不了太沒面子了。而且聽說陸寒得了個案首，秦家長輩們不知道是該高興，還是該難受，反正心情極為彆扭。

不過他們很快就顧不上彆扭了，因為秦老夫人病倒了。

「老祖宗的病怎麼樣了？」芳菲見春雨從外頭回來，免不了問她一句。

春雨遲疑了一會兒，才說：「聽她屋裡的人說，一直沒醒過來。這會兒正在給她灌參湯呢。」

那就是不省人事了……

芳菲算了算，秦老夫人已經七十七歲，在這時候絕對算是高壽了。當年受了那場大驚之後，秦老夫人的身子就一直沒好過，全靠湯藥養著。如今也到了油枯燈盡之時了吧？只是……秦老夫人如果去了，對芳菲而言最大的影響，就是要守孝。

隔房的長輩去世，她要服九個月的大功。

也就是說……最起碼在這九個月之內，她是不能夠成親的。

第八十二章 嫁妝

春雨躡手躡腳地捧著一碗熱湯走進內室，春芽剛剛替芳菲蓋上被子。她抬頭看見春雨進來，豎起手指放在唇邊，做了個「噤聲」的動作。

春雨點點頭，兩人一起出了內室來到外屋，春芽才說：「姑娘剛剛睡著。」

「姑娘這兩天也累得很了……」春雨把湯碗放在桌上。「午後還有一撥兒客人呢。」

「還有好些天要忙，可不能讓姑娘這時候把身子熬壞了。」春芽說。「春雨姊姊，姑娘不是切了參片嗎？要不我們待會兒給她泡杯參耆茶吧，姑娘一天都沒吃東西了。」

春芽有個好處，就是極有自知之明。她知道自己是後來的，在芳菲心裡肯定比不了自小服侍的春雨，所以在這屋裡也事事以春雨為尊，從不自作主張。

春雨見她有顏色，也樂得跟她和睦相處。畢竟都是一個屋的人，吵鬧起來，丟人的是芳菲。而且春芽在日常服侍上也算盡心，並不是那種刁蠻的丫頭，春雨心裡也不討厭她。

只是她始終是孫氏那邊放過來的，芳菲告誡過春雨對她多防著點就是了。別讓秦家的人探清了芳菲的家底才好。

三天前，昏迷許久的秦老夫人終於嚥了氣，秦家上下哀聲一片，由大老爺秦易紳出頭操辦喪事。秦家就算不是官宦人家，家族人丁卻是不少，從本家到旁支人口眾多，拜祭起來手續繁瑣。

秦大老爺定了「七七」之後再發喪，在這之前要在家裡做十六場法事，每日裡客人川流不息。主持家務的孫氏忙得腳打後腦勺，她又是個好抓權的，就算自己累個半死也不肯分點工夫給二夫人林氏管管。

不但林氏氣極，大房的兩位少奶奶也都氣得不行，大家索性都撂開了手任由孫氏去鬧，只管坐在靈堂裡哭喪。

芳菲作為未嫁的女兒，也跟著哭了好幾天的喪——至於有沒有眼淚自己清楚，反正眼眶是紅的。芳菲暗嘆，生薑真是個好東西……

不是她無情，而是感情這個東西本來就是雙向的。相處八年，秦老夫人對芳菲可沒見得有多親熱，有事求她的時候才給點好臉色。芳菲可從沒忘記，當初遭遇大難的時候，秦老夫人把自己視為剋星飛速送往陸家去，要不是陸家伯父、伯母寬厚仁慈，自己還不知道要過上什麼鬼日子呢。

哭喪不需要技術，但需要體力。一天到晚跪著也不是個事啊，還得使勁哀嚎。芳菲身體並不算差，可是這麼幾天下來也累著了，今天剛剛結束了上午的行程她趕緊就回來休息，下午還有一大堆事呢。

這裡芳菲在睡著，幾個丫頭也都不敢出聲吵鬧，院子裡靜謐無聲。突然間聽到院外傳來嘈雜之聲，像是有人在尖叫撕鬧似的。

幾人面面相覷，不知道外頭發生了什麼事情。

「我去看一眼。」春芽好像聽到有三夫人孫氏的聲音，遲疑了一會兒，放下手中的活計走了出去。

她站在院門那兒聽著，只隱隱約約聽見「誰愛當這個家誰當」、「大不了大家都不過了」這些句子。是三夫人在和誰吵架嗎？

忽然她看見二夫人屋裡的丫頭馨香從小徑上捧著一堆紙人紙馬走過來，忙朝馨香招了招手。

馨香和春芽平日感情算不錯的，見狀便悄悄走過去，低聲問：「幹麼？」

春芽朝吵鬧的方向努了努嘴，馨香會意，微微一笑，笑容裡多有譏諷。她只說了一句。「兩位姑奶奶陪著姑爺回來在廳上說事……」

春芽立刻明白過來。是秦老夫人生的兩個出嫁的女兒帶著夫家的人回來了……這兩位姑奶奶可是一貫和三夫人孫氏不對路的。

馨香是二夫人的人，當然樂於見到三夫人吃癟。不過她隱隱知道春芽也得三夫人看重，所以多餘的話也不說了，匆匆和春芽道別而去。

老祖宗才去了幾天，三夫人就掌不住家了……

春芽有片刻的失神。

她回到屋裡，把馨香的那句話轉述給了春雨，春雨也馬上聽懂了外頭在發生什麼事情。

「別管人家，我們把這屋裡的活兒幹好就行。」春雨跟了芳菲十多年，心裡是除了芳菲再沒有別人的。

春芽的心情卻複雜得多……

她們聽到一陣窸窸窣窣的聲音，回頭一看，芳菲已經擁被而起。

「姑娘，妳才睡了不到一個時辰，這可怎麼好？」春雨有些擔心芳菲的身體。

「沒事，我剛剛睡得挺沈，精神緩過來了。」芳菲掀被下床，春月忙過來替她穿衣。春雨問她要不要喝碗清雞湯，芳菲略點點頭，春雨便從一角的小爐子上把一直溫著的雞湯端到芳菲面前。

芳菲才喝了一口，便又聽見一聲尖叫，皺起眉頭看了看春雨。

「是姑奶奶們回來了。」春芽忙說。

「哦……」芳菲唇邊現出一絲若有若無的淺笑，接著繼續低頭喝她的雞湯。

秦老夫人才剛去世，家裡就鬧成這個樣子。不過這也是早有苗頭的……芳菲不在局中，冷眼看著這一家子老老小小的戲碼，早就明白秦老夫人去世後這家會有什麼變化。

大房前年續娶了個繼室，又有兩個剛娶回來的少奶奶；二房林夫人被孫氏壓制多年，心中的不滿估計早就到了極限；兩位姑奶奶聽說從沒出嫁的時候開始就和孫氏不太處得來，現在就更加不和睦了……

估計是姑奶奶們對老祖宗的喪事辦得不夠隆重感到不滿，所以對管家的孫氏出言不遜吧？說不定還有那堆女人在一邊推波助瀾，看孫氏出醜呢。對了，今天外嫁的孫女兒們也要帶著孫姑爺回來的，從大小姐到八小姐往下都沒一個是省油的燈。真真是一台精彩的好戲啊！

事不關己，高高掛起。就芳菲而言，秦家好也罷，亂也罷，都跟自己沒什麼太大的關係。她的嫁妝反正不是公中出的，而是本家把她接過來的時候就幫她管著的她母親的嫁妝，所以這群人爭產也爭不到她頭上。

看來秦家的分家是勢在必行的了。她不由得警惕起來，現在她最需要做的就是在他們分家的時候看著他們，別讓他們乘機吞了她的嫁妝。

看看春芽和春月幾個不在眼前，芳菲仰頭笑著對春雨說：「幸好趁著那幾年我說得上話的時候，強把妳要了過來……」

她說的是前幾年她在外頭走動多，應酬多的時候，趁著一回秦老夫人有事求她，把春雨的賣身契抓到了手裡。這個家裡頭，她唯一能夠信任的人就是春雨了。

「妳給我時刻留意外頭的動靜。」芳菲肅容道：「一旦有什麼風吹草動，馬上回來告訴我。我娘留下的箱籠……」

她只提了半句，春雨就明白了她的意思，鄭重地點了點頭。「奴婢一定時時關注著外頭的動向。」

春雨想了想，又說：「姑娘也不必太擔心，眼看著妳也是要出閣的人了，陸家少爺又是個有出息的，別人不一定會敢動手。」

芳菲苦笑了一下，說道：「人為財死，鳥為食亡，到了真的動手搶東西那天，那真是什麼情況都會發生的。偏生這家裡又只有妳我兩人……」她對秦家人的操守，是半點也信不過。

她娘生前好歹也是大戶人家出來的女兒，聽說當時也有三十六抬的嫁妝。這些嫁妝，可是跟著芳菲一起進了本家的，別被人謀奪去了才好。

正想著心事，外頭重又吵嚷起來，這回裡頭還間雜著男子的聲音。

「越來越熱鬧了。」芳菲站了起來。「走，我們也別在屋裡乾等著，看看去。」

春雨應了一聲，趕緊幫芳菲理了一下裙襬，兩人一起走了出去。外屋的春芽見她們出門，也立刻跟了上來，還回頭囑咐小丫頭看守門戶。

芳菲輕輕側頭看了春芽一眼。是個能幹的，可惜了……她搖搖頭。

越走近靈堂，嘈雜聲越是刺耳，聽起來像是一大幫人在吵架。芳菲進了靈堂才小小吃了一驚，原來是芳芩在揪著孫氏的衣裳和她廝打呢！

孫氏被芳芩狠狠揪著衣襟一通狂罵，整個人釵橫鬢亂好不狼狽，偏偏又擺脫不了年輕力壯的芳芩。孫氏的幾個心腹僕婦上前想架開芳芩，反而被芳芩從夫家帶來的婆子們推到一邊。

其他女眷都一副事不關己的模樣在一旁冷冷笑著，尤其是二夫人林氏，還在嘴裡說：「哎呀，三弟妹，不要跟三丫頭吵了……」整一個落井下石。

芳菲聽了兩句，就知道芳芩是借題發揮在作踐孫氏。說這喪事辦得這麼寒酸，一定是孫氏把秦老夫人留下辦喪事的體己錢給吞了大半。

說起來，芳菲覺得芳芩這話……是很有道理的，這還真是像孫氏幹得出來的事情。她打定主意不插手，也走到一邊靜靜看著，卻聽芳芩痛罵——

「偷偷偷，妳就只會偷把我娘給我留的嫁妝給偷空了，又打老祖宗喪葬錢的主意，連人家隔房女孩兒的嫁妝也都拿去賣了，妳怎麼這麼不要臉！」

芳菲一聽就愣住了。這說的不就是她嗎？

第八十三章 查證

孫氏偷了她的嫁妝？芳菲臉色頓時一凜，剛想出聲相詢，忽然看見外頭呼啦啦一群男人走了進來。

要是平時大家也就注意點男女之防，像她這種未嫁女兒就該躲到內室去。不過現在亂糟糟的，大家也管不到她了，芳菲當然不會自覺退場。

她還想知道到底發生了什麼事情呢，前些日子秦老夫人還在的時候，她的嫁妝可都好好的擺在庫房裡，這才幾天就生了變故？

秦大老爺、二老爺、三老爺、姑爺還有大爺、二爺等人一股腦兒疾步進了靈堂，本來挺寬闊的靈堂一下子擁擠起來。

「三丫頭住手！」

秦大老爺一聲冷喝，芳苓終於放開了孫氏，狠狠地「呸」了一口才作罷。孫氏早被她撕扯得衣衫不整，頭髮凌亂，一得自由馬上躲在兩、三個僕婦的身後整理起衣裳來。

「妳這是在做什麼？」秦大老爺喝罵著芳苓，語氣卻並不嚴厲。誰都聽得出他不是真心地在斥責女兒，想來他對孫氏也早有不滿了吧？

芳苓是嫁出去的女兒，說話沒什麼顧忌。「父親，我剛剛只是先問了三嬸，為什麼老祖宗的大事辦得這麼粗陋？用的布幔帷帳都是粗染的藍布，供著的三牲六禮成色又差，連這些祭禮的鍍金杯子都是舊的。」

芳菲在一邊看著秦大老爺的反應，明顯感覺到他是故意縱容芳苓把這些說出來讓孫氏沒臉的。三老爺立刻衝出來罵道：「妳一個小輩，操持過什麼大事？貿貿然就來說妳三嬸的不是，真好家教！」這話就直指秦大老爺不會教女兒了。

新一輪的罵戰又揭開了序幕。芳菲看了一會兒，分辨出現在是秦家大老爺、二老爺和兩位姑奶奶聯合到了一起，大家連成一氣準備力戰三房，奪回三房管家時侵占的公中利益。

正好這時三房的女兒芳英也帶著夫婿回來了，三房有了新戰力的加入，又開始了強有力的反撲……

真累。

看著都替他們累。別人不知道，芳菲卻對秦家的家底清楚得很。別看著烈火烹油似的，還不知道在外頭捅下了多大的窟窿呢。一個兩個指望著爭那點祖產祖田……

想到芳苓剛才那句「偷隔房的女孩兒的嫁妝」，芳菲的心情可是一點都輕鬆不起來。她記得，母親那些箱籠的鑰匙，自她來秦家以後一直是由秦老夫人管著的。難道孫氏趁著秦老夫人人事不知這段時間，把鑰匙偷偷拿了出來，開了箱籠偷東西去變賣？

極有可能。

想到這裡，芳菲也待不下去了。有什麼法子可以知道孫氏有沒有動過自己的嫁妝呢……

她心念一動，先悄悄對春芽說：「看這架勢要一直吵下去呢，我有點兒頭暈，妳去屋裡把我切的那包參片拿來，我要含兩片。」

春芽不疑有他，轉身走了。芳菲看看眼前一片混亂，朝春雨使了個眼色，兩人也悄然離開了靈堂。

芳菲快步往後院走去，一直走到了後宅東南角的庫房。因為這些天隨時要支領東西，所以庫房門口一直有兩個婆子在看著，等著奴僕們拿對牌來取東西。

「七小姐，您怎麼過來了？」兩個婆子趕緊從庫房門前的石墩上站起來。

芳菲故意嘆息一聲，說道：「前面靈堂那兒……唉，現在誰也不管事了，可是午後的客人們又要過來祭拜，外頭還差三架大屏風沒有搬出去呢，這可怎麼是好？」

這倒不是她胡謅，還差三架大屏風的事情是她午睡前就聽孫氏說要辦的，可是到現在那屏風也沒影。估計是因為孫氏被芳苓纏住了脫不開身，正好讓芳菲鑽了這麼個空子。

那兩個婆子也聽見了前院的吵鬧聲，剛好還有個來支取東西的下人跟她們說了一下靈堂裡的混亂，所以她們並沒有懷疑芳菲的說法。

「兩位嬤嬤，我看這樣下去也不行，所以不得不趕過來先挑了屏風。妳們去一個人到前院叫幾個小廝過來抬屏風吧。」

芳菲的話讓兩人很是為難。「七小姐，可是我們……沒有對牌，不能領東西啊！」

「這樣啊……」芳菲又嘆了一口氣。「罷了，我也只是想替伯祖母的大事盡盡心而已，不行就算了。」

兩個婆子平時沒少收芳菲東西，對這位出手大方的七小姐印象很好，都諂媚地笑著說：「七小姐真是太孝順了。」

芳菲語音一轉。「不過，我雖然沒對牌拿不走東西……要不我先把屏風挑出來，待會兒小廝們一拿對牌來馬上就能搬走，也省了挑的工夫。」

「也好也好。」

那兩個婆子得到的命令只是不能讓人沒拿對牌就取東西，別的倒還好商量。當然胡亂進出庫房也是不行的，可是難道七小姐會當著她們的面偷庫房裡的東西不成？

一個婆子從懷裡掏出鑰匙，抓著庫房的黃銅大鎖，啢嚓一下子就開了庫房門。

芳菲讓春雨留在外頭，自己跟著那婆子進了庫房，往放屏風的一角走去。

「嗯，這架雲石的夠體面……」芳菲裝作看屏風，認認真真地挑了一會兒，指定了三架大屏風讓待會兒來的人搬走。她眼珠子一轉，又說：「這三架屏風怎麼都這麼髒……妳們拿塊巾子擦擦才是。」

她說的也是正理，那婆子當然欣然應下，轉頭就去找巾子。看著那婆子三兩腳邁出了庫房門檻，吆喝著跟同伴要巾子要水，芳菲即刻轉身去了庫房的另一角。

她記得很清楚，她母親的那些箱籠是放在這個地方沒錯……

果然，一水兒的樟木箱子堆得高高的，放的位置和她上次來看到的一樣。

慢著……

她看見有三、四個箱子上的銅鎖竟是乾乾淨淨的，和周圍落滿灰塵的那些銅鎖完全不同，心下了然，頭嗡的一聲就大了。

真的被人動過了。

沒時間思索，她趕緊走回了屏風那邊，剛好趕上那婆子端著一盆清水進來。

「嬤嬤真是太辛苦了。」芳菲壓下心中的驚濤駭浪，從荷包裡掏出一個銀錁子遞給那婆子。

「哎呀，七小姐，這本是我們分內的事，哪裡敢當！」那婆子又驚又喜，心想不怪乎大家都爭著去幫七小姐做事，果然是個豪爽人，這才是做主子的樣兒，看看其他那些少爺奶奶，誰有這麼好說話？

「要的、要的。」芳菲笑容可掬，出了庫房又把一個銀錁子遞給看門的另一個婆子，自然又博來一陣讚美。

芳菲小聲說：「這原本該是伯母和大嫂們操持的……我如今著急僭越了，希望嬤嬤們就別在小廝們面前提我來過，免得……妳們懂的。」

兩個婆子眼裡只有錢了，一個勁兒地說：「知道知道，七小姐這都是在為老祖宗盡孝呢，老祖宗在天之靈一定會保佑七小姐的。」

芳菲強忍著冷笑的衝動，和這兩個婆子道別後，又往靈堂走去。

「姑娘……」春雨在芳菲跟前服侍她多少年了，哪裡還不知道她現在的表情代表著什麼？看來，三夫人真的動了小姐的嫁妝。

「她以為我不知道那些箱子裡裝著什麼……」芳菲的聲音比這二月的空氣還要清冷。幸虧她早就做下了準備，不然真是被人欺負死了都沒地方訴冤。

早就知道不能相信這幫秦家人，一個兩個都是吸血鬼。

不過，孫氏一定不知道她早就留意著自己的嫁妝，更不知道……她手裡有一份當年這些嫁妝抬進府來的時候，秦家長房謄抄的清單。

想把她的東西吞下去？也得看自己有沒有這麼大的嘴巴。

她回到靈堂裡的時候，秦家人已經戲劇化地重新整理好了靈堂，非常有秩序地站成一排，哭著迎接前來弔唁的賓客們。

芳菲垂著頭偷偷往他們臉上掃了一眼，只見個個臉上盡是哀痛，完全看不出剛才廝吵時的激動。都是好戲子啊。不是一家人，不進一家門，說的就是這家極品了。

她站到女眷後排最靠近角落的位置也跪了下來，拿帕子捂著臉做出難過的樣子，加入作戲的行列。

春芽見芳菲進了靈堂，終於鬆了一口氣。她不會那麼不知好歹地去追問芳菲去了哪兒，但卻心知肚明剛才姑娘肯定是刻意把她支開，帶著春雨做些不想讓她知道的事情去了……

春芽的心裡澀澀的，說不上是什麼滋味。姑娘從來就沒信任過自己……可是將心比心，姑娘為什麼要信任自己呢？明知道自己是三夫人安插在她身邊的耳目，姑娘沒給她臉色看就不錯了……可也不是自個兒想當這耳目的呀！

芳菲無暇顧及春芽的心情，她現在滿腦子轉動的，就是如何讓孫氏把吃下去的嫁妝給吐出來。

這沒什麼好說的，要是孫氏死咬著不肯鬆口，她會讓孫氏知道她的手段。

第八十四章　分家

直接開口跟孫氏對質，是最愚蠢的行為。誰會承認自己是個賊呢？

芳菲雖然知道這事多拖一天，她的嫁妝就可能多流失一些。但是不打無準備的仗，是芳菲一貫的行事作風。

應該說，孫氏這些年來掌家，明裡暗裡都坑了不少錢，但一直把表面功夫做得很好。像操辦老祖宗喪事以次充好狠狠撈錢這種事，還是少見的，可見孫氏最近真的很缺錢。所以才會動起了自己那些嫁妝的心思了吧……

芳菲必須弄清孫氏到底為什麼突然間經濟緊張起來，還要摸清她那些錢去了哪裡。不掌握好這些情況，她是不能輕易動手的。

就像打蛇要打七寸一樣，一定要摸清關鍵之處在哪裡。不動則已，一旦發動，無比要置敵於死地，不可給人掙扎或是反撲的機會。

秦老夫人還沒出「七七」，秦家的人又吵了好幾場，有一次差點吵得連靈堂都掀了。芳菲抱著明哲保身的姿態絕不摻和，她知道秦家的分家迫在眉梢，而她需要等待的就是一個時機……

「原來她是在搞這個生意……」

芳菲拿著唐老太爺給她的信箋，微微一笑，伸手把那信箋放到燈上點了。

春雨見芳菲陰霾了許久的臉上終於露出了笑容，心中一寬。

「走，我們去見大老爺。」芳菲起身，自己捧了一個略舊的紅木匣子，往大房的院子走去。
「姑娘，您這是去？」春芽在院門遇到芳菲，不由得問了一句。
芳菲也沒打算瞞著她，淡淡說了聲。「我去大老爺那兒說點事，妳留下來看守門戶。」
「是。」春芽表面上溫順地應下了，心裡卻打起了小鼓。姑娘一年到頭也難得去一趟大老爺那裡，這種紛亂的時候卻……要不要給三夫人去個信呢？
一回頭，卻看見春月、春雲兩個看著自己，想到她們也聽到了芳菲讓自己看守門戶那句話，春芽只好暫時打消了去報信的念頭。
芳菲捧著匣子進了秦大老爺的院子，她知道這個時辰秦大老爺應該還沒歇下。
因為她年紀大了，一般來說是很少來找這些男性長輩說話的。不過秦大老爺也察覺出芳菲的到來大有深意，所以便立刻到堂屋來見她。
選擇秦大老爺當同盟軍，是芳菲深思熟慮的結果。
她知道，現在大房最渴望的就是把公中的錢和產業緊緊攥在手裡，畢竟占了個「長」字。而在大房、二房與三房的奪產大戰中，秦大老爺需要的是一個藉口……
芳菲才不相信秦大老爺不知道孫氏在變賣自己的嫁妝，不然芳苓那句話從哪兒來的？芳苓一個出嫁了的女兒，能對秦家內務如此熟悉，肯定是從大房裡頭得到的消息。
想通此處的時候，芳菲心裡冰冷一片。這些人明知孫氏的所為，但因為侵犯的不是他們的利益，便統統裝作不知道的樣子，根本沒打算為她出頭……
她要是不為自己打算，被這家人生吞活剝了也是有可能的。

「七丫頭，有什麼事？」秦大老爺來到堂屋，看見芳菲帶著個丫鬟恭立一旁，手裡還捧著一個匣子，弄不清芳菲的來意。

芳菲和秦大老爺閒話了兩句，便直截了當地說：「大伯父，我娘留給我的嫁妝，被人動了。」

秦大老爺臉色微變，半晌才說：「妳別聽人胡說，我們家裡沒這樣的人。」

這就是打算不管她的事了。芳菲早料到秦大老爺這老奸巨猾的人會有這樣的反應，所以毫不傷心。她來，也不是求他的，而是跟他談合作條件的。

「是嗎？」她話鋒一轉，說起了別的事情。「聽說，去年冬天，許多人都囤著棉花在手裡……也許是受了兩年多前那場大雪災的影響？據說大雪災的時候，囤著棉花的商戶都發了大財。」

秦大老爺知道這個侄女兒是見過世面的，不會無緣無故另起話頭，不由得打起精神側耳傾聽。

「去年一開始不也下了好大的雪嗎？我聽人說，有的人乘機變賣了自己的好多產業，專門去購買棉花囤了起來，想和前年那樣發大財……可惜去年的雪下了幾天就停了，好多人的棉花，可就爛在了手裡。」

秦大老爺聽出點味來了……

芳菲一看他的表情，知道事情入港，微笑著說：「大伯父……有些事情，是需要證據的，我知道。我最不缺的，就是證據……」

秦大老爺看著芳菲笑吟吟的面孔，心裡打起了算盤。

原來老三家搞的是這個鬼，他說呢，那麼多錢去了哪裡。要是能證明老三家真的把公中的錢拿去囤積居奇，然後賠了大錢，三房別想再分到一點兒產業……

「大伯父，說句不害臊的話，芳菲是要出門子的女兒了，我只不過是想看看我的嫁妝……」她就是要人出頭去替她開箱，只要開了箱就好辦。

「可是……」秦大老爺沈吟了一會兒，才說：「妳母親那些嫁妝的鑰匙，還有清單，都不在我手上。」這話夠直接，一點彎都不轉，可見秦大老爺心情之迫切。

迫切就好……芳菲再一次翹起了嘴角。

她把手中的紅木匣子打開，取出一本年代久遠的冊子。

「當年我娘的嫁妝抬到本家來入庫，帳房先生謄抄了兩份單子，一份存在帳房裡，一份存在老祖宗屋裡，和鑰匙一起放著。」她頓了頓。「我這一本……是老祖宗在的時候，親手交給我的。」

秦大老爺聳然動容。他當然不會相信是秦老夫人親手交給芳菲的，照規矩，女兒不到出嫁前，沒資格看自己的嫁妝。可是她都這麼說了，難道能起秦老夫人於地下，叫出來和她對質不成？

不管她是怎麼把這本嫁妝清單弄到手的，她的目的都只有一個，就是保住她自己應得的那一份。這個侄女兒好深的心計，居然早早就想到這些了。

照這樣看來，她說她手上有老三在外頭做生意賠錢的證據，也絕非胡說。

「好。」秦大老爺下了決心，就替她出這一回頭吧。何況她那個未婚夫婿，將來能考上什麼功名還真不好說。要是將來陸家發達了，秦家作為外家，虧不了的。

孫氏沒想到大房會給芳菲撐腰，強迫她交出芳菲母親箱籠的鑰匙。她抱著僥倖心理，心想我也沒偷大件東西，只動了些值錢的頭面首飾，估計也不會被發現。

可是當秦大老爺指揮人把箱子從庫房抬出來全部打開，芳菲突然間取出一本清單的時候，孫氏差點沒氣得昏過去……都在這兒等著她呢！

這是秦家老帳房當年畫了押的清單，又得到了秦大老爺的承認，自然不能視為一份普通的清單來處理。芳菲無視孫氏的臉色，一樣一樣地清點起自己的東西來，發現一共少了四套頭面，其餘的鐲子、耳環、釵子也都對不上數目。

孫氏當時那個悔呀！鑰匙是從自己手裡交出去的，現在東西少了，不明擺著是自己的問題嗎？

還算芳菲沒有趕盡殺絕，沒說是她偷了東西，只是睜著一雙大眼充滿疑惑地看著她。「三伯母，東西怎麼會少了呢……這都是祖傳的頭面首飾，怎麼會不見了呢？是不是另外還有箱子收著呀？」

「可能……」孫氏強笑著，看著周圍大房、二房的人在對自己虎視眈眈。這動了人箱籠的事情可大可小，要是這些人一口咬定自己「偷」了，說不得會鬧到官裡去。「我再去庫房找找，也許放在哪個小箱子裡了。」

芳菲看著孫氏踉踉蹌蹌離去的背影，心裡想著——我給妳留了餘地，妳可得識做一點哦……

第二天，頂著兩個黑眼圈的孫氏又讓人抬了一個小箱子來，說剛從庫房找到的。

芳菲打開一看，果然是清單上少了的那些東西，心知肚明是孫氏連夜湊錢去當鋪裡贖回來的。幸虧她沒下狠手把自己的嫁妝死當了，估計就是想著先把這些首飾當點錢用來周轉周轉，以後有了錢可能會再贖回來放進去。

「太好了，那就沒問題了，謝謝三伯母。」芳菲笑得無比燦爛。

孫氏看了，恨不得把她那張陽光般的笑臉用簪子戳上百十來個大洞。

秦老夫人「七七」一過，大法事做完，秦家的人就開始分家了。照慣例，分家要請親戚裡德高望重的老人家來監管。

秦三老爺和孫氏想不到大房居然掌握了他們變賣公中產業做棉花買賣的證據，當秦大老爺把他們做過的事情一件件說出來的時候，兩人臉色煞白。

面對著秦大老爺擺出的各種帳本、進貨清單、按了秦三老爺手印的貨票……兩人頹然坐倒，什麼話都說不出來。

大房和二房非常滿意這個結果，直接就把三房該得的那一份給對半分了。

秦家的分家，芳菲是沒有列席資格的。不過在他們分家結束後，芳菲再次找到了秦大老爺。

「妳要搬出去？」秦大老爺愕然。

第八十五章　另過

三房出事，對秦家其他人而言是一個機會，對芳菲而言又何嘗不是如此？

「姑娘，全部的箱籠都清點過了，單子在這兒。」春雨捧著一本冊子過來。

芳菲示意她先放在書案上，她看著春雨笑笑。「累壞了吧？」

春雨和芳菲隨便慣了，有時也會說說笑話。當下便真的揉了揉膀子，笑道：「奴婢的手都疲了。」

「不當家不知當家難呢，以後我的事情，還得偏勞妳了。」

春雨忙說：「姑娘這話真是折煞奴婢了，什麼偏勞不偏勞的，這不是奴婢的分內事嗎？」

春芽和春月、春雲幾個也都從外頭進來了，垂手站在芳菲跟前說：「姑娘，東西都收拾好了。」

「嗯。」芳菲對她們沒有向對著春雨那麼親熱，但態度還是很和煦的。「妳們先下去用晚飯，待會兒再過來吧。」

幾人謝了芳菲，匆忙下去吃晚飯了。

一切看起來和原來並沒有什麼不同，但芳菲的生活確實有了一個很大的轉變。

她和秦大老爺談判的結果令她很是滿意。秦大老爺不可能同意她搬出去單過，可她再退一步提出自己獨居原來的小院，儘量不踏足主屋時，秦大老爺卻猶豫了。

不讓芳菲搬走，並不是因為他對芳菲有多深的感情，而是體面問題。秦老夫人一死，幾個兒子就分了家，這已經夠讓人說嘴的了。連依附本家過活的孤女都搬了出去，人家可不管是不是芳菲自己想搬家，只會說秦大老爺刻薄寡恩，連個小孤女都容不下。

當年他們把芳菲趕到陸家去「休養」，那是因為陸家一來和芳菲父母是世交，二來又是芳菲的未來夫家，這才勉強說得過去。如果毫無理由地讓芳菲搬出去，那整個秦氏家族的人都會面上無光的。

芳菲也知道秦大老爺不會答應她這個要求。不過，她的最終目的也不是脫離秦家，而是儘量少和秦家本家這些人摻和到一起……

她原來住的小偏院，本來就是位於秦家大宅最偏僻的角落。不過，麻雀雖小，五臟俱全，該有的房舍和佈置一樣不缺——比如小廚房、淨房、水房、柴房……所以芳菲這麼多年住下來也住得很舒服。

她提出讓秦大老爺給她在小偏院，後頭另開一個後門出入，這便成了一個自給自足的小天地。至於下人，還是用原來的那幾個，不過芳菲提出的附帶條件卻是讓秦大老爺動心的根本——

「大伯父，跟您提這樣的請求我也知道您為難。所以我那份兒月例，就不要了，連我院子裡的人的月例和開銷，都不用公中的一個銅板。如何？」

這個「單過」的條件實在太讓秦大老爺和續娶的那位大夫人勞氏動心了，這樣一來，七丫頭表面上還是住在秦家，卻不用秦家負擔她的家用，何樂而不為呢？

所以當秦大老爺跟他的繼室夫人這麼一提，勞氏立刻就慫恿秦大老爺同意芳菲的做法。「哎呀，七丫頭這麼做也有理。她跟我說，原來這家裡幾房人一起住著，她一個隔房的女孩子還不顯眼。現在二叔、三叔都舉家搬出去了，家裡就我們大房的人，她這麼大個人了進進出出挺尷尬的……」

說來說去，就是一個「錢」字打動了他們。

何況芳菲在三房做生意這件事上展現出來的手腕和人脈，也足以讓秦大老爺驚心。他都不知道三弟和三弟妹做下了這樣的事，七丫頭一個足不出戶的弱女，卻能拿到那些單據……既然她想單過，就讓她單過吧，面子上過得去就行了。

於是秦大老爺爽快地讓人在小偏院後頭開了個後門，蓋了間小門房，撥了個老蒼頭來當門子。又答應了芳菲的要求，讓人把她娘的嫁妝給她抬了過來。

「哎……咱們總算能清靜點了。」芳菲甚至放鬆地伸了伸懶腰。

現在只要把偏院通往大宅的門一落閂，她這兒就是個自成一體的小天地。再也不用每次出門都去跟管家的三夫人或者是秦老夫人請示，也不用天天晨昏定省，更不用摻和進秦家的是非圈裡……

雖然付出的代價也不小，首當其衝就是錢的問題。取水、做飯、出門租轎子、馬車……各種不便一定會接踵而至，不過還是值得的。

「她們三個怎麼看？」芳菲刻意把那三個丫鬟支開，就是要跟春雨說這個事。

春雨悄聲說：「沒說什麼，也許是顧忌著奴婢在場。她們都是外頭買來的，沒有娘、老子在那府裡，也沒什麼可牽掛的，再說現在不還是一樣給姑娘您幹活？」

「春月和春雲也許沒想什麼，這個春芽……」芳菲搖搖頭，說道：「反正現在三夫人也走了，也沒把她帶走。算了，還是照樣用著吧。」

想了想，她又說：「她們現在分工變了，未嘗沒有怨言，何況跟著我小門小戶的也沒個提升的機會了。妳可以透點口風給她們，說我出閣本家是不會給我陪多少嫁妝的，丫鬟什麼的更少，她們就給我幹這幾個月的活兒，等我出閣了就把她們放回去。免得她們又生出點不該有的心思來。」

「是。」春雨心領神會。她的賣身契在芳菲手裡，肯定是芳菲去哪兒她就去哪兒的，那三個可沒她這份忠心，還得敲打敲打才好。

生活上的瑣事，並沒有讓芳菲覺得麻煩。恰恰相反，她還有點兒難得的興奮。

「算了算日子，也該到府試了。」芳菲有片刻的失神。「不知道陸哥哥府試準備得如何了？」

府試那日，陸寒天沒亮就起來了。

陸家的長工四叔早把租來的馬車套好了，就在門外等著陸寒上車。陸寒手裡依然提著芳菲讓人送來的那個「送考提籃」，裡頭還多放了兩、三個廚娘四嫂做好的炊餅。

四嫂送他出門，囑咐自己的丈夫。「路上當心點，別把少爺顛簸壞了。」

「嗯。」

四叔是個話很少的人，這也是讓陸寒很滿意的一點。

馬車出門時，頭上依然是滿天星斗。沒想到才過了幾條街，路上的人聲就多了起來。陸寒掀開簾子一看，呵，好傢伙，到處都是人。

用腳趾頭想都知道為什麼會有這麼多人大清早的往同一個地方趕……這可是府試，陽城轄下十二個州縣的童生全部都要來府學考試的——重點是，不僅僅是今年通過了縣試的童生，還有上次，上上次，上上上次的……咳咳，只要沒考過府試的，可以一考再考考到老死。

因此參加府試的人數眾多，一點也不奇怪。馬車再走了一條街之後，終於不得不停了下來。陸寒看看天色，知道耽擱不起，只好對四叔說：「四叔，你把車先拉回家吧，我走路去。」

四叔也沒辦法，只能眼睜睜看著陸寒下了車，在車與車、馬與馬之間的縫隙裡鑽了過去……

「希望少爺能夠順利過關。」四叔默默地想。

在同一個時候，芳菲也早早起來了，站在窗前看著天上的星辰，想著和四叔一樣的事情。

雖然府試的淘汰率高得驚人，不過陸哥哥的水平應該還是足以應付的吧？

不說別的，就說陸寒的那一筆工整勁秀的書法，是有極大的過關優勢。

芳菲「上輩子」教人攻關大考，每天一再強調的就是——一定要練字，練出一筆端正的好字。漂亮的卷面對於評卷人的衝擊有多大，這是不言而喻的。

而陸寒的字，在這個每個書生都有一手過得去的書法的時代，依然是出類拔萃的。所以，芳菲對他通過考試很有信心——府試再難，也是一場層次較低的淘汰試罷了，考生水平還是普遍低下的。

考場裡的陸寒拿到卷子，看了兩眼題目，便提筆埋頭寫了起來。而和他的平靜相對應的，則是周圍考生低低的驚呼聲——今年的考題也太難了吧，這兩篇八股文的題目連破題都困難啊，考官大人您這是唱的哪一齣？

作為主考官的陶學政，坐在府學考場大堂的書案後，越過無數的人頭看向陸寒的位置——已經在答題了……

陶學政的臉上露出一絲淺淺的微笑。

陸寒，今天你又會給我什麼驚喜呢？

府試上千學子的試卷，全都要由陶學政一個人來批改，成績當然不可能立刻就公布出來。

陸寒走在回家的路上，想著他交卷時陶學政那極富深意的笑容，心裡略略明白了一點。是同安學派在對他這個小小的童生賣好……實在太看得起他了。

陸寒並不感到喜悅，反而覺得肩上有些發沈。

有些人情，並不是那麼容易隨便接受的。受了人家的人情，必定要還……可是，到時候，你還不還得起，又是另一個問題了。

不過，難道為了不欠人情就不去科考嗎？那也太傻氣了。

陸寒搖了搖頭，把陰鬱的情緒甩到一邊。

順其自然吧，他只求無愧於心就好了。

三天後，府試的成績公布在陽城府衙的照壁上了。

第八十六章　雙案

「妳說什麼？」芳菲看著眼前一臉喜氣的春雨，不由得追問了一句。「妳再說一遍？」

春雨笑容可掬，以為姑娘歡喜過頭了，忙說：「奴婢說的是真的，陸少爺又得了個案首。」

縣府雙案了……這不可能是巧合。

芳菲深吸了一口氣，腦筋飛快地轉動起來。

第一次的主考是陽城下的陽賓縣縣令章秉毅。第二次的主考是陽城府學政陶育。這兩個人之間的聯繫……

她是下過苦功去研究縣級以上官員的履歷文風和喜好的，光是搜集這些資料就用去了她將近一年的時間，為的就是讓陸寒在考試中能夠順利過關。

正因為她比一般的閨中女子——甚至比許多應考的學子，更瞭解這些科考背後的內幕，所以對於陸寒再次得到案首這一成績感到極為詫異。

陶育為什麼要賣這個人情給陸寒呢？

府試儘管是要「糊名」的，但也不是沒有人為操作的餘地。最大的問題就是，交卷的時候是直接交到學政手中……學政在接過考卷的時候，可以先看到考生的字跡。光憑字跡，便能夠分辨是誰的卷子了。

當然這個制度雖然有容易產生黑幕的一面，但也不能讓學政一人隻手遮天。如果選出的一等、二等考生文章太差，這陶學政的政治生涯也就到了頭，因為這些卷子是要被知府和上一級的提學來複核的。

陸寒的學問自然是好的，芳菲知道他的文章在一等裡肯定也是個拔尖的。如果他只是這一場被點為案首，芳菲還沒那麼奇怪。但和前面的縣試案首一聯想起來，這就很明顯了。同安學派啊。芳菲托著香腮陷入了沈思之中。當年她將陸寒的文章送到寧川公的面前，並沒有想過會是今天這樣的結果。寧川公不但賞識他，還特地讓他的門人庇護陸寒……

這是好事，還是壞事呢？

芳菲對於自己當年的決定，略略有些後悔。她會不會在無意間，將陸寒扯進了一個看不見的漩渦？

陸寒倒很坦然，他從陶學政看他的眼神中已經明白了大半。因此親眼看到結果的時候，完全沒有一絲的驚訝，只覺得自己的猜想得到了印證。

「恭喜年兄。」

「恭喜恭喜，年兄已經是縣府雙案了。」

「是呀，再奪一個院試魁首，年兄就是『小三元』。」

「哎呀本朝以來，還不知道有沒有人得過『小三元』？這可是只在書上見過的。」

面對身邊眾多學子潮水般的恭維，陸寒卻越發冷靜。因為他明白，自己雖然不是沒有這樣的實力，可是如今的成績，卻明顯是有人在背後護航的結果。

這沒有什麼值得高興的……當你知道自己的努力摻進了雜質，總會感到不那麼痛快，陸寒此刻就是這樣的心情。

他便謙虛了一陣，說全是運氣云云，面上並無一絲驕矜之色。許多人暗地裡妒恨他的，也不得不佩服他的寵辱不驚，對他的嫉妒也就少了幾分。

即使是「縣府雙案」，也還不是秀才。必須要通過兩個月後的院試，才能得到一個「秀才」的功名……

陸寒和芳菲的父親，都是在二十二歲那一年得的秀才，已經算是少年俊才。不過，陸寒今年才十八，又比他的父親更早了一步。而且，只要他在院試上保持原有的水準，這功名必然是他的囊中之物。

之所以這麼說，是有原因的。縣試和府試，是用來大量淘汰考生的初級試，目的是把多數人刷下來……呃，話不好聽，不過就是這個道理。

而院試，卻是選撥試，只要是過了府試的考生，就算在院試裡成績再差，也能撈個在縣學讀書的資格。而有將近七成的考生，都能通過院試獲得秀才資格……陸寒可是府試的「案首」，屬於金字塔頂端的人物，只要到時候不是頭腦發昏神經失常，一個秀才那是跑不掉的。

因此當他從府衙看完成績回到陸家宅子裡的時候，聞風而來的親友們已經把宅子的大門圍了起來，個個爭著向他道喜。

連他的叔叔陸月思，也厚著臉皮來了，手上還破天荒的提了兩掛豬肉。

「我就知道我們寒哥兒是個有出息的。」陸月思大力地拍著陸寒的肩膀，呵呵笑著，彷佛之前所有的不愉快都沒發生過一樣。

眾人附和著七嘴八舌說陸寒從小就聰明，以後一定大有前途之類的話，完全不覺得肉麻。

陸寒心裡越發不耐煩，可是又不能表現出一星半點。因為在這世上，宗族是一個人永遠無法擺脫的東西，身為晚輩的他不可能當眾對長輩們不敬，不然他的仕途還沒開始就要完蛋了。

這些人，在他最艱難的時候，他們在哪裡？

陸寒開始無比的想念芳菲的笑容。只有她，才是支撐著他一直努力下去的唯一動力……

芳菲這邊也不清靜。

秦大老爺的繼室夫人勞氏坐在她面前，一個勁兒地嘮叨。「我活了這麼把年紀，還沒聽說過咱陽城出過這樣的事呢。兩試案首，陸家少爺可真是個大才子……」

芳菲的笑臉都有些僵硬了。這位勞氏夫人出身比較低微，只是一個普通的清白人家的女兒，不然也不會給秦大老爺當繼室了。聽她說話做派，俗不可耐，偏偏芳菲又不能不應酬她。

那勞氏還在絮絮叨叨地說話。「我一進這門，就聽大夥兒說我們七丫頭是最有福氣的。可不是訂下這樣的好親，將來肯定是舉人娘子了。那得多大的體面啊！」

「伯母您太客氣了，這些都還是後話呢，咱先不提這個了。」芳菲顧左右而言他，狀若無意地問起秦家的情況來。「如今家裡人少了，大伯母掌家輕鬆許多了吧？」

「哪裡……」說起這個，勞氏這繼室可是一肚子苦水要倒。「我跟妳說……」

她的注意力果然被芳菲引開了，喋喋不休地向芳菲說起大房眼下的情況來。見芳菲聽得認真，還時不時安慰她兩句，就說得更多了……

芳菲把勞氏說的話都記在腦子裡。她眼下還是秦家的人，對秦家的事情總得有個底才好。把所有的情況摸清，是芳菲的一貫做法。不然，她也無法順利從孫氏手裡奪回屬於她自己的那份家當。

唉，什麼時候才能真正的離開這個家呢？芳菲看著勞氏一張一合的嘴巴，無奈地想。

院試的時間在六月裡。這回可得出遠門了，得到江南道的首府江城去考試。

「到時候天那麼熱，走的又是水路，怕陸哥哥都給熱壞了。」芳菲一面翻看著手裡的醫書，一面和春雨商量著。「我給妳寫幾個方子，妳去醫館裡給我抓這些藥回來。我自己給他做避暑消暑的藥丸好了，藥丸帶起來也方便。」

市面上賣的藥丸配方總是太簡單，芳菲買回來研究過，總覺得不夠滿意。真正的秘方藥丸，賣得又死貴，芳菲才不去吃那個虧。自己動手，豐衣足食。

「是。」春雨笑咪咪地應下了，又說：「姑娘對陸少爺真好。」

「妳少打趣我。」芳菲笑著推了推春雨。「對了，我還想跟妳商量呢。妳在我屋裡一耽擱，眼看著下半年就二十了，再耽擱就成老姑娘了。我想問問妳有什麼想法？」

春雨臉一紅。「奴婢願意一輩子陪著姑娘不出去。」

「這話真糊塗。」芳菲輕笑了幾聲。「我都要出去了，妳不出去？」

「哎呀，姑娘，您就別提奴婢的事了，想著您的陸少爺就行了。」春雨儘管比芳菲大了近兩歲，也還是個年輕女孩子，聽到這些事害臊得不行。

芳菲卻認真的說：「春雨，咱們朝夕相處十來年了，我的性情妳也是知道了。妳要是過得不好，我能舒坦了？所以啊，妳要是對自己的事有什麼想法，那就及時跟我說，我替妳作主，好不好？」

春雨不敢再接話，藉口要去看春月做飯，一扭頭匆匆走了。

芳菲看著她的背影一直暗笑不已。春雨以為自己不知道？她和她娘家那個遠親表哥……

看來還是找機會提點提點她。她那個做綢緞店學徒的表哥，要是個能幹的，自己也可以給他點活兒做做……

有了事情可做，日子過得特別快。芳菲如今每天的任務，就是給陸寒配備各種出門要帶的藥丸子。中暑用的、傷風用的、消食用的、頭痛用的……不一而足。還有提神醒腦的藥水，和治療外傷的創傷藥，她也都不厭其煩地備下了。出門在外，又是十來天的時間，不帶點日常用藥怎麼行？

還有，既然是去江城這樣的大城市考試，身上穿得太寒酸也不好，免得被人輕慢。考慮到陸寒才剛除服半年，芳菲讓春雨買了一疋青竹布和一疋白綾回來，給陸寒做了三身夏裝三身中衣，既輕便又涼快，還不顯得張揚。如今她的針線功夫也練出來了，好歹在閨學裡學過針法的。

天氣一日熱似一日，轉眼就到了六月。

第八十七章 出事

從陽城到江城，走水路、陸路皆可。不過一般而言，大家都喜歡走水路，要比陸路快得多——當然，船費稍微比車馬費要高一點。

所以往陽城赴考的學子們，立刻無形中被分為了三等。

一等的，家有餘財，會給考生租一條齊全的小船，自個兒帶著個小書僮美滋滋地坐船出門。這樣一來，又清靜又自在，還能時不時停下來欣賞兩岸風光，又有書僮服侍盥洗、進食，豈不美哉？

二等的，手頭略寬裕，便和幾個同伴一起坐大客船。大客船上的客人三教九流不一而足，住的艙房也不夠乾淨，當然比不上自己坐條小船那麼舒服。不過也就一天多的行程，熬一熬也就過去了，重點是快。

三等不用說，就是搭車馬行的馬車從陸路走了。更窮困的，可以自己徒步上江城——那就得提前六、七天出發，基本上無人採用這種走法。

照芳菲的意思，別省那個錢，租條小船就挺好，圖的是個舒服愜意。陸寒卻堅持坐大客船。他讓方和轉告芳菲。「如今外頭聽說有幾股水盜橫行，坐小船不一定安全，還是大客船人多保險一點兒。」

芳菲聽了這話，覺得也是正理，便沒有再說什麼。只交代春雨把她給陸寒備下的衣裳、藥品、乾糧、文具什麼的都送到陸寒手上，囑咐他在路上別為了省錢壞了大事，該花的錢還是要花。

六月初五，陸寒帶著簡單的包袱由四叔駕車送到了碼頭，和幾位同年一起登船往江城而去。這幾位同年也都和陸寒差不多的家境，只是年紀都比陸寒大一些，有的二十出頭，有的年近三十，還都算是年輕人。

他們中有一、兩個是原來被院試刷下來送回府學繼續深造的學子，另外幾個和陸寒一樣是第一次參加院試，不過大家既然是同鄉，自然要在路上互相照拂，所以彼此之間相處還算愉快。

陸寒和一個二十多歲的學子叫童良弼的住一間艙房。童良弼比陸寒高一些，長了一張和氣的圓臉，唇上留了兩撇短鬚，顯得比實際年齡要略大。兩人雖然素昧平生，不過看得出這童良弼卻是個豪爽之人。

「來，小陸，你就睡這兒吧，這邊乾淨。」一進艙房，童良弼一打量裡頭的環境，便將自己的行李放到了一張較為髒亂的板床上，指著另一邊讓陸寒去睡。

陸寒見他說話爽利，語氣真誠，也不多推辭。「謝謝童兄。」

「不用謝，我比你大多了，該照顧你的。」童良弼一揮手，大大咧咧地笑著。「我可是第二回來考院試啦！」他絲毫不以落第為恥。

「這回童兄一定能蟾宮奪桂的。」陸寒一邊打理著自己的床鋪一邊笑道。

「嘿嘿，承你吉言。」童良弼又哈哈笑了幾聲。「我雖然姓童，可真是一點兒都不想再當童生啦！」

陸寒被童良弼的話逗笑了。看來有這樣一位年兄相伴，路途上不愁寂寞了

四叔送陸寒上了碼頭，直接回頭就去秦家後門跟那老蒼頭說讓他轉告七小姐，陸少爺出門了。

聽春雨來報說陸寒已經啟程，芳菲微微頷首。沒有再說什麼。她只擔心陸寒會水土不服生病耽誤考試，不過最近幾天剛下了一場大雨，天氣沒前些日子那麼悶熱，應該不至於會中暑吧……

「姑娘不用擔憂，陸少爺定能一舉奪魁，考一個『小三元』回來的。」春雨寬慰芳菲說：「我近日可是常常聽人說這『小三元』的稀罕呢，雖說同樣是考中秀才，但是能連中三元的，那可是大才子，將來一定能當進士老爺的。」

「妳這丫頭！」芳菲失笑了。「妳當『小三元』是那麼好中的呀？江南道數千學子都齊聚一堂，個個都是在縣試府試裡頭脫穎而出的人中俊傑。這裡頭多少臥虎藏龍之輩，哪裡有那麼好的運氣再中個案首？他能考上一等，我就心足了。」

芳菲早調查過，那江南道提學呂墨涵呂大人，並非同安門人，而是個不折不扣的西南幫。沒有了寧川公的刻意關照，陸寒想要再中個第一，那可就難了。

不過，這卻是芳菲和陸寒所希望看到的結果。既然要考試，功名自然是要的。成績也必須在一等之內，才顯得出他的實力，為將來的仕途生涯添上一筆重色。

但月滿則虧，水滿則溢。木秀於林，風必摧之的道理，他們都深深地記在心中，太出風頭……會招來不必要的麻煩。這「小三元」不中也罷。

芳菲取過繡活來，和春雨相對坐在屋中的羅漢床上做針線，轉眼便到了晚上。吃過晚膳，春

雲、春月拿水把屋裡屋外灑了一遍，讓小院的空氣變得更加清涼。

春雨服侍芳菲睡下，自己也在外間的小床上睡著了。睡得迷迷糊糊的，忽然聽見有人在拍小院的後門，春雨立刻驚醒過來。

她一看天色，已經微微發白，想來已到了五更天。

「怎麼回事？」芳菲已經披衣下床，皺眉問了一聲。

春雨說：「不清楚，奴婢去看看。」

春芽幾個也都醒了，穿上衣裳走出了她們的房門。春雨交代她們進去陪著芳菲，自己去門房那兒看情況。

芳菲只覺得一陣心驚肉跳，一種不祥的預感襲上心頭。陸寒這才走了不到一天……算算行程，頂多是到了中途而已，千萬不要是他出事啊！

「姑娘，您先喝杯茶吧。」春芽遞過一杯熱茶。

芳菲信手拿過來一口喝乾，嘴裡仍然有些發苦。

只聽春雨匆忙的腳步聲在屋外響起，這腳步聲像是踩在芳菲的心上，讓她全身的汗毛忍不住豎了起來。春雨平日是個穩重的性子，這麼慌亂……

「姑娘，不好了……」春雨急急走到芳菲跟前來，才剛開口就讓芳菲大吃一驚。

「什麼事？」

「四叔剛剛過來報信，說陸少爺坐的客船……讓水盜給劫了！」

哐噹！

芳菲手中的杯子一下子掉在地上。

「走，我親自去問他。」芳菲顧不上梳妝，就那樣披著外裳往屋外走。本來這是很不妥當的，可幾個丫鬟心裡一樣亂得要命，竟沒人出聲提醒芳菲。

芳菲自個兒心裡就更是亂成了一團，像裝了一籠小兔子似的。她疾步拐出院子小門走到後門門房，那老蒼頭忙向她行禮。「七小姐。」

芳菲隨意點了一下頭，便走到門邊對外頭喊了聲。「四叔。」

那四叔早就慌得不知該如何是好了。他又是個寡言少語不會說話的，這一著急，說的話便斷斷續續，差點還咬了自個兒的舌頭。

芳菲強耐著性子隔著門板聽了半日，才聽出個大概來——她不能開門讓外男進屋，不然她的名聲頃刻間就會毀於一旦。就這麼隔著門板和外人直接對話，都已經是極其失禮的行為，但芳菲現在顧不上了。

原來昨晚陸寒坐的那船，到夜半時分駛至一處幽靜地帶，就被兩艘河盜一前一後地夾擊打劫了。船上雖然有不少健碩的船夥，但由於河盜人數眾多，還是沒能頂住。那些船夥死的死、傷的傷，有的則不得已跳江逃生。

船上的客商、學子等人現在下落不明，死活不知。這還是兩個從水裡逃回來的船夥，搭上了另一條回陽城的客船才帶回來的消息。

今兒清晨一開城門，滿城就都知道這條客船被打劫了。四叔正好習慣大早晨出來倒夜香，一聽人說這事，慌得沒個主張，馬上就來向芳菲報告——這也是芳菲早就讓陸寒交代過他的，家裡有什麼事都過來她後院門房這兒說一聲。

「竟會遇到這樣的事……」芳菲喃喃自語，身子搖搖晃晃就要站立不穩。陸寒只是一個手無縛雞之力的文弱書生，而且他不會鳧水，他現在不知到底怎麼樣了……想到最壞的結果，是陸寒葬身魚腹，芳菲只覺得身上一陣陣發冷。

春雨和春芽一左一右扶住了芳菲。

春雨忙勸道：「姑娘，現在還沒有確切的消息，您可不能在這個時候倒下去。」

春雨的話起了作用，芳菲略略振奮起精神，自言自語說：「對，對，我不能先倒下去。」她顫顫巍巍地吩咐四叔回陸家守著宅子先別輕舉妄動。春雨、春芽兩人攙著芳菲回屋，先服侍她在羅漢床上躺下，又趕緊給她遞過一杯濃茶來醒神。

芳菲的臉蒼白得嚇人，嘴唇不住抖動，滿心都被一個念頭所占據著——

陸寒出事了。

她可能再也見不到他了……

此刻的芳菲眼前浮現出無數個陸寒的影子。初見時他那新雪般純淨的面龐，同住時他對她無微不至的關懷，父喪時他壓抑隱忍的哭泣，還有，還有，他對她許下守護她一生的諾言時，那堅毅的神情……

芳菲終於忍不住「哇」的一聲哭了出來。

「姑娘，姑娘您別哭啊，別哭啊……」春雨也不由自主地跟著濕了眼眶，連春月和春雲都不知所措地低聲抽泣起來。

倒是春芽定住了心神，低聲勸道：「春雨姊姊，讓姑娘哭一哭，散一散心裡的憋悶也好。」

又對春月和春雲說：「妳們給我鎮定點，去給姑娘打洗臉水來。」

春月、春雲抹了抹臉上的淚痕，下去打熱水了。

芳菲聽不到周圍人的動靜，她只一心沈浸在無盡的懊悔之中。

為什麼……為什麼她以前從來沒有察覺陸寒對她而言是多麼的重要？

第八十八章　河盜

天色漸漸亮了起來。

芳菲哭了一陣，春芽見春月捧著水盆毛巾過來了，忙勸著芳菲抹把臉定定神。

春雨想不到這兵荒馬亂的時候，春芽卻能這麼鎮定，心裡略略一驚。但目前對她而言最重要的是把芳菲安撫下來，便忙著服侍芳菲淨臉。

芳菲用熱巾子捂著臉，心神慢慢舒緩了一些。

溫熱的巾子敷在冰涼的額上，漸漸喚回了她的理智。現在還不是難過的時候，芳菲這樣告訴自己。

「春雨。」她輕輕喚了一聲。

春雨聽得芳菲像是有話要吩咐，忙應道：「奴婢在。」

「待會兒妳幫我給唐家的老太爺帶封信。」

芳菲說罷，強撐著起來走到書案前要寫信。她還讓春月給她下碗麵條，甚至還加了一句。

「下多多的臊子，再臥兩個荷包蛋，快去吧。」

她看見春芽有些詫異地看著她，像是不相信她這麼快就振作起來，便說了一句。「妳們放心，我會吃得飽飽的。吃飽了，才有力氣想事情。」

痛哭、懊悔、悲傷，這些都不是現在應該做的事。她現在還沒有資格放縱自己的情緒。

關於陸寒的船出事，她現在只是聽四叔轉述了街上的流言。到底真相如何，需要進一步的搜集情報才行。活要見人，死要見屍。在真正看到陸寒的人或屍首之前，她不會再哭了。

看著春雨出去找人送信，芳菲深深吸了一口氣。「春芽，過來替我穿衣梳妝。」

「是。」春芽比平時還要上心了十分，忙服侍芳菲穿上一身湖水藍的夏裝。接著又把芳菲的頭髮打鬆，從頭髮根一直梳得通通的，綰了個油光水滑的小髻，再把剩下的頭髮編成兩股辮子從兩邊綰到頭頂。

「姑娘，用哪根簪子？」

芳菲隨手從梳妝盒裡拿出一根碧玉髮簪。「就它吧。」

等芳菲剛剛梳妝完，春月捧著麵上來了。芳菲吃了麵淨了口，再補了補唇上的胭脂，便聽得春雲來報說秦大老爺請她到大宅裡去。

春芽這才明白過來，原來姑娘剛剛刻意打扮整齊，是早猜到大老爺會叫人來請她。

芳菲強忍著內心的躁動不安，伸手拍了拍自己的雙頰，儘量讓自己顯得不那麼蒼白。

她回頭看了春芽一眼，春芽明白了芳菲的意思，忙低頭輕聲說：「奴婢方才什麼都沒聽到。」

是個聰明的……芳菲略略頷首，帶著她到廳上去了。

四叔過來給她報信是一回事，但讓秦大老爺知道她老是跟外頭通氣總不是什麼好事，所以她才要打扮如常，不能先表露出自己早已知曉此事。

起碼在面子上要過得去……儘管秦大老爺知道她私底下做了很多事，可表面上她還是要裝一裝深居簡出不問世事的。

希望秦大老爺叫她過去，會給她帶來一些好消息吧……

令人失望的，秦大老爺只是把剛才四叔說的情況再說了一遍，並沒有什麼新的情報。他只說：「現在官府派官兵到江上去搜索了，這又不遠，應該很快就有消息的。七丫頭，妳也不要太難過了。」

官兵搜索……芳菲不禁腹誹起這些官兵來。

要是他們頂用的話，何至於讓這幾股河盜在清江上流竄，堂而皇之的劫持了一船客人。原來只以為小艇危險，所以陸寒才選擇了客船。誰知道……這些河盜竟連大船都敢打劫了。

不知唐老太爺那邊又打聽到什麼新情況？這些年來，唐老太爺一直把芳菲當成親孫女一般看待，對她多有照料。芳菲感激他的盛情，卻不敢輕易麻煩他老人家，除非萬不得已，一般都不會向他求助。

當天下午，唐老太爺來了第一封信。

除了原來芳菲所知道的情況之外，還多了些新內容。一是陽城官府派出的官兵已經找到了那艘被擄劫的客船，船上所有財物被掃蕩一空，有一、兩個船夥陳屍甲板上，但客人們全都不見了蹤影。

二是在那船附近的水域沒有撈起多少條屍首，可以肯定大部分的船客是被河盜劫走了。因為這艘船上的客人都是些商販和學子，家裡都不算太窮困，官兵估計河盜是想把這些人當做肉票勒索錢財。

「被劫走了……」芳菲的心稍稍放下了一點，起碼就現在的情況看來，陸寒應該還沒遇害。

可是第二天，情況急轉直下。

官兵的船隻追上了河盜的船隊，雙方激烈交鋒後，各有損傷。被逼急了的河盜把擄來的人質綁上甲板當做盾牌，以此震懾官兵，當下便有幾個人質被河盜砍翻扔下江裡去。

官兵被迫無奈，礙於河盜手中的人質，只得暫時退兵。

這消息一傳到陽城，所有被劫持人質的家屬都嚇得面無人色，人人都害怕那被殺的是自己家的親人。

芳菲也急得團團轉，幸虧晚上唐老太爺就來了信，說那幾個被殺的人都是客商，屍體已經被官兵帶回來交給家屬了，陸寒不在其中。

小偏院裡的氣氛空前緊張。

唐老太爺每來一封信，芳菲拆開後都先閉著眼睛深深呼吸一口氣，才敢看下去。因為誰都不能保證，他帶來的是好消息。

陸寒他們被擄劫的第三天，敬州府的官兵也隨之出動增援。因為那片水域，已經接近敬州地界，而被擄劫的又是陽城出來的船隻。

兩股官兵合流後，想要前後夾擊河盜。誰知那些河盜能夠在清江上橫行多時，自然有他們獨到的手腕。他們竟趁著陽城官兵和敬州官兵會合的空當兒，打了個時間差，憑著對河道的熟悉鑽進了一片蘆葦蕩裡，竟消失在官兵們的視線之中。

第四天，兩部官兵搜索河盜不見，開始互相埋怨對方。敬州官兵埋怨陽城官兵沒有先拖住敵人，陽城官兵卻說敬州官兵打亂了他們原有的計劃。這片水域本來就是以前有名的「三不管」地帶，現在一出事，大家都往對方身上推卸責任，反而把對敵之事拋諸腦後了。

第五天，那股河盜就像憑空蒸發了一樣，無論官兵如何搜索，也沒能找到他們的蹤跡。

「河盜不見了？」芳菲怔怔地看著那封信，不自覺地將那薄薄的信箋捏成了一團。她的心，也隨之糾結了起來，這到底是怎麼回事？

一個河盜船隊，起碼有三艘船以上。他們肯定在那蘆葦蕩附近有一個隱密的巢穴，是只有他們才知道的密道和小港，所以那些傻蛋官兵才會找不到他們。

其實，能夠讓這股河盜勢力坐大，就證明那些官兵是多麼無用了。從唐老太爺的信中看到，那片水域因為是三府交界處，地形複雜，水勢湍急，巡航困難，所以官兵的水軍一般都不會到那裡去。

這回如果河盜們挾持的僅僅是一些客商，而沒有應考學子的話，官兵還不會這麼積極地去追擊呢。

第六天，依然沒有找到河盜。敬州的官兵先打了退堂鼓，說緊緊圍逼不是個辦法，這樣只會讓河盜狗急跳牆。既然他們挾持了人質，就是為了要勒索錢財的，不如我們就坐等他們出來提交換條件吧。

由此可見敬州官兵的無能……

陽城的官兵當然不敢這麼做，畢竟那些都是陽城學子，身後都有宗族勢力在支持。如果他們也撂挑子不幹了，回到陽城肯定會被父老鄉親們用唾沫星子淹死。

可是沒有了敬州官兵的協助，陽城的水軍對地形極度不熟悉，也沒法再繼續追捕下去。

第七天，陽城官兵派出一支隊伍回到陽城向知府史大人請示，他們下一步到底該怎麼做。

已經整整七天了。

這七天裡，陸寒過的是什麼樣的日子？

芳菲整個人已經熬瘦了一圈，臉上瘦得只剩一雙眼睛。但她眼中的神采卻並未消失，一股強大的精神力量支撐著她一定不能夠倒下，那就是——她一定要看到陸寒，不管用什麼樣的方式。

第八天，史知府終於作出了決定——聽從敬州官兵的意見，撤圍。在蘆葦蕩附近等待河盜主動出來換人……

在史知府認為，這是沒有辦法中的辦法，誰也不知道把河盜逼急了，他們會不會將人質全部殺光。

他已經被圍在府衙裡的人質家屬們搞得焦頭爛額，所有的決定，都必須將人質的安危放在首位，而剿匪則只能靠後。

於是現在，大家都只剩下了等待。

等，等河盜提出換人。

但要等到什麼時候？而船上的人質，又等不等得起？

第八天的午後，當唐老太爺將史知府的決定送到芳菲手上的時候，她終於作出了一個決定。

她不知道那些被擄劫的人質的家人會怎麼做，可是等待，絕不是她行事的風格。

「春雨，讓人去租馬車，我要出門。」

春雨領命而去。

芳菲坐到梳妝檯前，拿出她隨身帶著的鑰匙，打開梳妝檯裡的一個帶鎖抽屜。

她把裡頭一只小小的漆盒抓在手裡，微微嘆了一口氣。

陸哥哥……希望你還平安。

第八十九章 周旋

陸寒從昏睡中醒來，只覺得嗓子眼都在冒煙，整個人一陣發虛。

他眨了眨眼睛，用手撐著船壁坐了起來。身邊的童良弼也沙啞著嗓子對他說：「伙食來了，我給你留了一份。」

陸寒艱難地迸出一句「謝謝」，便伸手取過那碗雜菜粥咕嚕咕嚕地喝起來。他喝得很慢，很小心，每一粒粥米每一片菜葉都要在嘴裡嚼上幾個來回才吞嚥下去。因為，這是一天中唯一的一頓伙食，連水都不會給他們多喝一口。

他喝了雜菜粥，綿軟的身子感覺稍稍好了一點兒，手腳也有了力氣。這時他才注意到身邊又少了一個人，低聲問童良弼。「老梁呢？」

童良弼搖搖頭，用同樣低沈的聲音在他耳邊說：「拖走了。」

又死了一個……陸寒對於死亡已經有些麻木了。

他們這群肉票一共二十多個人，全都被關在這賊船最底下的艙房裡。這艙房暗無天日，只從門板裡透出幾絲燭火亮光，提醒他們這裡是人世而不是煉獄。

不過也相差不遠了。

他們被趕到這艙房裡來的時候，就差點被這裡的惡臭給熏倒了。但那時的他們遠遠沒有想到後來的情況會比眼前惡劣百倍。

二十多口人，吃喝拉撒全在這間艙房裡。起初他們還為當眾解決三急問題感到羞憤，很快他們就顧不上這些了。臭、熱、餓，還有一直盤繞在心頭的巨大恐懼，將這些人質們脆弱的心壓成了齏粉。

人們一個接一個地病倒。到了今天，已經是第三個倒下的人被拖出去了——他們不會天真地認為河盜把他們拖出去是為了給他們治病。一定是扔到江裡去了吧，有的人……其實還沒斷氣。

陸寒用力掐了自己的大腿一把，給自己提提神。他的身體，現在在這些人裡頭算是好的，這全都歸功於離家時芳菲給他送的那一袋藥丸。大部分的藥丸他放在包袱裡已經被搶走了，但當時芳菲托人轉告他，要貼身帶著一包清心丸，預防臨時中暑暈船。

這包清心丸他裝在貼身內袋裡，沒有被河盜搜走……

陸寒每天偷偷嚼一顆清心丸。倒不是他自私不欲與人分享，但他深知人心難測。他把藥分給別人，不一定能換來人家的感激，反而會引起別人的窺測，認為他身上還藏有許多好東西——其結果可能是他渾身上下的東西都被急瘋了的眾人哄搶一空。

就在前些天，一個客商拿出他貼身藏的牛肉脯吃了幾口，結果被他身邊的人發現了，兩人為了搶一口食物廝打起來。那種野獸奪食般的情形，讓陸寒不寒而慄。

已經八天了。他們無法從天色分辨日子的流逝，但是從每天一頓飯來數日子還是容易的。

童良弼忽然悄聲說：「還有五天就到院試。」

院試。

這個詞像一顆石子投入江心激起絲絲漣漪，周圍學子們的呼吸變得重了一些，但隨即又平靜如常了。
誰都不知道自己能不能活著出去。要是命都沒了，院試不院試，功名不功名的，還有什麼意義呢？
喀啦——
艙房的門突然又被打開了。
奇怪，每天除了送飯，河盜們是不會來理會他們的。這……每個人的心都緊緊揪了起來，誰也不會猜想河盜是要大發慈悲來放他們出去。
「這是誰的包袱？」
一個粗嗄的聲音在艙門前響起。
人們瞇著已經習慣了黑暗的眼睛紛紛朝艙門望去。一個方臉大漢手裡提著一個藍布包袱。在燭光的映照下，陸寒一眼就認出了是自己的行李。
他忽然間覺得呼吸困難。
河盜為什麼要質問這個包袱？他裡頭根本沒有裝什麼東西，除了一些碎銀子和一張較大面值的銀票之外，就是些衣服鞋襪，還有芳菲給的那包藥丸。
「都是死人吶你們？誰的，趕緊出來認了！」那大漢極不耐煩地踹了艙門一腳，聲如暴雷般吼叫著。「到底是哪個的包袱，給爺爺我滾出來！」
「是我。」陸寒緩緩站起身來。
他的一雙眼睛在昏暗的艙房裡依然十分明亮。他可以選擇繼續不出聲，可是誰也不知道河盜們問起這包袱來是何用意。
是福不是禍，是禍躲不過。已經到了這樣的關頭，他也沒必要帶累別人，就直接承認了吧！
「哼！」那大漢也不廢話，叫了一聲。「出來！」
陸寒慢慢地從人堆裡走出去。他看到眾人用一種看死人的眼神在看著自己，事實上他自己也覺得大限將至了。
「小陸……」童良弼忽然喊了他一身，呼地也站了起來。
陸寒沒有停留，他不想再拖累多一個人。那大漢看他出了艙房，伸手一抓他的膀子就把他揪到身前來，把那包袱又在他眼前晃了晃。「這是你的包袱吧？」
「是。」陸寒不逃不避，直視著大漢的眼睛應了一句。
那大漢似乎想不到這小書生居然沒有被他嚇得兩腿發抖，心裡倒佩服他有點膽色。他放開了手，低喝了一聲。「隨我來。」另外站在艙房前的一個河盜已經把那艙房給關上了。
陸寒挺了挺背脊，隨著那大漢一直從底層艙房上了甲板。
是晚上……
呼吸著久違的新鮮空氣，陸寒竟有種再世為人的感覺。他在心中自我解嘲。「就算馬上要被害，起碼還能吸了兩口活氣，也不見得比在那艙房裡病死差。」
那大漢把他帶到賊船上二樓的一間寬闊房間裡。陸寒跟在大漢身後進了房間，這裡空間雖大，擺設卻也簡單，不過是一桌一床。
他看到一個更加高壯的黑臉虬髯漢子，袒露胸脯大馬金刀地跨坐在床沿上，一雙牛鈴般的大眼正在朝他上下打量著。

屋裡有淡淡的血腥味。陸寒看到那虬髯大漢手臂上纏繞著的紗布露出血色，知道這人肯定受了不輕的傷。

「小子，這些藥丸都是你的吧？」虬髯大漢指了指桌上攤開的藥丸袋子。

「對。」陸寒有一句答一句，並不多言。

「我這兒正缺金創藥，聞著你的藥丸裡有幾種像是傷藥。」虬髯大漢的聲音像是一把大刀在磨刀石上刮磨一般難聽，透著一股子粗厲凶狠的味兒。「你把傷藥給我挑出來。」

芳菲給的藥丸是用不同顏色的牛皮紙一包一包裝好的，不過上頭沒寫藥名。陸寒低頭在藥丸堆裡挑揀著，心中天人交戰——究竟該不該把真正的金創藥挑出來呢？

他已經明白了自己被帶出艙房的原因。

這個虬髯大漢明顯是一個首領級別的人物。現在已經是他們被擄走的第八天了，那天官兵圍攻賊船，他們人質中有好幾個被拉上甲板去當肉盾。

也就是那次，他們得知官兵來救援的消息，還歡欣雀躍了一陣，誰知那些官兵卻沒能把河盜剿滅……

現在這些河盜也許是找了個僻靜的小灣躲起來了。河盜們沒能回到根據地，所以傷藥緊缺，才會想著要從俘虜們的行李中找傷藥……

如果把藥給了這個河盜，那他的傷也許很快就會痊癒，自己是不是為虎作倀？

心念電轉間，陸寒想了許多事情。他忽然回頭看了看那虬髯大漢，說道：「我要看你的傷，才知道你要用哪種藥。」

虬髯大漢點了點頭，示意他走近來看自己的傷勢。他的身形是陸寒的兩倍之距，絲毫不畏懼這小小書生能對自己做出什麼傷害的舉動。

「你是個大夫？」那大漢看陸寒解繃帶的手法很熟練，隨口問了一句。

「算是。」陸寒依然寡言。他把那大漢的繃帶全部解開以後，看著那傷口說了一句。「骨頭斷了。」

「我知道，你就只管拿藥出來好了，我這兒多的是接骨能手。」虬髯大漢雖是個凶頑河盜，不過看陸寒態度平靜，他也忍不住心中嘖嘖稱奇，沒有像平常一樣大聲呼喝。

陸寒說：「可是骨頭還是沒接好，要打夾板。」

「你會接？」那大漢眼中精光一閃。

「會。」陸寒放開了大漢的臂膀，淡淡說了一句。「只要給我拿那根木片來。」

虬髯大漢點了點頭，朝帶陸寒進來的那方臉大漢吼了一聲。「聽見了沒？給老子拿木片來！」

就在陸寒與河盜們周旋的這同一個夜晚，芳菲坐著馬車出了門。

「姑娘……您來這兒幹什麼？」春雨扶著芳菲下了馬車，看著面前的黑漆大門，心中十分不解。

芳菲沒有答話，仰頭看了一眼這大宅上方四個烏木鎏金的大字「鎮遠鏢局」，邁步上了門前的石階。

她伸出手兒抓著門上獸頭輕輕敲擊了幾下，大門「吱呀」一聲開了。

那門子沒想到來敲門的是一位美貌少女，稍稍愣了愣神，隨即問道：「這位姑娘，您有何貴幹？」

「我來找你們總鏢頭，」芳菲頓了一頓。「跟他談一樁大生意。」

那門子聽得「大生意」三個字，態度更加殷勤，連忙把芳菲主僕二人迎了進去。

第九十章　脫困

焦青雲一面往大廳上走去，一面問身邊的僕從。「來者是個單身女子？」

那家僕點頭說：「是的，看模樣是個好人家的女兒，身邊只帶了個丫頭。」

焦青雲默默點頭不語。

一般說來，他輕易不見客人。不過一個女客孤身來訪，這其中必有古怪。何況她還說要跟他談什麼「大生意」……

在道上走鏢這麼多年，焦青雲對什麼大事小情都已經見怪不怪了。

不過當他看到芳菲的時候，還是禁不住呆了一呆。

這姑娘真是姿容出眾！他走南闖北見慣世面，但像她這般水秀容貌卻仍是少見。再看她站起身來向他施禮的舉動，進退得宜，顯然是位家教良好的千金閨秀。

「姑娘不必多禮。在下焦青雲，是這兒的當家人。請問姑娘所來何事？」

芳菲被焦青雲虛扶了一扶，盈盈起身。她輕啟朱唇，說道：「久聞鎮遠鏢局和焦總鏢頭的威名，如今一見，果然不同凡響。小女子有一趟活鏢，想請焦總鏢頭接下。」

活鏢？焦青雲暗暗皺眉，面上自然不露出一絲猶豫之色。「姑娘要保什麼人？」

「小女子想請焦總鏢頭護送我到江城去。」

芳菲此語一出，驚奇的不是焦青雲，而是站在她身後的春雨。

「姑娘，不可！」春雨大驚失色。

方才姑娘說要在晚上出門，已經讓春雨極為不滿。哪有姑娘家在這個時候出門的道理？這話一傳出去，姑娘的閨譽也就完了。可架不住姑娘一再堅持，她和春芽幾個攔都攔不住，只能讓姑娘出來了。

她還想著姑娘來鏢局幹什麼，原來竟是想到江城去……

「姑娘，我們幫不了陸少爺的，您就在家裡等消息吧，好不好？」春雨苦苦哀求著。萬一陸少爺有個好歹，姑娘起碼也沒過門，以後也許還能尋一門好親……可她真要孤身去了江城，這名聲算是完了

「春雨。」芳菲回頭淡淡掃了她一眼，臉上卻凝上了一層寒霜。「妳什麼時候能作我的主了？想來是我往日把妳慣壞了，沒個尊卑上下。」

春雨頓時語塞，一句話都說不出來，儘管有著滿肚子委屈也只能硬生生忍了下去。誰讓芳菲說的是正理呢？

「可以。」焦青雲做鏢行做久了，什麼古怪生意沒接過。只是保一個美貌姑娘到不遠的江城去，並非難事。「姑娘都提出保活鏢了，自然是知道我們鏢行的規矩的。貨鏢價廉，活鏢貴，像您這樣的更是要加費用。二百兩銀子，如何？」

二百兩銀子明顯比同行價高得多了。他這是漫天開價，就等著芳菲坐地還錢。可芳菲眼睛都不眨一下，卻從手中一直捧著的漆盒裡取出了一張銀票。

「這裡是一千兩，官印的銀票，馬上就能兌現。」

春雨瞪大了雙眼，卻沒敢再說一句話。這……這錢是姑娘全部的積蓄呀！

焦青雲的表情凝重了起來。他沒有為這張鉅額銀票而激動，反而沈下臉來說：「姑娘還有什麼請求，就請一併說了吧，看在下能不能做到？」語氣裡帶了商量，並沒有一口應承下來。這是走慣了江湖的老油條所擁有的智慧，不管什麼話都不能說死。

「小女子確實有要事相求。」芳菲坦然說道：「第一，請必須在一天之內將我送到江城府布政司衙門前。第二……」她壓低了聲音，輕輕說了一句話。

焦青雲的面上終於失去了一直努力維持的平靜，震驚地盯著芳菲，久久說不出話來。

陸寒發現自己當時作出的決定，暫時說來算是明智的。

因為他幫那虬髯大漢接好了骨，又上了藥，那人一時高興竟讓手下把他單獨關押起來。

「這人會醫，留著有用。」

之所以會這樣，大半還是為這虬髯大漢的手臂需要天天換藥的緣故。

陸寒被帶到一樓的一間小艙房關了起來。雖然還是被囚禁著，好歹這艙房裡有一扇小小的窗戶可以看到外面的景色，伙食也從一天一碗雜菜粥變成了一頓乾飯、一頓稀飯，好歹一天裡可以吃上個饅頭了。

如果按照那些所謂的受正統聖賢之書教育的士子的觀點，他應該大罵一頓那賊酋之後欣然引頸就戮吧……

可是那有什麼意義呢？

陸寒很寶貝自己的性命，他知道自己必須努力活下去，因為芳菲還在陽城等著自己回來。要是他就這樣死了，那以後誰來保護芳菲呢？

他接連幫那賊酋換了兩天的藥。那人的傷勢果然減輕許多。說起來，還是芳菲配的傷藥有效，幫了大忙。

為此，他們對他的看管也鬆了許多，經常就是直接把他關在房裡便罷，沒有專人站在他門前看管。

陸寒常常把耳朵貼在門背上聽著外頭的動靜，將路過的河盜說的隻言片語都盡數收入耳中。

不知道底層艙房裡的同伴們情況如何了？

陸寒想到童良弼，心裡沈甸甸地。

忽然他聽到門外甬道上有急促的腳步聲接連響起，接著船身一震。看來停了幾天的船終於要開動了，卻不知又要開往何方？

「那些混蛋官兵是怎麼知道這兒的?!」

「是啊，怎麼就被他們摸過來了。」

河盜的談話透過薄薄的船壁傳進陸寒的耳朵裡。

官兵找到這群河盜了？

他心中一陣激動，立刻從小窗口往外望去，果然看見夜色中閃動著點點火光，應該是官兵船隻上的火把。

很快，他便聽到了外頭甲板上無數跑動的聲音。是在激戰嗎……

他幾乎立刻就想到了那天被拖上甲板當肉盾的同伴。

不行，一定要乘機跑掉。

他看著那穿著粗大窗櫺的窗戶，心急如焚。

該怎樣才能把窗櫺弄斷或者撬掉呢？

他飛快打量著屋裡僅有的一些東西。一張木板床，一條爛被褥，一個夜香桶……

只能勉強一試了

他伸手脫下自己身上那件已經髒得看不清本來布色的長衫，用力撕成一條一條。然後把這些布條擰成股，浸泡到夜香桶裡去。

顧不得惡臭——久居鮑魚之肆而不聞其臭，他已經快要失去嗅覺了。他把浸濕了的布條纏著兩根相鄰的窗櫺，再把布條狠狠地絞在一起……

記得在鄉下讀書的時候，就曾經看過鄉人是用濕布條把兩根木棍絞斷的……希望有用。

外頭的廝殺還在繼續，每當有人在他的房門前跑過，陸寒都會心跳加速，可是手上的動作卻並未因此而停下來。

他的心中只有一個信念，那就是要逃出去！

也許靜靜地坐在艙房裡等待，官兵也會把他救出來。可是，他不能只把希望寄託在別人身上……

啪！

兩根窗櫺果真吃不住這絞力，應聲而斷。

陸寒狂喜不已。這聲音如果在平日肯定會引起外頭的警覺，但此刻誰也沒空來管他。

他快速轉身把床上的被褥撕成條狀，結成一條長長的繩索，再把繩索的一頭結在剩下的一根窗櫺上。

接著，他又把床上的一塊床板拆了下來。

他先把那床板送出了窗口，再小心翼翼地一手抓著床板，一手拉著布索爬出了窗口。

船身好高……

陸寒的手傳來鑽心的疼痛。剛才絞斷窗櫺的時候用力過猛，他兩手的手掌都已經破了皮。但現在無論如何，他必須要忍耐！

一寸、兩寸、一尺……

陸寒緩慢地接近著水面。他發現這一艘船並沒有和官兵的船隻交戰，被前兩艘船護在戰圈之外。是因為……頭領和人質在這船上嗎？

撲通！

他抱著木板跳進了水裡。幸好現在是六月天，如果是寒冬臘月，他撐不了半個時辰就會被凍死在江裡。

湍急的江水迅速把他帶離了船隻。陸寒在短暫的歡喜過後，馬上又陷入了新的恐慌之中——

在夜色的掩護下，河盜們也許看不見江面上的自己。可是同樣的，他也很難被官兵的船隻發現……

不會鳧水的他，靠著這塊床板能在江裡支撐多久？

他只能用腳不停地蹬著水，儘量朝官兵船隻的方向靠攏。

噗哧——

一枝流矢射進了他身邊的水面。

陸寒縱然在水裡也嚇出了一身冷汗。要是那箭再稍微偏個一點，說不定就射中他的腦袋了。

可到了這步田地，他也不可能放棄，只能硬著頭皮繼續往官兵的船隻那邊靠攏。

喊殺聲不停在耳邊響起，水上的流矢越來越多，陸寒的力氣卻一點一點地從身上流失，他感覺自己就快到極限了……

他的眼皮越來越沈，身子越來越軟。彷彿有一個聲音在對他說：「歇歇吧，只歇一會兒……閉眼睡一覺就好了……」

他猛的咬了咬自己的舌尖，劇烈的疼痛讓他有霎時的清醒。不行，他不能就這樣死去……

芳菲……

芳菲。

這兩個字似乎給了他莫大的力量，陸寒重又鼓起力氣拚命地蹬起水來。

「水裡的那是什麼人？」

就在他快要昏厥過去的時候，終於聽到一個聲音對著他高聲喊道。

他抱緊了木板，用盡最後一絲氣力嘶叫。「我是陽城童生陸寒……」

第九十一章 才女

盧氏看著坐在她對面心神不寧的芳菲，心下不忍，伸手拍了拍她的手背。「大人昨兒就已經派兵去救援了，沒事的。」

芳菲的眼眶一直紅著，像是在眼角抹了一縷胭脂般，反而更添幾分嫵媚。她卻對此渾然不覺，只用手緊緊抓著絹子，心中空空蕩蕩不知在想些什麼。

該做的，能做的，她都已經做了。

謀事在人，成事在天。剩下的，就交給命運吧！

春雨垂頭站在芳菲身後，心裡想的事卻多得多。

她不知道姑娘是如何說服大老爺出面將她託付給鏢局護衛出行的。要知道，如果沒有得到秦大老爺的同意，姑娘便是私自出門，以後一輩子都別想在陽城立足，而她們幾個服侍姑娘的丫頭，肯定會被打個半死再賣掉。

她也不知道姑娘和那焦總鏢頭談了什麼隱密的生意，最後竟必須付出兩千兩銀票的重價。姑娘連夜開了嫁妝箱子，幾乎把值錢的首飾全都當了也不夠，最後只能跟唐老太爺借了五百兩才湊夠了這個數。

她更不知道，姑娘竟有這樣大的體面，能夠打通門子得到布政司夫人的接待，甚至能去親見布政司大人……而在和姑娘見面之後，那位布政司大人真的派出了江南道最精銳的水軍前去支援作戰。

儘管她陪在姑娘身邊十數年，可是……姑娘身上，到底還有多少自己看不透的東西？

春雨暗想，即使是陽城裡頭許多有頭有臉的大老爺，也沒法像姑娘這樣吧。

江南道布政司龔如錚由姨娘服侍他穿好了官服，在小廳上用過早膳之後，正準備從後宅內院的小徑走向前衙。

從庭院的遊廊上走過時，龔如錚看見小花園裡和盧氏坐在一起的芳菲，腳步微微一頓。

昔年的小女孩……如今已出落得如斯美麗。

但真正讓龔如錚震動的卻不是她的容貌，而是她的辯才。

還記得昨日早晨她由夫人領著來到自己面前時，開口說的第一句話。「龔大人，您可知您眼下正面臨著一個重大的轉折？」

「什麼轉折？」龔如錚習慣了人人見到他時都要先說一堆敬語恭維，像這般單刀直入的談話倒真是頭一回。

芳菲說話輕輕柔柔，內容卻並不輕鬆。「這件事處理好了，可以讓您旦夕間便在士林中聲名鵲起。若是稍有差池，則會成為政敵攻殲您的藉口，對您的下次考績亦是極為不利。」

「妳倒說說看，究竟是什麼事情能有這樣大的作用？」龔如錚冷下臉來，覺得這小女子好大的口氣。

芳菲面對龔如錚的冷臉並未退卻，反而仰起臉來直視龔如錚，吐出一句。「陽城應考學子被河盜劫持之事。」

龔如錚稍稍愣了一下，隨即才回過味來。

這事情剛剛發生他就得到了消息，每日的戰報也都送到他的案頭。但他確實沒有把這個太當回事，河盜劫持船隻的事情時有發生，此事並非首例，讓地方官兵去處理也就夠了，犯不著讓他這江南道一把手布政司大人直接過問。

但芳菲所說的後果，龔如錚卻沒有細想過，認真思考下來，她說得的確有些道理。

芳菲見龔如錚動容，打鐵趁熱說：「龔大人，您日理萬機，在您看來這不過是小事一樁。可您別忘記了，這回被擄劫的可不是尋常客商，裡頭可有十來二十個到江城應考的今科學子呢。既是學子，自然有老師，更有師門……」

龔如錚已經領會了芳菲的意思。

在這個被等級制度人為劃分出三六九等的封建社會裡，人命和人命從來不是平等的。如果這回被挾持的是十來個陽城富商，即使他們的財富加起來可以頂過半個陽城，也不能和應考學子被劫相提並論，不過是因為士人清貴商賈賤罷了。

「龔大人，小女子自幼仰慕您在士林中的名望，千萬不要因為此事，讓您的清名受損啊！」

龔如錚知道芳菲話裡在暗示什麼。不過他身為三品布政司，好歹也是一方封疆大吏，並不是那麼容易被芳菲牽著鼻子走的。

「秦姑娘……好利的一張嘴。」龔如錚輕拈長鬚，說道：「妳說來說去，就是想讓本官出兵增援去救那些考生罷了……那船上有妳的親人？」

「大人明鑑，」芳菲坦然說道：「小女子的未婚夫婿就在其中。」

「哦？」龔如錚拈鬚的動作頓了頓，目光變得更加深邃。「妳一介女流，竟妄圖以三言兩語激本官出兵……兵者，國之重器也，焉能兒戲？念在妳救人心切，本官不與妳計較。至於此事，本官自有計量，妳就不必多言了。」

他不可能因為芳菲說了幾句話，就不管不顧地派出江城大營中的精銳水軍。儘管他承認芳菲說的話極有道理，而且他也很想賣這個人情給芳菲——畢竟那一位，如今可是已經正位東宮……但為了一個女子的懇求，便匆忙出兵，這事落到御史們手上可真夠他喝一壺的。龔如錚能夠做到今日這個位置，絕對不是善茬，孰輕孰重他還是掂量得過來。

芳菲並沒有因為龔如錚的話感到沮喪，而是再次福身行禮，懇求說：「請大人屏退左右，聽小女子一言。」

「君子不欺暗室，有話，就在這裡說吧！」龔如錚沒說出口的那句是「男女授受不親」，他怎能和一個年輕女子獨處一室？瓜田李下，不可不避。

芳菲也沒堅持，只是從懷中掏出一張摺成幾疊的紙片，雙手遞上呈於龔如錚面前。

龔如錚倒沒有拂袖而去，他也對這聰慧女子的行事產生了好奇，心想她還有什麼花樣？

他把紙片接過來後打開一看，臉上霎時變色。

「這是哪兒來的？」

「請恕小女子不能直言。蛇有蛇路，鼠有鼠道。您是居於朝堂之上的大人物，不過有些東西……」芳菲嫣然一笑。「草民們卻更清楚。」

這是一張清江河盜們所在的巢穴的路線圖，畫得極為詳盡。就是這張圖，才讓她花掉了兩千兩銀子。

她早就知道，鏢局是消息極為靈通之處，而陽城的鎮遠鏢局在整個江南道都是有名的大鏢行。它的總鏢頭焦青雲，通吃黑白兩道，手裡的情報比官府的還要多得多。

雖然焦青雲一開始無論如何不肯替她去買這個情報，說是風險太大。但當她一再加價，加到了兩千兩的時候，焦青雲也堅持不住了。

每個人都有一個價錢，芳菲明白。很多時候，人不被金錢所動，那是因為那價錢還不夠高。重金之下，必有勇夫，這句話永遠不會過時。

以她的聰明，又怎會不清楚光憑言語是打動不了龔如錚這位布政司大人的？沒有足夠的籌碼，她不會站到龔如錚的面前來。

但當龔如錚願意接見她的時候，她就對自己說，她可以說服他。沒有別的可能，一定，絕對，能夠說服他。

結果正如她所設想過的那樣，龔如錚最後還是派出了水軍帶著那地圖前去救援了。

昨日龔如錚調兵遣將忙了一天，晚上回到臥房，聽夫人說已經將芳菲在府中安置下來，默默點頭。

良久，他才說了一句。「怪不得太子殿下多年來對此女念念不忘，她確是個才女。」

朱毓升通過張端妍和蕭卓關照芳菲的事，沒多少人知道內情，龔如錚卻恰恰是其中之一。

盧氏疑惑道：「才女？大人見過她寫的詩詞嗎？」

「那只是小道。」龔如錚搖了搖頭，說道：「寫詩填詞，撫琴作畫，只不過是富貴人家女兒的門面功夫。這秦家女兒所有的，卻不是這等小才……」

龔如錚為人方正，想到自己背後議論一個閨中少女已是極為不該，遂住口不言，只交代夫人好好招呼她便是了。

盧氏是看著芳菲長大的，儘管是出於功利的目的，但相處日久，自然有一番感情在。倒不用龔如錚吩咐，她也樂意照料芳菲。

芳菲感激盧氏大早晨就起來陪自己用早飯，還讓自己到花園裡坐坐散心。只是她的心是無論如何都散不開的。之前一鼓作氣把自己的行程排得滿滿的，來到江城見了龔如錚，真的說動了他——芳菲突然就像一個充滿了氣的皮球一下子癟了下來。

她現在什麼都沒法再為陸寒做了，只能在這布政司府衙後宅裡等待著陸寒的音信……

盧氏見她精神實在不好，更不想讓她一個人待著，怕她想心事想出病來。便又把自己的兩個四、五歲的小孫兒叫過來，讓芳菲和孩子們說笑一陣。

有兩個天真爛漫的孩子們在面前笑鬧，芳菲的臉上總算少了些陰霾。盧氏又讓人去陪她用了午飯，春雨見芳菲食不下嚥，忙勸道：「姑娘，您好歹多吃點。」

「嗯。」芳菲實在不想吃了，只得拿了碗雞湯慢慢喝著。

忽然有人聲從小廳外傳來，芳菲剛放下湯碗用帕子抹了抹嘴，便看見盧氏一臉喜色地走進來了。

「芳菲啊，好消息，陸公子被人救起來了！」

第九十二章 重逢

頭好沈……眼皮好重……

不知道過了多久，陸寒從昏睡中醒了過來。還沒睜眼，他的身子就感到了一陣陣的震動，這是船隻開動時特有的感覺。自己在船上？

他用力睜開雙眼，映入眼簾的是一面粗布帳頂。他動了動嘴唇，便聽得身邊一個人在問他。

「你醒了？」

陸寒艱難地轉過頭去，看到一個穿著軍服的年輕兵卒正站在床邊看著他。是官兵的船。

陸寒一顆心終於落了地，他安全了……

負責看守他的兵卒趕緊給他灌水。

他們還不能完全信任他，畢竟他是從賊船上過來的。不過看他那白皙細嫩的模樣，也知道十有八九不會是那些在水上討生活的凶徒。

緩過神來，陸寒再次向兵卒表明了自己的身分。兵卒倒很和氣，他是老兵了，看得出河盜是啥樣良民是啥樣，對於自稱童生的陸寒自然不會過多留難。這兵卒還告訴陸寒此時已是第二天的早晨，他昏睡了一整個晚上。

「我的同伴們呢？」陸寒急急地問。難道只有他一個人逃出來了嗎？

「這……」兵卒拿不準該不該跟他說這些。

在陸寒的一再追問下，兵卒才告訴他，經過一夜的交戰，他們俘虜了兩艘賊船。不過帶著人質的那艘船卻逃出了包圍圈往蘆葦蕩更深處逃竄了，現在前鋒船隻正在抓緊追捕。

一個小校模樣的人來再問了他一些問題，以確認他的來歷。陸寒渾身上下的衣裳都換過了，因為他是被人從水裡撈上來的——就是沒換過，他也拿不出任何身分文件，路引和考憑都在被河盜搜走的包袱裡呢。

但那小校也沒為難他，和他說了一陣子話就走了。又過了一會兒，有一個穿著軟甲的大鬍子壯漢走進了艙房。

一直站在陸寒窗邊的兵卒忙向那大鬍子施禮，叫了一聲：「總兵大人。」

陸寒也從床上支起了半個身子，向這大鬍子總兵行禮。

「免禮。我是江城大營水軍總兵雷震，你就是陸寒陸公子？」

陸寒敏銳地察覺到這位總兵大人的用詞有些古怪。他說的不是「你叫陸寒」，而是「你就是陸寒」，難道他以前聽說過自己？

陸寒可不敢夜郎自大地認為連一位遠在江城的總兵都認得自己這小小童生。

「小生正是陸寒。」

雷震打量了一下陸寒，發現他氣色很差，便問那兵卒。「他身上有傷？還不快給他包紮。」

那兵卒忙說：「回總兵大人的話，這童生身上沒大傷，只是手上有些破皮，都包紮好了。身上還有些發熱。」

雷震說：「既然知道他發熱，為什麼不叫醫官？快去！」他把那兵卒打發走了，才對陸寒笑呵呵地說：「陸公子，粗人不懂事，你有怪莫怪。」

陸寒正是摸不著頭腦的時候，心想他哪敢怪人？這從五品的總兵對自己態度這麼奇怪，像是故作親熱似的，自己有什麼值得他拉攏的？

幸好雷震很快就解開了陸寒的疑惑。「龔大人親自吩咐我要注意陸公子……」又說了一通他是如何盡力剿匪，可惜賊人太過狡猾之類的話。

陸寒的一個疑惑解開了，又添了新的疑惑——布政司龔大人親自吩咐雷總兵注意自己？不過他此時想的是另一件事。「雷總兵，我在那賊船上的時候，聽那賊酋和手下說起什麼『黃龍浦』、『九曲灣』的，也許他們逃去了那裡。」

雷總兵聞言一震，忙又追問他當時聽那賊酋還說了些什麼。

陸寒不厭其煩地把自己偷聽到的許多話都跟雷震說了。雷震看醫官進了艙房，吩咐醫官一定要將陸寒的身體照顧好，便匆匆離去。

是日午後，陸寒便被雷震派出的一艘快艇送往江城。

當陸寒被送到江城後，在城門守衛的駐軍竟直接把他送進了布政司衙門。

陸寒不喜反驚。這是怎麼回事？

當他被人安置在布政司衙門後宅的一間客房裡時，陸寒的疑慮更重了。他是什麼牌面上的人，竟能有這樣的待遇？聽那些人的口氣，這還是龔大人親口吩咐的……

他坐在客房裡思前想後，怎麼想也想不通。過了一陣，他聽見從門外傳來一陣急促的腳步聲，像是有人在拚命跑動一樣。

這是府衙後宅，怎麼會有人這麼沒規矩的亂跑？

陸寒正想著不知是什麼人竟敢在這府裡橫衝直撞，就看見一個熟悉的倩影一腳邁進了他的房門。

「陸哥哥……」芳菲一手扶著門框，一手撫著胸口，氣喘吁吁地喊了一聲。

陸寒渾身如遭雷擊，看著芳菲，幾乎不敢相信自己的眼睛。

「我是不是在作夢……」陸寒輕輕吐出一句囈語般的話，伸手揉了揉眼，心跳得就快要從嗓子眼裡竄出來。

是她。

就在他確認眼前的人兒是他朝思暮想的芳菲的時候，忽然間，陸寒覺得他所有的疑問都得到了解答。一定是芳菲在推動著這一切……無須確認，他直覺地就是這麼覺得。

「陸哥哥，你受苦了。」芳菲用絹子捂著嘴巴，差點就要哭出聲來。

這還是那個俊逸清爽，渾身上下找不出一絲塵垢的少年郎嗎？

十幾天的囚禁生活嚴重地摧殘了他的健康，他的臉頰青白得看不到一絲血色，頭髮亂蓬蓬的隨意綰在頭上紮了個書生髻。身上穿的也不是她給他縫的那身儒衫，而是一件粗褐布短衣，一看就是營中兵卒們的衣裳。幸好他眼中的神采還在……

「芳菲妹妹……妳瘦了。」陸寒貪婪地看著芳菲的容顏，眼睛都不敢眨一下，生怕一個眨眼芳菲就會從他眼前消失。就是因為心中有芳菲在，他才能在那樣惡劣的環境裡一直支撐下去。

「哎呀，人都救回來了，芳菲妳就別難過了。」

盧氏是跟芳菲一起過來的，只不過芳菲心急跑快了幾步，所以盧氏這時才走到門前。

「是，夫人。」芳菲抹了抹眼角的淚水，忍不住又哭了起來。「我就是高興……」

盧氏伸手摟住了她的肩膀，輕輕拍著她的背脊撫慰道：「傻孩子……」

盧氏也為這對有情人能重聚感到高興，雖然她素來講究規矩，不過此時此刻也並未不近人情地把他們隔開。她拉著芳菲在桌子前坐下，也讓陸寒在對面坐了。

這樣一來，因為有她這長輩在場，兩人也不算太逾矩。

芳菲迫不及待地問了陸寒別後的情形，陸寒揀些不太重要的說了，免得芳菲擔心。

但芳菲又不是那沒見識的，自然能從陸寒所說的隻言片語中推斷出當時情況的凶險危急。一思及此，她的眼淚又不禁噗噗地往下掉。

多年來，在陸寒心中芳菲都是極堅強自立的，他從未見過芳菲如此柔弱模樣，看得他的心都緊了起來。要不是盧氏和兩個丫鬟在一邊站著，他多想把芳菲擁進懷裡，緊緊地抱著她撫慰她……

芳菲好不容易才收了淚水。她也有些不好意思，兩輩子加起來都沒哭得這麼慘過，都是被這陸寒害得自己這般失態，可是一想到自己差一點就再也見不到他了，她怎麼能不後怕？

在這件事之前，芳菲從沒發現陸寒在自己心中竟然有這麼重的分量。

也許是因為她在這世界覺醒的第一天起，她就知道自己將來注定要嫁入陸家，所以有著一個酷愛自由的靈魂的她，對於被人安排的命運感到不愉快。

因此，就也對這樁婚事有了淡淡的排斥——儘管她明白陸寒是個很好的男子，更明白他對她的感情。

直到發現自己可能要失去他，芳菲才知道，如果這世上沒有了陸寒，她甚至不知道前路該怎麼走下去……畢竟這幾年來，她都已經習慣了將自己餘下的人生與陸寒聯想在一起。

「行啦，芳菲，妳看陸公子不是好端端地坐在妳面前了嗎？快別哭了。」盧氏又讓自己的丫頭去給芳菲打水淨臉。

芳菲又和陸寒說了一會兒話，陸寒忽然說：「院試是在明日吧？」

「是。」芳菲應了一聲，擔憂地看了一眼陸寒。「陸哥哥，要不咱們先別考了吧，你看你的手都受傷了。」何況考試是何等費精神的事情，她怕陸寒虛弱的身子支撐不住。現在都快到傍晚了，距離考試也就是半天的時間……

「沒事的，都包紮好了。」陸寒說道。「但是我的路引和考憑都丟了……」

芳菲聞言，不由得救助地看向盧氏。

盧氏倒是爽快。「這好辦，你先歇著，一會兒我讓管家領你到前衙去，讓他們衙門裡的人來辦就是了。你們陽城的學政大人也在衙門裡籌備明兒院試的事情呢，這是正經事，不怕辦不下來的。」

話雖如此，也得有盧氏的體面，才敢說這樣的話。辦路引可不是小事，不然豈不是人人辦得。

「陸哥哥……」芳菲眨著水光盈盈的大眼，還是不太放心讓陸寒去考試。

陸寒輕翹嘴角，柔聲說：「芳菲妹妹，我不會讓妳失望的。」

既然這樣都死不去，那小小的院試又算得了什麼呢？

第九十三章　魁首

六月天，本來天就該亮得早。可是這日天還黑乎乎的時候，江城府學門前的大廣場上就聚滿了應考的學子。

整個江南道九個府的應考學子們全都被集中在這大廣場上，努力地去尋找各自的州府隊伍……

九位府學學政大人身邊都有兩個江城府的衙役在身邊，一來是保護他們的安全，二來則是要高舉燈籠——

沒錯，在這兩眼一抹黑的人海中，學子們要怎麼找到自己州府的那位學政大人呢？全靠那些衙役手裡提的寫了州府名字的碩大燈籠。

「陽城」、「敬州」、「江城」、「湖東」……學子們根據這些燈籠分別聚攏在一起，每個人的心情大都是緊張中帶著點興奮。

正如前面說過的，院試是一場選拔試，目的並非淘汰考生……因此考得最差的也不過是到縣學裡再讀三年書。比起前面兩場淘汰率高得近乎殘酷的縣試和府試，院試輕鬆得多了。

但既然是考試，誰不想得個好成績？只要過了這一場，一個秀才的功名就到手了。從此見官不拜，出行自由，光耀門楣……呃，這個不至於，中了進士還差不多。

梆子敲了五下，已經是五更天了。隨著「隆隆」的開門聲響起，府學大門被兩個衙役用力推開，正式開始點名入場。

點名是按州府進行的，一個州府的學政站在大門前點人勾名字，完了再輪到下一位學政上來點名。

一般而言，這種大考是沒什麼人會缺席的，除非是丁憂、急病，不然無論如何也會來參考……當然也有例外。

陽城學政陶育站在大門前唸名字，常常唸了幾個就會有一個是沒人響應的——大家就會知道，這人是那群被河盜擄走的倒楣蛋裡的一個……

陶學政的臉色自然不會好看，連唱名的聲音都顯得有氣無力。

當他點到「陸寒」時，語氣更是蕭索。連喊了三聲都無人回應，陶學政忍不住輕輕嘆息一聲。

底下的考生們也起了一陣小小的騷動，畢竟許多人都聽說過這位「縣府雙案」的名氣，不過知道他也被擄走了的人倒沒幾個。眾人心中一陣唏噓，同時也有人悄悄說：「果然樂極便會生悲……」引出身邊考生幾聲贊同。

陶學政別提多鬱悶了。敢情那「雙案」的人情是白送了……他也是個愛才的，知道陸寒的才學在這陽城府裡，甚至是江南道的學子中都極拔尖，要是不出這檔子事，將來必成大材。可惜了……

陶學政點完名，又到了下一位學政上場。天色大亮的時候，九個州府數千名考生終於全部驗明正身放進場了。再過片刻，府學的大門便會關上，要考上整整一天才會放人出來。

忽然間，只聽得一陣車鳴馬嘶，一輛由兩匹健馬拉著的大車闖進了廣場。

眾衙役大皺眉頭，這廣場是不允許車馬進來的，誰敢如此大膽？

但還沒等他們出言訓斥，帶隊的衙役班頭就已經親親熱熱地迎了上去。他認出了，這是布政司大人府上的馬車，那位駕車的不正是龔大人常用的車伕王老三嗎？

難道是布政司大人親自來巡視考場？可要是這樣的話，應該坐衙門裡的馬車來才對啊，連陣仗也沒擺，莫非是傳說中的微服私訪？

王老三停穩了馬車，下車掀起簾子，扶下了一個人來。

那班頭一看就愣神了，這個臉色發青的小書生是誰？

「陸寒！」陶學政還沒進府學，看到陸寒的出現，不禁大驚。

陸寒提著考籃下了車，聽見陶學政的呼喊，忙對陶學政行了一禮。「大人，學生來遲了。」

「行了，快進去吧。」陶學政縱然有一肚子的疑問，也知道府學立刻要關門，也顧不得尊卑，親自動手拉了陸寒一把，催他進場。

陸寒搖搖晃晃地走進府學裡，感覺真是天旋地轉……他昨晚又突然發起了高燒，一度燒到神智不清。

幸虧有個懂醫的芳菲在身邊，芳菲開了方子請龔府的下人去抓藥煎了，親自服侍他喝了下去。她又去求盧氏取用龔府冰窖裡的冰磚，用手帕將敲碎的冰磚敷在他額頭上，衣不解帶地照顧了他一夜才把熱度降了下去。

為了這病，他差點就沒能起來考試……芳菲的意思，是讓他索性不去考試了，免得病情再有反覆。他卻非常堅持，不論芳菲怎麼說都一定要來。後來還是那位盧氏派出了府上的馬車送他來考場的。

陸寒在一眾詫異的目光中走進考場——因為他進來後，幾位學政大人也都進了府學大門，所以看起來就像是大人們陪他進場一樣……其實這完全是個錯覺。

「你就坐這兒吧。」陶學政領他走到陽城府的場地裡，給他指了個空位。說起來，陽城這一塊的空位是最多的，當然大家都知道為什麼……

陸寒再道了聲謝，扶著桌子坐了下來。大鑼一敲，府學大門吱呀呀地被關上落了大門閂，從現在開始大半天的時間裡考生們可都出不去了。

小吏們挨著桌子發下考冊。陸寒一看那兩道時文考題，陰鬱了多時的情緒終於好轉了許多。

這兩道題目都很容易破題呀……他心中暗想，同時開始快速構思起來。

不過其他的考生就和他相反，一直以來較為輕鬆的心情霎時間被這兩道詭異的時文題打落到了谷底。這什麼題目啊？不著四六的，前一句和後一句根本沒法子聯繫上，怎麼破題？

並不是陸寒的智商就比一般人高多少，這跟他從小的學習過程和別人顛倒過來有點關係……一般的學子，從開蒙起便讀四書五經，然後學時文做法，再然後反覆練習八股文，再背誦名家程文。

他們的學習是以考中科舉為目的的，所以學得便較為古板，平日裡除了《詩》、《書》、《諸子程文》便不讀其他的雜書。

而陸寒，恰恰是從雜書起家的。他自開蒙起，一年內就學會了作文，所以便把八股丟到了一邊，自顧自看起了各種雜書來。尤其是學子們所不屑的「小道」——歷代詩詞歌賦之類，還有什麼遊記雜記，都是他所喜愛的書籍。

而當他年紀大了些，回歸八股文了以後，多年讀書積累下來的深厚底蘊便成了他與眾不同的資本。他的老師，前翰林學士蘇老先生發現了他這一點後極為欣慰，更加注重培養他靈活的思維……

這讓他在一群只懂得傻傻背書的書呆子中脫穎而出，隨便什麼時文題目都能輕鬆破解。當年寧川公說他的文「有靈氣」，可不是隨口說說而已。

陸寒現在最大的困難不是寫文章，而是執筆……他的兩隻手掌從掌心到指尖都傷痕累累，連握筆都困難。

可是這樣的大考，對於卷面的重視簡直到了令人髮指的地步……別說是錯字、別字，就是字跡稍微醜了點，都會立刻被劃到低一級的成績裡頭去。

他費力地寫好了兩篇草稿，汗水就已經濕透了衣衫。中午飯點到的鑼聲響起時，別人都已經在謄寫考卷了，他還沒能開始……

他停下筆，從考籃裡拿出夾肉餅子吃了兩口。這是芳菲連夜借了龔府的小廚房給他做的新鮮肉餅，裡頭放了多多的肉餡。

吃了一個餅子，陸寒抹了抹額上的冷汗，繼續謄抄考卷。他抄得很慢很慢，一筆一畫都無比小心。手心不停地冒著汗，他的手臂已經開始微微發抖，眼前似乎又開始模糊起來。

不，都走到這一步了，他絕不能放棄……

陸寒苦苦地忍耐著身體的不適，終於謄抄完了那兩篇時文。

放下筆的時候，他才發現身邊大多數人都已經交了卷子了……

他再抹了一把汗，才勉力站起身來走到大堂上去交卷。

江南道提學呂墨涵坐在高高的書案後面，正在閱讀考生們交上來的卷子。自己出的題目有那麼難嗎？怎麼一個兩個破題破得這麼差？

看到陸寒來交卷，呂墨涵也沒什麼好臉色。這考生交得這麼遲，肯定也是個差勁的貨色。

他冷著臉把那份卷子接過來一看，卻馬上被那一紙漂亮的字體吸引了目光。好齊整的一筆字。他的眼光放到陸寒的手上，發現這考生雙手都包紮著繃帶，可能是受傷了。原來是因為這樣才交遲的嗎？呂墨涵的臉色好看了許多。

數千張考卷當然不可能由提學大人一人來批改。當天晚上，由呂墨涵牽頭加上九位學政的評卷組開始挑燈夜戰。

在數千考卷中被學政們選為「優」的考卷才會送到呂墨涵的案頭。這樣的考卷也不多，不會超過兩百份……而被呂墨涵列入「最優」的三十份一等考卷，才有排名的資格。不過，排名也不是呂墨涵一個人說了算的。

三十份考卷一字排開，大家便展開了激烈的討論。這個說他手上的考卷針砭時弊，那個說他看中的才是言之有物，各人議論紛紛。

呂墨涵看到其中一份考卷那特別端正的字跡，想起了這是今天最後來交卷的那個受傷的考生的試卷。他當提學這幾年，也算見識了無數考生的試卷，但能做到像這樣在破題、行文、文采和卷面上都有極高水平的，卻也少見。

他指了指這份考卷，說道：「這一份……可列魁首。」

第九十四章　三元

次日午後，提學衙門的小吏便開始在江城府學外的照壁上黏貼院試榜單。

陸寒卻沒有出現在看榜的人之中。他雖然病體未癒，但仍堅持要搬出龔府，這時正在廳上與盧氏道別。

盧氏挽留了一番，說龔大人也很賞識他，希望他能在龔府裡養好了再走。

「別的不說，要個湯湯水水的總也方便些。」

陸寒卻仍是婉拒了盧氏的好意。

芳菲倒不反對陸寒搬出去。其實一開始，她就對龔大人下令讓人去接陸寒到府裡來休養感到驚奇，畢竟以他布政司之尊收留一個地方上的小童生，這也太不合情理了些。

而且陸寒被送來以後，龔大人雖然沒有來看過他，卻讓盧氏派人來照顧陸寒，也算得很重視了。

照一般的做法，應該是將人放到府學附設的驛館裡頭去，那裡是招待地方學政官員和給一些官宦人家出身的考生住的地方。偶爾也接待些別的考生，把陸寒送去那兒正合適。

她向來常在龔府作客，住在龔府倒不顯眼。而陸寒住在這兒，實在也是名不正、言不順，不管是她還是陸寒的心裡都覺得怪怪的。

盧氏看陸寒去意已決，也只好答應讓他離開龔府。不過她素來心細，想到陸寒病成這個樣子，一個人住到客棧裡沒人照顧可不好。因此又叫過一個外院的醒目小廝叫小艾的，讓他跟著陸寒去客棧裡住下，替陸寒斟茶遞水、洗衣疊被、買飯煎藥什麼的。

陸寒當然又是一番推辭。「小生哪裡配使喚貴府的小哥兒？夫人莫折煞我了。」

芳菲想著盧氏這麼安排也是有道理的，她便提出了一個兩全的法子。「陸哥哥，我們平頭百姓，自是不能胡亂使喚大人府上的人。但既然是夫人的好意，長輩有賜，我們做小輩的也不好推辭的……不如就請這位小哥兒替陸哥哥你跑腿幾天，然後這些日子裡他的工錢由陸哥哥你來開，好不好？」

這安排既顧全了陸寒的體面，也讓盧氏滿意，更重要的是陸寒身邊確實需要一個人照顧。至於讓陸寒開工錢什麼的，那都是托詞了，盧氏怎會不知道陸寒身無長物？想來他的盤纏芳菲會準備好的，也不用擔心。

從這一點上，盧氏就再次感嘆芳菲這個孩子實在是伶俐剔透。

從芳菲小時候起，盧氏就覺得她特別懂事，比起自己那一團霧似的女兒惠如簡直是一個天一個地……

當然她不會認為自己女兒不好，只是惠如確實太嬌憨了些，而芳菲卻是極其妥貼的一個人。無論處理什麼事情，總能拿出很好的解決方案，讓人人都覺得滿意。

這樣的才能，即使一般大家閨秀也未必有。將來如果成了當家主母、官宦夫人，可是一點都不用擔心她對管家應酬上不了手。

因此盧氏笑咪咪地看了看芳菲，說了聲「好」，又對陸寒說：「陸公子，不是我偏愛我這世侄女，但你還真是個有福的。」

這話把芳菲和陸寒都誇在裡面了，兩人同時臉上一紅，但眼中卻不約而同露出幸福的笑意。

正好此時，龔府的管家來報喜。「夫人，陸公子中了，正是院試榜首！」

榜首？

站在芳菲身後的春雨情不自禁脫口而出。「呀，那豈不是真的成了『小三元』！」

「真的啊？」盧氏喜氣洋洋，人年紀越大越是愛聽好消息，何況這「小三元」又真是實打實的大喜事。

陸寒和芳菲也愣住了。

怎麼回事，又中了榜首？

那位呂大人明明不是同安門人……難道是龔大人去打了招呼？那也不可能啊，院試評卷是糊名的，沒拆開封口前誰也不知道哪份考卷是誰的呀？

陸寒自然想不到他是因禍得福，由於手上有傷，寫字太慢，成了最後一個交卷的人，是以給主考官呂大人留下了深刻的印象。

有的時候，印象分確實很重要……這也屬於一種考試運吧。

無論如何，他都已經考中了，從今兒起，他就是有功名的人了，想到這裡，陸寒還是很高興的。

尤其想到那些生死未卜的同伴，陸寒就更加感覺到自己能考中秀才是如何的彌足珍貴……不知道他們現在怎樣了？雷總兵應該追到那條賊船了吧？

盧氏吩咐人去備席，她親自陪兩個年輕人用了一頓慶功宴，才讓小艾跟著陸寒出了龔府去客棧裡投宿了。

晚上龔如錚回來的時候，她便跟龔如錚提起陸寒考中了秀才，還是極其罕見的「小三元」。

「這個陸寒大難不死，倒真是個有大福氣的。」盧氏一邊說著，一邊給丈夫端來一杯熱茶。

龔如錚輕輕點頭，拿起茶來喝了兩口，沒有對陸寒此人多做評論。

他當然知道陸寒之前已經是縣府兩試的案首。做官做到他這個地位，那都是人精，很少有糊塗蟲……呃，不排除意外情況，但龔如錚並不屬於意外。

他早就看清了陸寒連中兩元背後的玄虛，同時也感到了一絲小小的意外。這個陸寒不簡單……加上陸寒是這次被擄劫事件中靠自己能力逃脫的唯一人質，這更引起了龔如錚的重視。

他如今在士林中也算是有了一些口碑。聽上頭的意思，如無意外，他做完這一任布政司，應該可以調入京中六部，正式進入這個國家的政治中樞。

龔如錚今年虛歲四十六，在這個級別的高官中年級並不算大。

如果近幾年內皇帝大行，新皇登基，按照「一朝天子一朝臣」的慣例，他這種並未在朝中培植起黨羽的大臣應該是新皇拉攏的對象。

何況多年前他就已經站了隊……更萬幸的是他賭中了，朱毓升真的被立為太子。所以何不現在就先賣好於一些年輕而有前途的學子呢？等他真的成了皇帝近臣，這些年輕人也逐漸成長起來了，正好能成為他的助力……

「我記得上次我生辰，好些人送了補品來。妳抽空整理些讓人給那秦家女兒送去吧，讓她給那陸寒捎上。」

盧氏應了聲「是」，驚奇於丈夫對這陸寒的看重。不過，丈夫素來對年輕的士子都很和氣，會這樣交代也並不算太奇怪。

雖然大考結束了，不過陸寒現在還不能馬上回陽城去。

且不說他個人的身體原因，還有一項官方活動他這個院試榜首是必須要參加的，那就是傳說中的「簪花宴」。

「陸哥哥那身子骨，怎麼能喝酒呢……妳好好交代那個小艾，可得把陸哥哥給勸住了，別一時高興喝多了酒，把身體的底子都弄壞了就得不償失了。」

芳菲不管什麼時候最擔心的還是陸寒的健康。

春雨喜孜孜地說：「姑娘您放心，奴婢肯定會給您把話帶到的。奴婢看陸少爺不是那等不知輕重的，定然會保重自己，姑娘您也不必太過擔憂。」

「行啦，去吧、去吧。」芳菲笑著把春雨送走。等春雨出了門，芳菲在客房裡靜靜坐著，開始冷靜下來思考接著該做些什麼。

身上帶的盤纏還夠用一些日子，這倒不必太擔心。

再待個三天左右，也該回陽城了。這一點盧氏倒幫她考慮好了，說是龔大人交代的，過些日子正好有一艘官船要從江城出發上京送貢品，途經陽城，就讓他們搭那官船就行。

官船有水軍護航，自然是極安全的。芳菲感激不盡，一再託盧氏向龔大人致謝。

「不用不用，不過是舉手之勞而已。」盧氏壓低了嗓音，對芳菲說：「這回還多虧了妳送來的那水路圖，讓水軍打了個大勝仗，聽說那些河盜已經全被剿滅了呢！」

「真的啊？」芳菲說。「那些人質……」

「聽說大多都活著呢，已經讓船往江城送了。」盧氏是懂得政事上的關節的，所以心情很好。

這事一說起來，可就是她家老爺「愛惜學子」的鐵證，在士林間的威望必然更上一層樓。

陸寒聽到此事也很高興。等得到了這些人來到江城的確切消息，他第一時間就趕往府學驛館去探望。

「童兄，想不到我們還能再見面……」陸寒見到躺在床上瘦成了一把骨頭的童良弼時，饒是他身為男兒，也禁不住淚盈於眶。

童良弼的圓臉變成了瘦瘦的尖臉，幸虧人雖然虛弱，卻沒受什麼致命傷害。

「沒事、沒事，你看你難受個什麼勁兒！」童良弼的精神倒還好，反過來安慰陸寒。「咱們都活著，這就是大好事，想想老梁……」

提起那幾個已經死去的同伴，兩人都不由得沈默下來。

還是童良弼先說話了。「嘿，聽說你成了『小三元』？太厲害了，有你這樣的同鄉，我們陽城人說起來都有面子啊！」

「僥倖而已……」陸寒謙遜道。「都是運氣。」

「唉，可惜我們沒趕上院試。不過就我這樣子，也上不了場了，坐久一會兒都頭暈，」童良弼說：「又得當三年童生啦，我真是沒白姓童啊！」

聽到童良弼還有心情說笑，陸寒終於心情開朗了許多，忍不住「噗哧」笑了出聲。

兩人相視而笑，全身充滿了一種劫後餘生的幸福感。

三日後，陸寒和芳菲、春雨搭上了從江城出發的上貢官船。

第九十五章　掙錢

缺錢的感覺真不好受。

春雨是替芳菲管帳的，她趁著其他幾個丫頭不在，捧出那錢匣子給芳菲看。「姑娘，咱們只有二十兩銀子了。」

芳菲揉了揉太陽穴，頭痛地說：「先把她們幾個這個月的分例發了。還有給春月五兩銀子，讓她去那邊大宅廚房裡拿這幾天的菜。」

她的丫頭可不能隨便進出宅子，當然更不能去菜市場買菜，所以她們吃的菜都是從秦家大宅那邊撥過來的。

從江城回來後，缺錢的問題就浮上了水面。

兩千兩，擱在哪個家裡都不是一筆小數目。估計全城也就是芳菲這麼個姑娘家能拿出這麼大一筆銀子來，但她這也是東拼西湊才勉強夠的數，現在還欠著唐老太爺五百兩沒還呢！

雖然唐老太爺不會上門追討這麼幾百兩銀子，但迫在眉睫的家用問題可是不能不解決的。

她如今算是自己當著一個小家，自由是自由了許多，花錢的地方也海了去了。原來還指望著吃積蓄呢，誰知道一夜之間……唉！

算了，人沒事就好，總算是破財消災，還撈了個秀才功名回來。

可是這功名也不能當飯吃啊——當然，中了舉人就不愁沒人送吃食了，不過秀才是沒這待遇的，風光過後日子該咋過還得咋過。

陸寒那邊還好，他那些個積蓄還有剩餘，足夠他支持到明年考鄉試的。芳菲為了不讓陸寒為自己操心，一點口風都沒在陸寒面前露，春雨有一次想說還被她給瞪回去了。

陸寒從來就沒出來賺過錢，跟他開口有什麼用？只能讓他為自己操心罷了。但總不能一直靠典當母親留下的嫁妝過日子吧……她還指望把當出去的那些首飾給贖回來呢。

錢錢錢……芳菲覺得自己要想錢想瘋了。有沒有什麼法子可以快速來錢呢？可惜自己不會賭術，不然真想跑到賭館裡去撈錢了。她看著快被掏空的錢匣子發呆，良久，忍不住嘆息一聲。

難道真的只能採用這個法子了嗎？

唐老太爺聽說芳菲來訪，顧不上自己近日身子有些不適，親自拄著枴杖出來迎接她。

「秦丫頭，什麼風把妳吹來了？」唐老太爺讓人給芳菲看茶，他細細打量了一下芳菲的氣色，發現芳菲眉宇間籠著一層薄愁，不禁動問：「怎麼了？如今不是正當歡喜的時候，我看妳反倒是不太高興？」

芳菲遠赴江城「尋夫」的消息，在陽城某一範圍內悄悄傳揚開來了。儘管有人認為這樣的舉動極為不合禮法，甚至說秦家教女不嚴，但大多數人卻對芳菲讚譽有加。

無他，因為她前面已經有了一次「自殺抗婚」的光榮事跡……這位秦七小姐對未婚夫「有情有義」的形象早已深入人心，有了先入為主的印象，大家都覺得她這次也是關心太過的緣故。

所以說，無論什麼時代，個人形象很重要……這也是湛先生苦勸芳菲收斂經商行為的原因。還是為了形象問題啊！

而那些說芳菲不對的人，在陸寒考中秀才後也閉了嘴。

這回陸寒居然能奇跡地從賊人手中孤身逃脫，並且趕上了院試，乃至考上了院試案首勇奪「小三元」。

人們便傳說是因為秦七小姐的情意感動了上天，天上的星君特地下凡拯救陸寒。

接著大家便開始發揮想像力為這個故事添油加醋，這個說陸寒是被星君吹了一陣風直接從賊船送到江城考試的，那個說神仙送了陸寒一枝妙筆，讓陸寒在院試中妙筆生花折服了考官。

要知道，市井民眾最愛的便是聽和說這些傳奇故事。而陸寒和芳菲的故事，無論哪一條都具有極高的話題性。

才子、佳人、磨難、脫險、小三元……

所有的關鍵詞組合起來，那就是兩個字——「佳話」。

一旦成了「佳話」，傳說中的人形象自然就高大起來，本來有的缺點也都被人直接無視了……

因此唐老太爺才對芳菲的愁眉不展感到疑惑。

芳菲微微笑著，對唐老太爺說：「老太爺，芳菲好久沒為您老人家泡茶了。您最近有沒有得了什麼好茶葉，也賞芳菲一盞好茶喝喝？」

唐老太爺知道芳菲這是要和自己密室商議的意思，便呵呵笑著起身說：「是了，人家正給我送了一包新茶……」

兩人來到唐老太爺最常待著的那間小茶室裡分賓主坐下。

唐家小廝木茗忙照唐老太爺的吩咐取水燒火。芳菲坐下來也不忙說事，還真是好好亮了一手她精湛的茶藝，給唐老太爺泡了壺香得恰到好處的熱茶，又親手端到唐老太爺面前。

「還是妳這丫頭有雙巧手啊……」唐老太爺品嚐著這杯香茶，感嘆道：「我和茶葉打了一輩子的交道，但像妳這麼年輕就能練到這個分上的，還真是不多見。」

「老太爺謬讚了。」芳菲也把自己的那一杯慢慢喝完，這才說：「芳菲只不過是比別人更愛好一些罷了。」

「只有愛好，可做不到這樣。」唐老太爺中肯地說：「還得有慧根才行。」

「哪裡……我是最笨的，頂多是喜歡多想些古怪的方子……」芳菲眼中的精光閃了一閃，隨即對春雨說：「這裡暫時不用妳伺候了，妳到外頭去看看風景吧，別走遠了。」

春雨知道芳菲到唐家絕對不是來玩耍的，恭敬地應了一聲便慢慢退後走了出去。唐老太爺對木茗揚了揚下巴，木茗也就知機地走出了房門。

茶室裡只剩下這一老一少相對坐著。芳菲也不打馬虎眼，開門見山地苦笑了一下，對唐老太爺說：「老太爺，芳菲近日可是缺錢缺得厲害。」

「哦？」唐老太爺當然記得芳菲還欠著自己的錢，以為她還是來借貸的。他當下便一揮手說：「需要多少，妳儘管說，老夫別的沒有，這孔方兄還是有一點的，妳欠老夫的那帳也不必還了。」

「欠債還錢，天經地義。」芳菲緩緩說道：「老太爺，芳菲來跟您哭窮，可不是指望著掏您的口袋呢，我只是……想做一樁生意，又不好出頭，想請您幫忙。」

「生意？」唐老太爺奇怪了。

前兩年這秦丫頭就是因為不想繼續出面做生意，才把賺錢的佳茗居頂給了自己。如今佳茗居的生意可真是好得不得了，已經成為了陽城的名店了，又給唐家增加了一項收益。

「妳又想做什麼生意了？」唐老太爺笑了幾聲，又說：「雖說妳不是我唐家的女兒，但妳這性子跟老夫還真像。說吧，只要是老夫能幫得上忙的，老夫絕不推辭。」

「這些年來，您老人家已經幫了我很多很多了，尤其是這次……」芳菲說起來，還是滿心感激。「不過這樁事情，我是真的不好露面。」

她把自己的計劃細細地跟唐老太爺說了一遍。

唐老太爺聽著聽著，忍不住驚訝地瞪大了眼睛。

「妳……妳可想好了？」他嘆了一口氣，說：「妳這可是殺雞取卵！」

芳菲也知道唐老太爺的話在理，問題是她的財政問題已經是火燒眉毛的事情了。其實，如果跟唐老太爺借錢，這難關也不是過不去，但芳菲是那種能不負債就不想負債的人。她已經欠了唐老太爺太多太多，不能欠下去。

她再次向唐老太爺表明了自己的決心。唐老太爺見她執意如此，也只好答應下來。

「也不知道妳的腦袋瓜子裡裝的什麼，怎麼就老能想到別人想不到的東西？」

唐老太爺對此可是百思不得其解。

芳菲當然不能說自己腦子裡還正是裝了好多東西，這海量資料庫可不是人人都有的。她只是笑了笑，沒把這個話題接下去，而是問起了唐老太爺近期的健康情況……

當芳菲從唐府離開的時候，春雨看到她臉上的愁色已經消失了不少，以為姑娘是從唐家借了錢。

「春雨啊，咱們的問題就快要解決啦！」芳菲一時高興，不由得跟春雨說了一句。

春雨喜道：「是嗎？奴婢就知道唐老太爺是個大善人。」

「哦，妳以為我是跟老太爺借了錢？」芳菲挑了挑眉毛，笑道：「長貧難顧。春雨，借人家的錢，花起來可沒有那麼痛快啊。」

「那上次咱們不是……」春雨說的是芳菲連夜跟唐老太爺借了五百兩銀子，交給鎮遠鏢局的事。

「那是意外，實在是逼得沒辦法了。」芳菲搖頭嘆息說：「希望以後可別再有這種意外了……」她的心臟可真受不起這種驚嚇，到現在還心驚肉跳的呢。

春雨想不通芳菲到底葫蘆裡在賣什麼藥。不過她很快也把這心事丟開了。反正姑娘遇到什麼大事小情，總會有法子解決的。

姑娘能說動布政司大人出兵，還有什麼辦不到的呀？自己這個笨腦袋是跟不上姑娘的想法的，只要安安分分地服侍姑娘就好了。

幾天後，陽城的各大茶園主人都收到了行業龍頭唐老太爺的請柬，邀請他們到唐府來赴宴。

第九十六章　競拍

唐老太爺在陽城乃至整個江南道的茶業中，都是一個響噹噹的人物。

所以他一發請柬，那些被邀請的後生晚輩們自然都得乖乖地來赴宴。即使平時大家是商場上的敵人，但又何嘗不是同氣連聲的同行，所以大家的關係在表面上看來那都是相當融洽的。

當客人齊聚在唐家那間極盡華麗的大廳裡，欣賞著四壁掛著的名人字畫，和多寶格上價值不菲的古董器皿時，也忍不住交頭接耳討論起這回唐老太爺將他們召集來到底是有什麼大事。

既然是叫了行內人來，肯定是跟茶葉脫不了關係。

有些小規模茶園的老闆惴惴不安地悄聲問身邊的人。「難道是咱們仿冒他佳茗居的那些茶方，老太爺要發威了？」

「不能吧？咱這都賣了一、兩年了，老太爺要是不高興咱賣，早就該吱聲了呀。」被問到的人也很吃驚。

佳茗居的茶方好賣啊，這誰都知道。就這麼兩年下來，陽城各大茶莊茶行裡頭，多有賣配好的小包茶方，都是從佳茗居裡學來的仿冒品。

這些口味豐富的茶方大受老百姓的歡迎，上自耄耋老人，下到開蒙學童，都能找到自己喜歡喝的口味。

有錢的，到佳茗居的雅座去慢慢享受正宗的現泡茶；錢少的，就到茶莊裡買一包茶方回家自個兒泡著喝。

總之，自從他們賣上了這些茶方，茶行的收入增加了不少。

難不成是唐老太爺終於要出來跟他們討個說法了？

客人們等了兩刻鐘，唐老太爺總算被兩個小孫子扶著出來見客了。一番寒暄之後，賓主都欣然落坐——起碼表面上是欣然的。

唐老太爺對各位同仁的到來表示了極大的熱情，和每一位到場的茶商都多多少少聊了幾句。

不聊不知道，一聊嚇一跳。這些人還以為唐老太爺這些年都在家裡養老呢，不是聽說早年發了場大病躺下了不理事了嗎？

怎麼一跟他們說起話來，句句都點在實處，看起來像是關心他們的生意，實際上卻點出了各家茶園如今的現狀——哪家賣什麼茶葉最賺錢、哪家的分行鬧了虧空、哪家的大掌櫃最得力……

各人看著唐老太爺和煦的面龐，心裡更是直打鼓。唐老太爺這一番做作用心何在，大家都能猜個八九不離十。

不就是要跟大家表示，他老唐廉頗老矣，尚能飯否，在這個行當裡他依然是說一不二的老大哥。

眾人中有個別近年來賺了大錢了，平時還想著跟唐家爭一爭這行業龍頭之位，現在看唐老太爺洞若觀火，腦子好使著呢，趕緊把剛剛翹起來的尾巴又夾住了，不敢露出來。

唐老太爺把眾人敲打了一頓，瞇著老眼看了看他們臉上的表情，心知達到了預期的效果，也就樂呵呵地把話扯開了去。

繞了一會兒，他才慢悠悠地說起今天請大家來的緣故。

「各位都是種茶、賣茶的，自然知道製茶的手藝秘方有多重要……」唐老太爺說到此處，又咳嗽兩聲，才接著往下說：「老夫不才，整日在家中閒坐，也沒別的想頭，就顧著琢磨怎麼改進咱們現在的製茶手藝……」

眾人皆愕然。

要知道每家茶園種出的茶葉，從採青到炒製都是由自家一手包辦的。尤其是幾道關鍵的炒製手續，甚至還得由家族中嫡傳子弟來著手進行，就是怕秘方外洩。

炒製的工藝不同，製出的茶葉檔次當然也不同。誰都夢想著能創出新的炒製方法來提高自家茶葉的品質……可是唐老太爺這麼說是什麼意思？

好在唐老太爺沒有停頓太久，便又繼續說了下去。此時廳中客人雖多，卻靜得針尖落地都清晰可聞，人人都在屏息聆聽著唐老太爺的說話。

「……老夫近日苦苦鑽研，總算是研究出了一些新法子……」

唐老太爺微微一笑。

「人老了，就愛顯擺，各位不妨嚐嚐老夫用新法炮製出的茶葉吧。」

他吩咐了一聲，身邊站著的一個孫子便下去帶著下人們上來給客人斟茶。

行家一出手，便知有沒有。當那些僕人將剛剛沖泡好的新茶倒入杯中的時候，鼻子比狗還靈敏的茶商們立刻就聞到了香味。

「這味兒挺正啊……」

大家先聞了香，賞了茶湯的色澤，方才慢慢喝起茶來。

這茶葉大家都認得，就是江南最盛產的茶葉凝綠，因為原產地在凝州而得名。這種茶葉因種植容易，產量較高，所以價格一向不太貴。

但是如今喝起這茶來，卻比普通的凝綠香了十分。眾人都是內行，一品就發現，這茶葉的炒製和平常的炒法不一樣。

客人們的反應都被唐老太爺收入眼底。他當時按照芳菲所教的法子，試著炮製生茶時，對這工藝還將信將疑。以前沒這麼做過啊……

但是成品一出來，唐老太爺就服了。

也不知道芳菲這小姑娘是怎麼弄出來的，這麼多茶人苦苦研究了多年也難以突破的瓶頸，竟然輕易就被她破解了……

唐老太爺看看火候差不多了，才拋出了他今天的最終目的。

聽唐老太爺把他的想法說完，在座的所有人都愣神了。

唐老太爺要把這炮製的秘方賣給他們？

「當然，如果人人都會，那也不叫秘方了……」

眾人點頭同意唐老太爺的話。是呀，物以稀為貴，人人都會了，那還值錢嗎？

芳菲提出的法子，叫「競拍」，也就是價高者得。競拍會上，大家在紙牌上寫下自己願意為這秘方出的價錢，一份交給唐老太爺，一份自己留著。最後一揭牌，誰出的錢多這秘方就歸誰。

陽城裡大大小小一共三十七家茶園，她只將這秘方賣給出價最高的三家。

她有信心這個秘方能讓眾多茶老闆趨之若鶩。

這世界和她記憶中的那個大明不太一樣。在她的資料庫中顯示，直到清代，政府才廢除一切禁令，允許自由種植茶葉，於是愛茶之風至此才深入市井，走向民間，而各種繁雜的工藝也是這個時候才出現的。

但在她現在這個世界裡，朝廷已經施行新茶政，各地茶風極為興盛，可偏偏製茶的工藝卻還比較粗糙。這樣的差別，給了她賺錢的好機會。

她腦中的資料庫裡，就有關於茶葉炮製的極其詳盡的資料——蒸青、炒青、烘青，這些法子如今的世界不是沒有，可是極不完善，而她卻掌握著更高級的工藝……

加上請唐老太爺出面組織拍賣，信譽度明顯高了許多。當然，這個茶方她是無償提供給唐老太爺的……就像她把佳茗居原來的各種配方和部分花茶的窨製方法都教給了唐老太爺一樣。

想讓人幫你做事，首先就得使那個人受益。不然，人家幫了你一次，未必會幫第二次。

唐老太爺說完之後，便讓幾個孫兒陪眾人入席吃飯，自己告病先回去休息了。

即使席上擺著珍奇佳餚，誰還有心去品嚐呢？都是匆匆吃完，回家去和家人或者掌櫃商量該不該參加這個競拍會，參加的話又該出多少錢了……

而且各個茶商之間，又互相刺探對方的底價，想要用最少的錢拿到最大的利益。這其中演出的一幕幕活劇，亦是精彩紛乘，不過這些芳菲全然不放在心上。

她最關心的，只是最後的結果。

會有多少人願意參加競拍會呢？他們又願意出什麼樣的價錢呢？

在這一點上，芳菲實在沒把握。

七日後，競拍會同樣在唐家大廳舉行。三十七家茶老闆不可能都參加，那些本錢少、規模小的茶園早就自動退出了競爭。最後坐在唐家參與競拍的，只有十二家。

也有人對唐老太爺為什麼會把茶方拿出來與人分享感到疑惑，自己留著用不好嗎？以唐家的財勢，不會缺這筆錢的。

眾人猜了無數可能，但最終也沒誰能說得準。不過唐家怎麼做自然有他們的用意，這事明擺著是好事，可不能錯過了。

「姑娘……您看。」春雨無奈地捧著放錢的匣子給芳菲看。「只有三兩銀子了……怎麼辦啊？」她小聲地說：「過些日子是大老爺的壽辰……」

往年這個時候，芳菲都會給大老爺送上一筆厚禮的。今年秦家戴孝，壽宴是辦不了了，但禮物不能省啊！

芳菲看著那三兩銀子也苦笑起來。

「再等等吧，實在不行，就再拿我這兩支釵子去當了。」

芳菲指了指首飾匣子裡的兩支宮造金釵，那還是當年朱毓升託人送來的禮物，她一直收著沒戴過。

「算算日子，那競拍會也該到了……」芳菲心中暗暗想道：「總能拍出些銀子來應急的吧？」

正當主僕二人在為經濟窘困而發愁的時候，大宅那邊來人，說唐家的老太爺請七小姐過府一敘——芳菲關起門來過小日子是一回事，但是交際起來，卻不能這麼辦，還是得從本家這邊走動。

芳菲心中起了希望，忙讓春雨給自己穿衣，匆匆去跟秦大夫人稟告了一聲便往唐家去。

第九十七章　巨款

芳菲看著面前那一疊銀票，饒是她素來鎮定自持，此時也難免有些激動。

唐老太爺微笑著把銀票往她面前一推。「點個數，都是官印的銀票，騎縫章和印子我都驗過了。」

「老太爺……您剛剛說……這是多少？」

芳菲有些懷疑自己耳朵出了毛病，但不至於連眼睛都壞了吧？這疊厚厚的銀票幾乎都是一千兩面值的。

「兩萬二千七百兩。」

唐老太爺看到芳菲目瞪口呆的樣子十分開心，他呵呵笑著拿起茶杯喝了兩口茶，心想。「妳這丫頭也有不冷靜的時候嘛……」

實在是他和芳菲相識以來，覺得這姑娘太過穩重內斂了，比他這老江湖也相去不遠。如今能看到芳菲失態，他老人家頓時「老懷大慰」。

芳菲想起自己來之前，全部家當就剩下三兩銀子，再看看面前的這一堆銀票……這種巨大的落差，讓她硬是愣了半炷香的時間。

過了許久，她才吐出一句。「老太爺……不是才賣給三家茶商嗎？怎麼會值這麼多銀子？」

她記得她給唐老太爺提的起拍底價是一千兩一份，原來估計一共能拍個五千兩回來，她就已經很開心了。

唐老太爺又笑了一陣，才緩緩揭開謎底。「我把底價提高到了五千兩。」

呃……原來是這樣。看來自己還是不夠瞭解茶業的行情啊！

芳菲再次鄙視了一下自己的眼界。

以前看那些小說，凡是穿過來的都比周圍的人智商高出一個山頭。但芳菲親身體驗，卻發現也不盡然如此……比如當時在考慮讓寧川公賞識陸寒的事情上，芳菲就覺得自己不一定做對了，也不知道同安學派這樣拉攏陸寒對他的前途是好是壞。

而現在唐老太爺大膽把她的秘方底價提高到五千兩銀子，肯定也是經過深思熟慮後作出的決定。

正是因為他對茶業行情很瞭解，知道這份秘方的價值，才會出這個價。

要不是唐老太爺幫忙，芳菲就算腦子裡的資料庫多厲害，也不能這麼快弄到這筆如此巨大的數目……說實話，是過於巨大了，芳菲稍微有點不適應。

在這個二十兩銀子可以頂一家農戶過一年的時代，這兩萬多兩銀子是個什麼概念，也就可想而知。

不過正如唐老太爺之前對芳菲說過的，這是「殺雞取卵」的行為。所以芳菲以前也一直沒打算過把她的秘方拿出來賣，因為她是想等以後時機成熟了，自己做茶葉行當的……但眼下等著用錢，也就不得不便宜了這些茶商了。

「秦丫頭，妳還是太嫩了，這筆錢，他們花得值當。妳那個秘方啊……」唐老太爺嘆息說：

「這幾十年來，還沒人能將炒青的這個難題解決呢，太管用了。」

知識就是金錢啊，芳菲再一次深刻地感覺到了這一點。

離開唐家的時候，芳菲把裝著銀票的匣子捧在手上，還有些暈暈乎乎的。

春雨看芳菲情緒不對，還以為芳菲沒能跟唐老太爺借到銀子。心想不可能啊，那位老太爺對姑娘可好了，怎麼會不幫忙呢？

「姑娘……您是在擔心錢的事嗎？」春雨看芳菲有點恍惚，不由得出言相詢。

「啊？不是。」芳菲被春雨這一問，從迷糊裡醒了過來。她看著一臉憂色的春雨，忽然綻出一朵大大的笑容。「嗯，我們不必擔心錢的事了。」

應該說，在很長一段時間內都不用擔心了……

幸福來得太突然，她還需要一點時間來消化。

唐老太爺曾問她。「秦丫頭，這筆錢妳打算怎麼花？還做買賣嗎？」

芳菲搖搖頭，說道：「從長計議吧。」

她即使有創業的雄心，卻更懂得現實的殘酷……在沒有得到有力的庇護之前，她這小女子還是老實點好。

陸寒……你快點長成可以讓我依靠的參天大樹吧！

從陽城回來以後，陸寒好好地休養了幾天，一到七月，便拿著他的院試成績到府學裡去讀書了。

陽城的府學並不是設在玉虛學宮，而是建在知府府衙的東南角上，和府衙隔了一條小河——

這也是清江的支流，一直從城外流入城內貫穿整座城市。

因此，陽城府學是一座既處於繁華地段，又有著優美風光的好地方……據說這裡的風水是頂好的，十足的「文脈」，最適合建立學堂。

學子們經過了縣試、府試、院試的三大考驗，成為了一名秀才之後，便可以到府學來深造，迎接來年的鄉試，向更高的功名發起進攻。

而沒有通過院試的童生，則根據成績分配到下面的縣學和鄉學去了……那裡無論是師資還是生源都是無法和府學比擬的。沒辦法，誰讓你院試沒考好呢？

像陸寒這種一路通關連奪魁首的學生入學，當然會引起各方關注。

不過他這個人向來很低調，尤其是不喜奢華排場，連個書僮都沒帶。所以當他走進府學大門的時候，那些三三兩兩聚在一起的新生們，都沒認出這就是坊間傳聞被神仙搭救考了小三元的陸寒。

於是有趣的事情發生了……

他竟然有幸站在那些生員的身邊，聽到了自己各種版本的八卦。

其實怪不得人家不認識他，因為他是在鄉下讀書而不是在城裡的私塾讀書，同窗本來就不多。而和他一同搭船去考試的那些人，要嘛死了，要嘛沒考上……總之是無法在府學裡出現了。

他唯一一次官方亮相是在提學大人宴請的簪花宴上，不過那是只招待一等成績的考生的宴會，眼前這些明顯不屬於一等的行列。

「聽說那陸寒是個彪形大漢，能夠手裂虎豹，一個人打敗了幾十個河盜，奪了大船逃出來的。」

「不是吧，我聽說陸寒是個瘦子……」

「肯定不是瘦子，要不是他身強體壯，能從河盜堆裡逃出來嗎？」

「我怎麼聽說是秦七小姐殺了七七四十九頭生豬向天祈福，然後神仙顯靈把那陸寒救出來的？」

「唉，我要是有秦七小姐這麼好的未婚妻，我肯定也捨不得死……」

陸寒本來還聽著聽著好玩，後來聽別人在背後議論芳菲，臉色就沈下來了。

這些人身為堂堂的秀才，怎麼還把良家女子姓名掛在嘴上說個不停？他可見不得芳菲成為別人茶餘飯後的談資。

「諸位師兄，非禮勿言。」陸寒在這群人身後冷不防插了一句。

那些人說到傳說中的秦七小姐是如何美貌多情，正集體沈醉在對佳人的遐想之中，突然被人打斷，不由得都面現怒色。

「小子，你是誰啊？」

一個長得特別高大的生員站到陸寒的面前俯視他。「呵，也不知哪來的窮鬼，穿得這等寒酸，你不會是連生員的學服都沒有吧？」

這高大生員的話是有來歷的。因為這府學裡的學生，全都要縫製統一的生員制服，一水兒的藍布儒衫、藍布儒巾，這是生員專用色。

當然，如果你家境好，是可以用上等絹布來縫製的。家境不好，用竹布也可以。再差點，粗布也沒什麼……畢竟大家只是秀才，也不見得個個都是富貴人家出來的嘛。

但作為一個有功名的男子，大家都是愛面子的，所以基本上最差也會搞一身竹布藍衫穿在身上。

但陸寒的身上穿的卻是一身粗布藍衫，這讓周圍這群穿著絹布的富家子弟感到了極大的優越感。嘿，人家說的窮酸就是這種小子吧？

這幾人便圍著陸寒起鬨道：「嘿嘿，沒錢買衣裳，跟爺說一聲嘛，大家都是同窗，你吱個聲，咱也不會不肯施捨啊！」他特地在「施捨」兩字上下了重音。

他的同伴們便都大笑起來。

陸寒不為所動，依然冷冷地說：「子曰，一簞食，一瓢飲，在陋巷，人不堪其擾，回也不改其樂。汝等以富貴奢侈為樂，可不見得別人就跟你們一個德行。」

他這話罵人罵得不輕，偏偏又不帶髒字，一下子就捅了馬蜂窩。

「這小子夠狂啊！」

那幾個人立刻氣憤起來，全都擼起袖子想要打人了。

突然聽到府學門外一聲高呼。「學政大人來了！」

眾人立刻靜了下來，分別站在大門兩邊，迎接學政大人進門。

穿著緋色官服的陶學政，在府學的幾位教授大人的陪同下，邁著悠閒的方步走進了府學的大門。

今天是府學下半年開學第一天，照慣例陶學政是要來做開學講話的，平時他也不會天天都來。

不過也是湊巧，他剛走進大門沒幾步，就看見右邊垂首站著的人群裡有一個熟悉的身影。他凝神一看，便笑著朝那方向走了兩步，叫道：「陸寒，你來了？」

「學生陸寒見過學政大人。」陸寒不卑不亢地向陶學政作揖施禮。

他周圍的那幾人頓時倒抽一口冷氣。這就是陸寒？怪不得他剛才那麼生氣……想起自己在背後議論人家的未婚妻，那幾個人立刻起了一腦門的冷汗。

「呵呵，好好好，待會兒我再找你說話。」陶學政的態度很親切。

陸寒的反應卻並不熱烈。他明白了同安學派想要拉攏他的心思，心裡便時時存了警惕。

不過，陶學政的態度，卻讓在場的人都對陸寒有了特別的看法……

第九十八章 忠僕

儘管府學是一府之內的最高學府，可在有的偏遠地區，府學也只不過是間大一點的學堂……

可陽城這種富庶之地，對於府學的建設倒是從不吝嗇的。不但把府學修在城中顯眼的繁華地段，又蓋得寬闊高大，而且年年都下撥修繕款維修屋舍，為的就是讓這些未來的國家棟樑們在此舒舒服服地讀書。

在一個萬般皆下品，唯有讀書高的國度，陽城對府學的重視並不奇怪。府學裡的生員對自己的秀才身分也十分自得，人人都認為自己是一時俊傑，進士及第不過是水到渠成之事。

不過在今天，因為一個人的出現，他們的驕傲也不得不收斂了許多。

因為陸寒來了。

同樣是秀才，秀才和秀才之間還是有區別的。從最高一級的有編制、有工資、有福利的廩生，到有工資而無編制的增生，最後是什麼都撈不著的附生……這都是按他們院試成績來排列的，當然成為廩生還得再通過一次特別的考試。

可府學裡所有的廩生、增生、附生，在陸寒的面前，全都大為遜色。

原因無他——陸寒可是本朝以來少有的一名「縣試、府試、院試」小三元。

在府學教授大人和學政大人訓話完畢後，陸寒身著一身粗布藍衫走上了講壇，以院試案首的身分代表新生發言。

幾位教授、訓導在下面看著陸寒發言，不禁有些嘀咕。「這個陸寒是不是不懂規矩？案首入學應該穿綢製的儒衫才對。」

「再不濟也該穿件竹布儒衫吧，穿著粗布也太掉分了。這不是給我們府學丟臉嗎？」

陶學政在一邊聽著，忽然插了一句。「我看這生員挺好，質樸，是個一心讀書的人。」

幾個教授和訓導立刻黃了臉色……怎麼忘記學政大人在身邊呢？

剛剛陶學政入門時跟陸寒打招呼的事情，這幾位又不是沒看見。陶學政領導府學這麼多年，他們何曾見過他對一個生員如此和顏悅色？

學政大人對陸寒的偏愛，看來可見一斑！

很快地，他們再次領教到了陶學政對陸寒的不同。因為當入學儀式結束以後，陶學政居然直接叫上陸寒到他的公房裡談話去了，留下數百個又羨又妒的生員在後頭用眼睛朝陸寒的背脊放飛箭。瞧人家這待遇——

甲之蜜糖，乙之砒霜。陸寒可不覺得有多榮幸，反而在心裡苦笑著。「看來陶學政是一定要把我變成他的門人才罷休了……」

其實陸寒倒不是刻意要穿粗布衣裳，而是他那幾件竹布長衫都在遇盜之後給搶去了。回來後又一直病著，沒空去裁縫店裡量身做新衣，就翻出了一件他父親以前的舊衣裳穿了起來——陸月名也曾經是一名府學的生員。

等他入學以後過了好幾天，芳菲便讓春雨給他送來了三件絹布的儒衫。

「陸少爺，我們姑娘說前些日子太忙，把這事給忘了。這幾件長衫都是她這幾天連夜親手縫製的，奴婢想幫姑娘縫幾針讓她休息一下，姑娘都不肯呢！」

春雨的話讓陸寒心中暖融融的。不過他忙問：「妳們姑娘近日可好？做衣裳也太費神了，妳勸她先別做了，我夠穿的。」

春雨抿嘴一笑，說：「奴婢早勸過了，說不如去請裁縫來給陸少爺做衣裳吧？姑娘卻說，她就是想給您親手做。」

陸寒抱著那裝了新衣的包袱，就像是抱著芳菲那沈甸甸的心意，一時不覺癡了。

春雨看了看陸寒的表情，她嘴唇微張，欲言又止。

陸寒見春雨神情有異，以為芳菲出了什麼狀況，忙問春雨。「妳家姑娘還有什麼事要囑咐我嗎？」

「哦，有呢。」春雨想起正事，又從手邊提籃裡拿出一包銀子。「這是姑娘讓我給陸少爺帶的。姑娘說陸少爺現在是有身分的人了，和同窗們在一起自然是要開文會、多應酬的，這裡頭全是絞好了的一兩一兩的碎銀子，一共是一百兩，讓陸少爺別省著花。

「還有姑娘說了，陸少爺如今在城裡長住，總該買個書僮才是，不然人家瞧著也不像話。如果陸少爺您太忙，那我們姑娘代您買一個教好了送過來也行，您看呢？」

「妳家姑娘這是做什麼？」陸寒皺起了眉頭，他並不知道那兩萬兩銀子的事情，想著芳菲如今沒個進項，只怕要坐吃山空，還拿出這麼多銀子來給他使，他可不能收下。「快拿回去，我這兒可不愁吃穿，妳家姑娘才是用錢的時候呢。」

春雨卻「噗哧」一聲笑了。她和陸寒相處久了，知道這位陸少爺沒什麼架子，才敢有這般出格的舉動。

「奴婢來之前，姑娘就跟奴婢說，春雨啊，陸少爺肯定會叫妳拿回來的。」她模仿著芳菲的口氣說：「姑娘就交代奴婢對陸少爺說——『我和唐老太爺做了筆買賣，手頭寬裕著，陸家哥哥不必擔心。同年同窗，都是極重要的人脈，請陸哥哥務必將此事放在心上。出門應酬，沒個書僮實在太不方便，再省也不省這點小錢』……」

陸寒聽芳菲的話句句都是正理，辯駁不得，一時有些為難。

春雨見陸寒這個模樣，她臉上又浮現出方才那種古怪的神色。到底是說呢，還是不說呢……

陸寒第二次看到春雨這樣，知道她一定是有話對自己說，不由得放柔了臉色，說道：「妳還有什麼話，一併說了吧。」

「請陸少爺恕罪！」春雨忽然撲通一聲跪了下來。

「妳……這是為何？」陸寒想把春雨扶起來，但他素來是個君子，不好和個丫鬟拉拉扯扯的，只能勸道：「有話就說，何苦如此？」

春雨還是跪地不起。「陸少爺，春雨有話想說，可又知道這話一出口就是該死了，但若不說，我們姑娘自己是怎麼都不會開口的。奴婢只是擔心，陸少爺怕奴婢說這些是有私心……」

「妳對芳菲妹妹忠心，我是知道的，不用怕，儘管說好了。」陸寒拿春雨沒辦法。「妳好歹站起來說話。」

春雨站了起來，垂著頭深呼吸了好幾次，才下定決心說出她心中的想法。

「陸少爺，春雨雖然不是跟著姑娘從她府上過來的，可是打從姑娘六歲到了秦家，春雨就一直跟在姑娘身邊服侍著。

「原來姑娘身邊就只有奴婢和春喜姊姊兩個人，春喜姊姊早年又不幸去了，就剩下奴婢一個。

「姑娘對奴婢，可真是像親姊妹似的。奴婢也是一心一意，都在我們姑娘身上，就盼著姑娘好……

「可是陸少爺，您看看這陽城裡有多少小姐，像我們姑娘這樣滿了十八還待字閨中的？」

陸寒聽了半日，終於有點明白過來。

春雨既然開了口，索性就說個痛快了。

「您是做大事的人，您的想法奴婢自然是不懂得的。本來奴婢聽說，陸少爺您去年除了服便能……便能娶妻了，可……」她不知道陸寒曾讓人給芳菲捎話，說想等有了功名再議親，這樣才不寒磣了芳菲。

在春雨看來，陸寒能成親還不成親，這讓她心裡很不踏實。姑娘對陸少爺的付出，春雨是明明白白看在眼裡的。

無論是當年的「服毒自盡」，還是後來的精心照料，乃至這次陸寒出事，芳菲一擲千金不算，還以千金之軀毅然遠行，直衝到布政司衙門裡去搬救兵……在春雨看來，芳菲對陸寒可謂是情深意重。

但陸寒對芳菲的告白，春雨是不知道的，她只是很害怕姑娘的親事再生變數……

也許是跟著秦府裡的女眷看多了戲文，看到戲文裡常有那金榜題名的學子拋棄糟糠之妻另尋新人的故事，春雨每當想起這些總是心驚肉跳。

當陸寒中了小三元之後，春雨當然是替姑娘感到歡喜的。可是過了一些日子，春雨卻越想越怕——姑娘和陸少爺這樁親事，其實可是連訂親的婚書都沒交換過的呢……

陸少爺才學這麼好，中舉人中進士那是肯定的了，要是真的像戲裡唱的中了狀元，要被高官招為女婿，那姑娘可怎麼辦啊！

春雨是那種典型的忠僕，想什麼做什麼總以芳菲為重。她雖然是個下人，也知道芳菲的長輩們真是些不頂事的，怕是沒人會為她想到這些，替她出頭催婚事。

於是她只能咬牙自己對陸寒說了。

要論起來，春雨這樣的行為還真是夠大逆不道的，可她也顧不得了……

萬一，只是萬一，陸少爺把婚事拖著不辦，等他中了進士再另娶高門貴女，那姑娘這一輩子不就毀了嗎？

春雨說了「娶妻」二字，便不敢再說下去，只是又跪倒在地上默默流淚，不停地磕頭說：「奴婢該死，奴婢該死……」

「不……妳沒有錯，錯的是我。」

陸寒輕嘆一聲。「我以為自己是在為她著想……」他以為取得了功名，芳菲嫁過來才風光。這次中了秀才以後，陸寒也沒想過要去議親，還想著等明年鄉試過後再說……

「春雨，我真的錯了。妳放心……等她的孝期一過，我立刻就會去秦家下聘。」

——未完，待續文創風067《競芳菲》下卷……

小宅門

富貴再三逼人，第一次當家就上手！

笑傲宅門才女／陶蘇

文創風 049 上

文創風 050 中

文創風 051 下

年終最熱逗趣上映
大宅小媳婦的愛與愁
極品好戲越讀越有味！

金豆兒有著天命帶旺的八字命格，偏無心思攀高枝，
首富之家誠心求娶，她大姑娘仍遲遲不點頭！
然而首富之家可不同凡夫俗子，不管人願不願意，
十歲的小叔、小姑已認定她是嫂子，還帶來一幅怪畫下聘為媒。
但這可還不構成點頭的理由，女兒家自有自的矜持，
終於，求親的正主兒耐不住性子親自登門拜訪——

古代豪門飯碗難捧，大戶人家眉角多，
樂觀的她第一次當家就上手，種種難題迎刃而解，
可成親後發現的夫家秘事卻令她耿耿於懷——
以前是忙柴米油鹽醬醋茶，現在是奴僕成群學治家，
情投意合成了親，她卻自覺像是中了引君入甕的局，
這大宅小媳婦的日子不知會漸入佳境還是鬧得更翻騰……

狗屋文創風推薦上市!!

既來之，則安之。

再不想再受盡白眼，

她就想個法子討老祖宗歡心……

慧黠有情・宅鬥精巧／

薔薇檸檬

競芳菲

文創風 065 上

她原本好好的在高中教語文，還是該校小有名氣的「王牌教師」。
無論是上級、同事還是學生，都對她的工作能力十分佩服。
唯一美中不足的是，她到現在還沒有談過戀愛……
但這幾近完美的一切都在瞬間有了天差地別的改變——
她意外地穿越到古代，被困在一個名叫秦芳菲小孤女身上，
她有著成熟的靈魂，卻被迫當個十歲的小女孩，
像個拖油瓶地似寄生在秦家本家大宅裡，
不只不被老夫人待見，受盡冷落，還得領教惡僕欺主，
幸虧來到古代時，她腦中攜帶而來海量資料庫——
百草良方，盡在掌握；花經茶道，樣樣精通；發家致富，不在話下。
縱然有再多的艱辛波折，坎坷磨礪，
她也一樣可以把小日子經營得有滋有味，風生水起……

文創風 066 中

「我向妳發誓，我一定要取得功名，然後……用我的一生來保護妳。」
陸寒是從什麼時候起，對她竟有了這樣深的感情呢？
遲鈍的她卻從未察覺……
雖然他是自己的未婚夫，在這一世還長了幾歲，
但在她心中，一直當他是弟弟般地照顧著。
她已不再是剛穿越過來的那個沒本事、病弱氣弱的小孤女了，
她懂得怎麼營生，怎麼撐起小小的天地守護自己，
就算秦家逼她悔婚，她仍是可以周全自己的意願。
只是不嫁朱毓升，難道，真的要嫁陸寒嗎……
她相信他是個一諾千金的人，
他話一說出口，即便是天坼地裂，他也不會改變心意。
可她的心卻……

文創風 067 下

上天就是這麼愛捉弄人……
當她覺得她的人生、未來的幸福應該就這麼安穩地定下來了，
茶館的生意她做得叮噹響，手邊寬裕了，
陸寒也提親了，往後他們成了小夫妻，兩口子可以好好安生了，
皇上突來的恩寵卻攪亂了她的天地。
曾藏她心上的少年，竟成了當今的皇上，
她心中深藏的情意早已遠去，
然而皇上對她的思念卻日益深沈，
強烈的情感竟化為獨占，擄了她，軟禁她，
恩威並施，語帶威脅……她再怒也只能忍下；
她不能拂了皇上的面子，更得顧全陸寒性命，
她不想當皇上養在精美籠子裡的金絲雀，她的心早已飛了，
她該怎樣才能脫身，回到所愛的人身邊呢……

嫡女策

勾心之最高段，鬥角絕不服輸

宅門絕妙好手／西蘭

文創風 041 1

董家嫡出大小姐——董風荷，是董家這一輩唯一的嫡系，
卻不受祖母喜歡，不遭父親待見。
庶妹罵她是野種，姨娘跟祖母合謀，
將她許給京城出了名的——莊郡王府杭家的四少爺。
這一切，她從來都雲淡風輕，只想與母親平淡度日。
但她可不是那等任人欺凌的主子，犯著她，別怪她翻臉不認人。
嫁入王府，她才知道娘家的爭鬥跟這兒比只是小巫見大巫，
傳言她的夫君剋妻剋子、寵妾成群，惡名遠播，
這男人風流浪蕩似乎又城府很深，教她看不透澈；
而這座王府看似平靜卻暗潮洶湧，
看來她得仔細拿捏小心度日存活了……

文創風 043 2

自從風荷嫁入他們莊郡王杭家，
這從上到下、大大小小的，沒少給她添麻煩、使絆子，
但他的小妻子在如此暗潮洶湧的杭家竟能存活得這麼好，
不由地教他刮目相看起來……
她的心計，她的手腕，她的勇敢，她的羞怯，
都像為他挖了一個坑，一步一步引誘他往下跳。
試圖勾引他的女子很多，但沒人能像她輕易地探到了他的心，
她用一根無形的絲線在他心上繞了一圈又一圈，讓他痛卻舒服。
任憑他城府再深、心眼再多，仍控制不住地去靠近她……
他害怕了，因為他不知被征服的是她還是他？

文創風 044 3

風荷知道自己嫁的杭家四少，絕非等閒之輩，
更不是風流成性的紈袴子弟，他懷著莫大的秘密……
身為妻子的她不多問，配合著他作戲，
裝著跟他夫妻不睦，看著裝扮成他的假夫君在杭家出沒，
甚至看著「他」與妾室們調情、留宿其中。
她安分打理王府事務，偏偏「有心人」不放過她，下起狠招，
他的姨娘肚子裡的孩子留不住，連五少爺夫人肚裡的也出事了，
這一個個矛頭全指向她，終於盼到他回來了，
面對如此的百口莫辯、「證據確鑿」的險境，
她不怕，也不為自己多說一句，
她等著看，他是信她不信，對她有情或無情……

文創風 047 4

他們夫妻成親至今尚未圓房，王府裡從上到下，
這明裡不說，暗裡都是極關切的。
任是杭天曜再腹黑，也想不到他的妻子從新婚當日就給他設了一個局，
他卻一步步陷進去，化為她手心的繞指柔。
對風荷他並不是完全沒有私心的，但他亦想等待去感動風荷，
想看到她心甘情願在自己身下的魅惑風姿……
不然，以他一個成熟男子，夜夜對著喜愛的妻子早就忍不住了。
過去，為了自身安全他對所有女子都是避而遠之，
只有風荷讓他覺得安心，因此他不得不忍耐著，只為了得到更多……

文創風 048 5

風荷自從嫁了大家認定扶不起的杭家四少這位紈袴子弟後，
她還真是沒幾天風平浪靜的日子可過。
就連中秋佳節杭家團圓家宴上，還衝著她上演著一齣大戲——
她這四少夫人，不僅得了太妃疼寵，連風流浪蕩的夫君也改了性子，
這王府世子的位置眼看就快落入杭家四少身上，
看不過眼的居然拿風荷的身世作文章，把髒水往她身上潑，
污了她的身世，就等於絆了杭家四少成為世子的可能，
前兒那些算計使絆，比起這回僅能算是小奸小惡小伎倆了，
杭四與風荷這對小夫妻才剛剛恩愛好上，
卻要面對上自太妃王爺、下至奴僕們的懷疑，
還要想方設法阻斷杭、董兩府家醜外揚、聲譽大壞……

文創風 052 6

「董風荷，我這輩子就要妳一個了，
不管妳願不願意，都死死纏著妳，看妳能逃到哪兒去。」
他不得不對自己承認，自己是真心實意地愛著風荷，
顧不及男人的臉面，他再也不掙扎了，
甚至開口向她要求承諾，承諾她這一輩子都不會離開自己。
現在她有了身孕，懷著他期待已久的孩子，
王府裡裡外外的，不知有多少人盯著她，打著她的主意。
不把她身邊的危險一一去除了，他在外面是一刻不得安心。
明槍易躲暗箭難防，一想到這，他就徹夜難眠。
他決定要一一剔除府裡能近她身的一切危險，
就連不該他男人插手的內院之事，他也攬上身，
雷厲風行地從他的妾室開始「下手」「整頓」……
莫怪他狠，他的心、他的情只能給一個女人！

文創風 053 7

自從他當上了世子，風荷成了世子妃之後，王府裡的暗潮洶湧依舊沒個平息，
暗處的敵人手段愈漸奸險，簡直像豁出去了似的。真教人恨得咬牙！
那天要不是他正好趕到，他的妻子、未出世的孩子如何保得住？
失去風荷，過往所有的付出，辛苦熬過來的一切都失去意義。
如果之前他費了千萬的心力護她，往後他將加倍做到滴水不漏，
抵擋一切可能，保住他所愛的妻、所愛的孩子……

只要想起他救她那時，他驚惶萬分、心痛不已的神情，風荷又是難過又是心疼。
她所嫁的這個男人，愛她是不是勝過愛自己了呢，
所以他才願意那樣不顧自己的安危去救她……
她突然間覺得，心裡曾有的那個理想丈夫的男子，都在那一刻遠去了，
這個男人，才是她要一輩子相依相守的人。
只要他心裡一日有她，她都不會離開他……

風 文創 066

競芳菲

中

國家圖書館出版品預行編目資料

競芳菲 / 薔薇檸檬著. --
初版. -- 臺北市 : 狗屋, 民102.02
冊 ; 公分. --(文創風)
ISBN 978-986-328-003-3(中冊 : 平裝)

857.7　　101027935

著作者	薔薇檸檬
編輯	王佳薇
校對	黃薇霓　蘇虹菱
發行所	狗屋出版社有限公司
地址	台北市104中山區龍江路71巷15號1樓
電話	02-2776-5889～0
發行字號	局版台業字845號
法律顧問	蕭雄淋律師
總經銷	知遠文化事業有限公司
電話	02-2664-8800
初版	102年2月
國際書碼	ISBN-13　978-986-328-003-3

原著書名：《竞芳菲》，由起点中文网（www.qdmm.com）授權出版。

定價250元
狗屋劃撥帳號：19001626
網址：love.doghouse.com.tw　E-mail：love@doghouse.com.tw